もうひとつのWONDER《ワンダー》

R・J・パラシオ＝作　中井はるの＝訳

ほるぷ出版

Japanese language edition published by HOLP SHUPPAN, Publishing, Tokyo.
Printed in Japan.

Jacket art by Tad Carpenter

日本語版装幀＝タカハシデザイン室

【Wonder】ワンダー………驚異《きょうい》、驚嘆《きょうたん》、驚《おどろ》き、不思議、奇観《きかん》、奇跡《きせき》。

——研究社・現代英和辞典より

はじめに——作者のことば

『ワンダー』を出版《しゅっぱん》して以来ずっと、「続編《ぞくへん》は出るのですか？」と読者から何度も質問《しつもん》されました。わたしは申《もう》し訳《わけ》ないと思いながら、こう答えていました。「いえ、続編は出さない方がいいと思っています。このあとオギーたちがどうなっていくのかは、読者の方がたご自身に想像《そうぞう》していただきたいのです」

でも、そう答えておきながら、わたしは今『ワンダー』のスピンオフ作品の前書きを書いているのです。いったいどうしてこうなったのでしょう？

その問いに答えるには、少し前作『ワンダー』についてお話ししなければなりません。『ワンダー』は、オーガスト（オギー）・プルマンという十歳《さい》の男の子の物語です。生まれつき顔に異常《いじょう》があり、ビーチャー学園中等部の新入生として、山あり谷ありの毎日をすごします。その大変な一年間の道のりを、オギーや、オギーとかかわる人物たちの視点《してん》から書いたのが前作です。前作では、語り手に、その人の目から見ると、オギーがありのままの自分を受け入れていく過程《かてい》をより理解《りかい》しやすい人物を選びました。だって『ワンダー』は、最初から最後まで、オギーの物語なのですから。

けれど、語らなかった人物たちにも、おもしろい話がいくつもあるのです。その子の〝行《おこな》い〟の背景《はいけい》を教えてくれる物語です。まさに、そこからこの本は誕生《たんじょう》しました。

本書『もうひとつのワンダー』は、その後のオギーについて書いてある物語ではありません。この本の中では、オギーはただの脇役《わきやく》にすぎません。六年生で、あるいはまたその先で、オギーになにが起きたかを読者が知ることはありません。いわゆる一般的《いっぱんてき》な続編は書かないつもりです。というのも、『ワンダー』を出版したあと、たくさんの子どもたちがオギーやサマーやジャックになりきり、その人物の語る章を書いてくれたのです。ヴィアやジャスティンやミランダの物語も読ませてもらいました。エイモスやマイルズやヘンリーの語る章も。さらには、オギーの愛犬デイジーが語る、とても感動的な物語までありました。

そのなかでも、わたしがもっとも心を打たれたのはオギーについての物語でした。オギーは大きくなったら宇宙《うちゅう》飛行士になるという子もいれば、先生になる、獣医《じゅうい》になる、という子もいます。それをさしおいて作者が、さまざまな選択肢《せんたくし》をつぶしてしまう続編を書くべきでしょうか？　オギーには無限《むげん》の可能性《かのうせい》に満ちた明るくすばらしい未来があり、どの可能性も同じように尊《とうと》いということしか、わたしには言えません。わたしが『ワンダー』をハッピーエンドにしたからといって、その後のオギーに幸せな将来《しょうらい》が保証《ほしょう》されているわけではないと、みなさん気づかれているはずです。大きくなるにつれ、オギーは必ず、ふつうの子どもよりも多くの挑戦《ちょうせん》をするにちがいありません。でも、きっとオギーは、なんであろうと人生に立ちはだかるものを打ち負かし、やってくる試練に立ちむかい、じろじろ見られれば負けずににらみ返すことでしょう（笑い飛ばすかもしれませんね）。オギーには楽しいときも苦しいときもずっと、すばらしい家族がいっしょにいるのです。だからこそ、通りすがりの人の心ない言葉や友だちが選んだ行いに傷《きず》つけられても、へこたれないのかもしれません。それに友だちも、ここぞというときにはオギーのために立ちあがってくれることでしょう。そして結局、『ワンダー』を読まれたみなさんは、『ワンダー』が、オギーになにが起きたのかについての本ではないのだと気づくのです。あの本は、オギーによって世界になにが起きたのかについての本なのだ、と。

そこで、ここからこの本の話、つまり『もうひとつのワンダー』について、説明をさせてください。本書には、三つの物語が入っています。それぞれ、ジュリアン、クリストファー、シャーロットが語る物語で、みんなオギーの存在《そんざい》をきっかけに、なにかしら変化をとげます。それは、ちょっとした変化であったり、そうでなかったりします。

『ワンダー』関連の短編《たんぺん》を出してみてはどうかという話が出たとき、わたしはすぐ飛びつきました。一番の理由はジュリアンのためです。ジュリアンは、読者にとても嫌《きら》われていました。「冷静を保《たも》ち、ジュリアンになるな」というスローガンまでネット上に現《あらわ》れたほどです。なぜジュリアンがそこまで嫌われるのかは、とてもよくわかります。ジュリアンは意地悪です。じろじろ見たり、いやなあだ名をつけたり、ジャックを無視《むし》するように同じ学年の子たちを言いくるめたり、まさ

冷静を保ち、
ジュリアンになるな

にいじめっ子。なぜ、こんなにひどいことばかりするのでしょう?

ジュリアンにはジュリアンが語るべき物語があります。ただ、いじめについて語るジュリアンの物語は、『ワンダー』に入れるべきものではありませんでした。そもそも、自分をいじめる相手の気持ちを理解《りかい》して思いやるなんて、いじめに苦しむ子がすることではありません。けれども、ジュリアンを主人公にした短編で、その人物像《じんぶつぞう》をじっくり掘《ほ》りさげてみようと思いつきました。ジュリアンをもっと理解するためです。ジュリアンに罪《つみ》はなかったなどというのではありません。これは、ジュリアンが「悪い子」だということではないのです。ジュリアンは、たしかにひどいことをしましたが、だからといって必ずしも「悪い子」だということではないのです。あやまちから人を判断《はんだん》することはできません。本当にむずかしいのは、おかしたあやまちを受け入れることなのです。

ふたつ目の短編は、クリストファーというオギーの幼《おさな》なじみの物語です。まだ小さかったオギーがつらい目や悲しい目にあったとき、クリストファーはずっとそばにいました。そして今、ずっと大きくなったクリストファーは、オギーと友だちのままでいることのむずかしさに迷《まよ》い悩《なや》みます。じろじろ見られることや、新しい仲間の気まずい反応《はんのう》。むずかしい場面になると、友だちを見捨《みす》てそうにもなります。それは、特別困難《こんなん》な事情《じじょう》を抱《かか》える相手でない場合でも起きることで、クリストファーの真心は、オギーとは別の友だちとのあいだでも試されることになります。

三つ目の短編は、シャーロットの目から見た物語です。『ワンダー』では、シャーロットはずっと、やや距離《きょり》をおきながらもオギーにやさしくしていました。会えば手をふってあいさつするし、オギーに意地悪な子たちの側にはけっしてつきませんでした。とてもよい子だということは、疑《うたが》いようがありません。けれども、わざわざそれ以上のことをすることもありませんでした。この物語は、五年生のときのシャーロットの日々をじっくり見せてくれ、読者のみなさんは、その一年間に彼女《かのじょ》にも、たくさんのことが起きていたのを知ることになります。どれもオギーの知らなかったことばかりです。ジュリアンやクリストファーと同じようにシャーロットも、特別な事情《じじょう》を抱《かか》えた子のようすに心動かされた、ふつうの子の日々を送っていたのです。

この三つの話はどれも、友だちとの関係、信頼《しんらい》、思いやりについて語り、なかでも、親切とはなにかを深く問いかけてきます。友情《ゆうじょう》はときにむずかしい場面もあります。けれども、わたしは子どもたちを信じています。子どもたちは他者を思いやり、愛し、助けあっていく能力《のうりょく》を持っていると信じています。必ずや世の中を、よりよい方向へ導《みちび》いていってくれることでしょう。そこでは、この世界の生きとし生けるものみんなが受け入れられ、尊重《そんちょう》されているのです。弱者やまわりに適応《てきおう》できない人も。そして、オギーとわたしたちも。

もうひとつのWONDER

Julian

ジュリアン

あれより前

親切になさい。あなたが出会う人はみな、
きびしい戦いのさなかにいるのだから。
——イアン・マクラーレン

もしかしたら、自分は星と太陽と
このバカでかい家をつくったのかもしれないが、
今はもう覚えていない。
——ボルヘス『アステリオーンの家』より

恐《きょう》怖《ふ》は夢《ゆめ》と同じ。あなたを傷《きず》つける力はない。
——ウィリアム・ゴールディング『蠅《はえ》の王』より

Julian

ふつうってこと

ああ、そう、そう。

わかってる、わかってる、わかってる。

おれは、オーガスト・プルマンにやさしくしなかった！

だからなんだよ。たいしたことじゃないだろ！　騒《さわ》ぎたてるなよ。広い世間に出りゃ、みんながみんな親切ってわけじゃない。それがあたりまえ。だから、もういいだろ？　とっとと忘《わす》れて気にするなよ。な？

うざいったらない！

やっぱわかんない。ぜんぜんわかんない。おれは五年生で一番の人気者だったんだぞ。なのに、いつのまにか……やっぱ、わかんないよ。なんなんだ。ムカつく。この一年ずっとムカついてる！　だいたいオギー・プルマンなんてビーチャー学園に入ってこなきゃよかったんだ。あの気味悪いちっぽけな顔をかくしておいてほしかった。『オペラ座《ざ》の怪人《かいじん》』みたいにね。仮面《かめん》をつけろ、オギー！　お願いだから、その顔をおれに見せないでくれ。おまえさえ消えれば、すべてうまくいく。

少なくとも、おれにはね。べつに、あいつが楽してると言ってるわけじゃない。あの顔で、毎日鏡を見たり外を歩いたりするのが楽なわけないよな。だけど、それはおれの問題じゃない。おれの問題は、あいつが学校に来はじめてから、なにからなにまで変わっちまったってことだ。友だちが変わった。おれも変わった。もう最悪。

なにもかも、四年生のときのままならよかったんだ。あのころは、すごく、すごく、すごく楽しかった。校庭で鬼《おに》ごっこなんかして走りまわっていた。自慢《じまん》じゃないけど、みんな、おれといっしょに遊びたがったものさ。ほんとにそうだったんだ。二人一組でやる社会科の課題だって、どいつもこいつも、おれとやりたがった。それに、おれがじょうだんを言うと、みんな大笑いしていた。

ランチのときは、いつも仲のいいやつらとすわっていて、マジでサイコーだった。そう、ほんとうに完ぺき。ヘンリー、マイルズ、エイモス、ジャック。超《ちょう》サイコー！　すごくイケてるグループ。仲間内だけのジョークとか、秘密《ひみつ》のサインまであった。

なのに、どうして変わっちゃったんだ？　なんでみんながこんなバカになったんだか、わからないよ。

いや、じつは原因《げんいん》はわかっている。オギー・プルマンのせいだ。あいつが現《あらわ》れたとたん、すべてが変わったんだ。なにもかも、まったくサイコーだったのに、もう今はめちゃくちゃ。あいつのせいだ。

それと、トゥシュマン先生のせい。ほんとうのところ、全部トゥシュマン先生のせいみたいなもの。

電話

トゥシュマン先生から電話がかかってきて、ママはえらく大騒《おおさわ》ぎした。その日の夕食でも、ものすごい光栄なことだって、べらべらまくしたてていたよ。中等部の校長が、おれに新入生の案内役を務《つと》めてもらえないかと、わざわざ家に電話してきた。すごいっ！　大ごとだ！　ママときたら、おれがアカデミー賞でも取ったみたいに騒いでた。だれが「特別」な生徒なのか、学校がちゃんとわかってくれていて、すばらしいだってさ。あのころママはトゥシュマン先生に一度も会ったことがなかった。先生は中等部の校長で、おれはまだ初等部にいたからね。電話で話した感じではすごくいい先生だったって、ママはほめまくっていた。

うちのママは、学校ではいつも一目置《いちもく》かれる重要人物みたいな存在《そんざい》だった。理事会ってやつのメンバーで、なにやってんだか知らないけど、なんだか偉《えら》いらしい。それに、いつもなにかのボランティアをやっていた。たとえば、おれがビーチャー学園に入ってからは、毎年クラス委員を務めている。ずっとそう。学校のためにいろんなことをやっていた。

おれが新入生の案内役をする日、ママは中等部の前まで車で送ってくれた。学校のなかまでいっしょに行きたがったから、おれは言ってやった。「ママ、ここは中等部なんだよ！」。これでピンときたんだろう。おれがなかに入る前に、車は行ってしまった。

シャーロット・コーディとジャック・ウィルが正面ロビーにいたんで、あいさつを交わした。ジャックとおれには、仲間内だけで決めた握手《あくしゅ》のしかたがある。警備員《けいびいん》さんにもあいさつをした。それから階段《かいだん》をあがって、トゥシュマン先生の校長室へむかった。ほとんど人のいない学校にいるのは、すごく変な感じ！

「おい、ここで思いっきりスケボーしてもバレないぞ！」廊下《ろうか》で警備員さんが見えなくなると、おれはツルッツルの床《ゆか》の上で走ったりすべったりしながら、ジャックに言った。

「えっ、うん」とジャック。校長室が近づくにつれて、ジャックは口数が減《へ》って、なんだか吐《は》きそうに見える。

そして、あとちょっとで階段をのぼりきるってところで、立ち止まってしまった。

「ぼく、やっぱりいやだよ」とジャック。

おれはジャックのとなりで立ち止まった。シャーロットはもうのぼり終えている。

「来なさいよ！」とシャーロット。

「指図するな！」おれは言い返してやった。

シャーロットは、あきれ返って見つめている。おれは笑いながらジャックをひじでつついた。おれたち、シャーロットにさからうのが好きだったんだ。あいつは、いつだっていい子ぶりっ子！

「こんなの無理だ！」ジャックは両手で顔をこすりながら言った。

「なにがだよ？」おれは聞いた。

「新しい子がだれだか、知ってる？」

おれは首を横にふった。

「知ってるよな？」ジャックはシャーロットを見上げて聞いた。

シャーロットはおれたちのほうへおりてきた。「うん、たぶん」まずいものでも食べたみたいに顔をしかめている。

ジャックは首をふると、自分の頭を手のひらで三度もたたいた。

「こんなこと引き受けちゃって、ほんとにバカだったよ！」ジャックは歯を食いしばっている。

「おい、だれなんだよ？」おれはジャックの肩《かた》を押《お》して、おれのほうをむかせた。

「オーガストって子。例の顔してる、あの子だよ」

おれは、だれのことだか、ぜんぜんわからなかった。

「マジかよ？　一度も見たことないのか？　このへんに住んでるんだぞ！　ときどき公園で遊んでる。見たことあるだろ。みんな知ってるよ！」

「このへんに住んでないのよ」とシャーロット。

「住んでるよ！」ジャックが言い返した。

「じゃなくて、ジュリアンがこのへんに住んでないの」シャーロットも負けずに言い返した。

「だからなんだってんだよ？」おれは聞いた。

「べつに。関係ないよ。とにかくさ、あんなもん、ぜったい今まで見たことないはずだよ」

「ジャックったら、ひどい。あんまりじゃないの」

「ひどくない！　ほんとうのことなんだから」

「どんな顔なんだよ？」

ジャックは答えない。首を横にふって立っているだけ。シャーロットは顔をしかめていた。

「会ったらわかるから。もう行こうよ。ね？」シャーロットは、くるりとむきを変えて階段《かいだん》をあがると、校長室のほうへと見えなくなった。

「もう行こうよ。ね？」おれは、シャーロットそっくりに言った。ぜったいジャックがふきだすと思ったのに、少しも笑わない。

「ジャック、おい、しっかりしろっ！」

おれはジャックの顔をぶんなぐるふりをした。これにはジャックもほんのちょっと笑って、スローモーションのパンチを返してきた。それからボクシングごっこみたいになった。胸《むね》をねらってジャブを打ちあう真似《まね》。

「二人とも、行こうよ！」階段《かいだん》の上から、シャーロットの声がした。おれたちを呼《よ》びにもどってきたんだ。

「二人とも、行こうよ！」おれがジャックに小声で言うと、今度はジャックもいちおう笑ってた。だけど、廊下《ろうか》を曲がって校長室の前につくと、三人ともかなりマジになっていた。

なかに入ったら、保健《ほけん》のモリー先生の部屋で待つようにって、ガルシアさんに言われた。校長室のわきにある小さな保健室だ。待っているあいだ、おれたちはだまりこくっていた。診察台《しんさつだい》のところに箱入りのゴム手袋《てぶくろ》がある。風船みたいにふくらませたかったけど、じっとがまんした。きっと二人とも笑ったはずだけど。

トゥシュマン先生

トゥシュマン先生が保健室に入ってきた。背《せ》が高く、ちょっとやせていて、もしゃもしゃの白髪頭《しらがあたま》。

「やあ、みんな。わたしは校長のトゥシュマンだ。君はシャーロットだね」先生はにこやかに言いながら、シャーロットと握手《あくしゅ》をした。「君は……」おれを見ている。

「ジュリアンです」おれは答えた。

「ジュリアン」先生は、にこにこしながらくりかえし、おれと握手した。

「じゃ、君がジャック・ウィルだね」ジャックとも握手をした。

それから、モリー先生の机《つくえ》のとなりにある椅子《いす》に腰《こし》かけて言った。「まず、今日は来てくれてほんとうにありがとう。こんなに暑いし、ほかにやりたいこともあっただろうに。夏休みはどうかな？楽しんでるかい？」

おれたちは、おたがい顔を見合わせながら、軽くうなずいた。

「先生の夏休みはどうですか？」おれがたずねた。

「ジュリアン、気にかけてくれてありがとう！　おかげさまで、すばらしい夏休みだ。でも、ほんとうのところ秋が待ち遠しいなあ。こう暑いんじゃたまらない。冬が来てくれてもいい」先生は、シャツの胸元《むなもと》をあおぎながら言った。

おれたち三人とも、うんうんとバカみたいにうなずき続けた。大人って、なんでわざわざ子どもとおしゃべりしたがるんだろう。おれらが居心地《いごこち》悪くなるだけなのに。といっても、いちおう、おれ自身は、大人と話すのがそこそこ平気なほうだ。たぶん、しょっちゅう旅行したり、わりと大人と話すことがあったりするからだろう。だけど、たいていの子どもは大人と話すのが好きじゃない。そういうものなんだ。おれは、もし学校の外でたまたま友だちの親を見かけちゃったら、話したくないから、できるだけ目が合わないようにする。すごく気まずいからね。それから、学校の外で先生に出くわしちゃったときも、やっぱり変な感じ。たとえば、レストランで、三年生のときの担任《たんにん》の先生が彼氏《かれし》といっしょにいるのを見たことがある。うええっ！　自分の先生が彼氏といちゃついてるところなんて、見たくないよな？

とにかく、そういうわけで、トゥシュマン先生が夏休みのことをグダグダ話しているあいだ、おれとシャーロットとジャックはうなずき続けて、首ふり人形そのものだった。そして、やっと――ほんとうにやっと、先生は肝心《かんじん》なことを話しはじめた。

「さて、君たち」軽くひざを打ちながら言った。「わざわざ午後の時間をさいてくれて、ほんとうにありがとう。あとちょっとしたら、校長室にやってくる男の子を紹介《しょうかい》したいんだが、あらかじめその子のことを話しておきたい。君たちのお母さんには少し話したのだが……聞いているかな？」

シャーロットとジャックはうなずいたけど、おれは首を横にふった。

「母さんから、たくさん手術《しゅじゅつ》をしたっていうのだけは聞きましたけど」

「ああ、そのとおりだ。だが、顔のことはなにか説明してもらったかい？」

マジ、このときようやく思いはじめた。おいおい、おれ、いったいなにをやらされるんだ？

「あの、知りません」おれは頭をかいて、ママがなにを教えてくれたか、思い出そうとした。じつは、ちゃんと聞いてなかったんだ。それにママのほうも、おれが選ばれて光栄だってことだけえんえんとしゃべっていて、その子になにか問題があるってことは、あんまり伝えようとしていなかった。

「傷《きず》なんかがたくさんある子だと先生が言っていたと聞きました。火事にあったみたいに」

「そうは言ってないんだがね」先生は眉《まゆ》をあげた。「お母さんに伝えたのは、その男の子に深刻《しんこく》な頭《ず》蓋《がい》顔面変形があるという――」

「ああ、そうそうそう！」おれは思い出し、先生の話をさえぎった。「母さんはその言葉を使いました。口蓋裂《こうがいれつ》のようなものだろうって言ってました」

先生は顔をしかめた。そして、肩《かた》をすくめ、首をかしげながら言った。

「いや、もうちょっと深刻なんだ」立ちあがって、おれの肩を軽くたたき、話し続けた。「お母さんへの説明がうまくできていなかったとしたら、すまないね。とにかく、君に気まずい思いをさせるつもりはない。むしろ、気まずい思いをさせたくないからこそ、今こうして話しているわけだ。ただ、その子の外見がほかの子とかなりちがうのは、あらかじめ知らせておきたかった。かくすことではない。その子も、自分の外見がみんなとちがうとわかっているんだ。生まれつきだそうだ。本人もそれを理解《りかい》している。すばらしい子だよ。とても賢《かしこ》いし、とてもよい子だ。今まで一度もふつうの学校へ通ったことはなく、家で教育を受けてきた。いっぱい手術《しゅじゅつ》を受けていたからね。そういうわけで、君たち、その子に会って学校を見せてやってくれないかな？　案内役になってほしい。その子になにか聞きたければ、なんでも質問《しつもん》していい。ふつうに話してくれ。ほんとうに、ふつうの子だからね。顔が……ふつうじゃないだけで」先生は、おれたちを見ると、ハッと息をのんだ。「おやおや、どうやら、かえってみんなを緊張《きんちょう》させてしまったかな？」

おれたちは首を横にふった。先生は片手《かたて》でひたいをもんだ。

「いいかね、わたしぐらいの年になるとわかるんだが、新しい状況《じょうきょう》に立たされて、どうしていいのかわからないときというのはあるものだ。人生で起きること全部に、どう対処《たいしょ》すべきかいちいち教えてくれるルールブックがあるわけじゃないからね。だから、わたしは常《つね》に言っている。どんなときも、親切すぎるほど親切にしておいたほうがいい。これが秘訣《ひけつ》だよ。どうしていいかわからなかったら、ただ親切にする。うまくいくことまちがいなし。そういうわけで、君たちに手伝いを頼《たの》んだんだ。初等部の先生方から、三人とも大変よい子だと教えてもらってね」

おれたちは、なんと答えていいのかわからなくて、バカみたいにニコニコした。

「ほかの子にはじめて会ったときと同じように、その子に接《せっ》してくれればいい。わたしが言いたいのは、それだけだ。いいかい？」

三人そろってうなずいた。うんうんと何度も。

「君たち最高だぞ！　じゃあ、気を楽にして、ここで少し待っていてくれ。数分後にガルシアさんが迎《むか》えにくるから」先生はドアを開けた。「さっきも言ったけれど、引き受けてくれて、ほんとうにありがとう。よい行《おこな》いは、仏教《ぶっきょう》で言うところの、よい業《カルマ》だ。ユダヤ教なら善行《ミツバ》だね」

先生は、にこっとしてウィンクをすると、部屋から出ていった。

おれたちは、いっせいにため息をついた。ちょっと目を丸くして、おたがい顔を見合わせてしまった。

「あのさ、カルマなんて、なんのことだかさっぱりわからない。ミツバだって知らないし！」ジャックが言った。

おかげで、みんなちょっと笑ったよ。緊張気味の笑いだったけど。

第一印象

その日それから起きたことを、細かく説明するつもりはない。でも、これだけは言っておこう。ジャックは、生まれてはじめて、話を大げさにしなかった。それどころか、逆《ぎゃく》だった。「大げさ」の反対語ってある？　「小《ちい》げさ」？　よく知らないけど、とにかく、ジャックはその子の顔のことを、ぜんぜん大げさに話さなかった。

最初にオーガストを見たとき、おれはもう、目をおおってさけびながら逃《に》げだしたかった。ぎょええっ！　意地悪に聞こえるだろうし、悪いとも思う。だけど、ほんとうなんだ。はじめてオーガスト・プルマンを見たときに、そう思わなかったっていう人がいたら、そりゃ正直者じゃない。マジ。

おれは一目見て、すぐドアから出ていきたかった。だけど、そんなことしたら、しかられるに決まってる。だから、じっとトゥシュマン先生を見つめて、先生の話を聞こうとした。でも「ぺちゃくちゃぺちゃくちゃ」としか聞こえない。耳までほてっていたせいだ。頭のなかでさけんでたよ。ウソ！　ウソ！　ウソ！　ウソ！　ウソ！　ウソ！　ウソ！　ウソ！　ウソ！　ウソ！　ウソ！　ウソ！　ウソ！　ウソ！　ウソ！　ウソ！　ウソ！　ウソ！　ウソ！

千回ぐらい頭のなかで言ってただろう。ああ、なんなんだ？　わけわかんない。

しばらくして、先生はおれたちをオギーに紹介《しょうかい》した。げっ！　あいつと握手《あくしゅ》しちゃった。げげげっ！　その場を飛びだして、すぐ手を洗《あら》いたかった。だけど、なにがなんだかわからないうちに、おれたちはドアを出て、廊下《ろうか》を歩き、階段《かいだん》をあがっていた。

ウソ！　ウソ！　ウソ！　ウソ！　ウソ！　ウソ！　ウソ！　ウソ！　ウソ！　ウソ！

ホームルームの教室へむかって歩いているときに、ジャックと目が合った。おれは目を大きく見開いて、口パクで伝えた。「マジ？」

ジャックも口パクで答えた。「言っただろ！」

こわい

五歳《さい》ぐらいのとき、ある晩《ばん》テレビで『スポンジ・ボブ』のアニメを見ていて、とちゅうで流れてきたコマーシャルに超《ちょう》びびっちゃったことがあった。ハロウィーンの数日前。毎年その時期になると、こわいコマーシャルが流れることがあるんだけど、それは、聞いたこともない中高生むけホラー映画《えいが》の宣伝《せんでん》だった。いきなりゾンビの特大アップ。そりゃもう、ものすごくこわくて、すっかりふるえあがった。ホントに両手をあげてさけびながら部屋を飛びだしちゃうくらい、とにかく、めちゃめちゃおっかなかったんだ。

そのあとは、またゾンビの顔を見るのがいやだったから、ハロウィーンがすぎても、映画館《えいがかん》でその映画の上映《じょうえい》が終わるまでテレビを観なかった。マジ、まったくテレビを観なかった。それほど恐《おそ》ろしかったんだ！

それからわりとすぐ、なんて名前の子だか忘《わす》れちゃったけど、友だちの家に遊びに行った。その子は『ハリー・ポッター』にハマっていて、おれたちはいっしょに映画を観はじめた（おれはそれまで『ハリー・ポッター』をひとつも観たことがなかった）。そして、はじめてヴォルデモートの顔を見た瞬《しゅん》間《かん》、ハロウィーンのコマーシャルのときと、そっくり同じことが起こってしまった。つまり、おれはギャーギャーすごいいきおいでさけびだし、もうカンペキに赤ん坊《ぼう》みたいになっちゃったんだ。ホントにひどくて、その子のお母さんにはおれを落ちつかせることができなかったから、結局、ママに電話して迎《むか》えにきてもらうしかなかった。ママは、なんでそんな映画《えいが》をおれに観せたんだって、そのお母さんにつっかかって、とうとう二人は言い争いになった。それから……早い話、おれは二度とその家へ遊びに行かなかった。まあ、なにしろ、ハロウィーンのゾンビのコマーシャルと、ヴォルデモートの鼻のない顔のせいで、おれは大パニックだったんだ。

それから、運の悪いことに、だいたい同じころパパがおれを映画へ連れていった。やっぱり、まだたったの五歳《さい》だった。いや、もしかしたら六歳になっていたかも。とにかく、なんの問題もないはずだった。年齢制限《ねんれいせいげん》のない、小さな子でも大丈夫《だいじょうぶ》な、ぜんぜんこわくない映画だったんだ。ところが、いくつかの映画の予告編《よこくへん》が流れて、そのひとつが『恐怖《きょうふ》の妖精《ようせい》』っていう悪い妖精の映画だった。ああ、そうさ、妖精なんかで情《なさ》けない！　今思い出しても、なんであんなにこわかったのか、わからないよ。でも、おれはその予告編にふるえあがった。パパはおれを映画館《えいがかん》の外へ連れださなきゃならなかった。だって、また同じさ！　おれがわんわん泣き続けたからだ。すごくみっともない！　たかが妖精をこわがるなんて！　次はなにがこわくなるんだ？　空飛ぶポニー？　赤ちゃん人形？　雪の結《けっ》晶《しょう》？　まともじゃない！　だけど、おれときたら、ブルブルふるえて泣きさけび、パパのコートで顔をかくしながら映画館を出た。あの映画館の客席には、きっと三歳の子たちもいて、おれのことをどうしようもないヤツだと思って見ていただろうさ。

だけど、こわいって気持ちはどうしようもない。自分じゃコントロールできないんだ。こわいときは、とにかく、こわい。そして、こわいときってのは、なにもかもが、ふだんよりずっとこわく見える。ほんとうはぜんぜんこわくないものまでもだ。そして、こわいものがみんな、ぐちゃぐちゃに混《ま》じりあって、ものすごく大きな恐《おそ》ろしい感情《かんじょう》になっていく。恐怖はまるで毛布《もうふ》のように、おれをすっぽりおおう。ガラスの破片《はへん》と、犬のフンと、どろどろの膿《うみ》と、血みどろのゾンビの顔でできている毛布。

おれは、ひどい悪夢《あくむ》を見るようになった。毎晩《まいばん》、さけび声をあげて飛び起きた。やがて、悪夢におびえるあまり寝《ね》るのがこわくてたまらなくなり、パパとママのベッドでいっしょに寝はじめた。ほんの二晩《ばん》ぐらいのことと言えたらどんなにいいだろう。だけど、六週間も続いたんだ。おれはパパとママにぜったい電気を消させなかった。うとうとするたびに、パニック発作を起こした。手に汗《あせ》をかいて、動悸《どうき》が激《はげ》しくなったんだ。そしてベッドに入る時間になると、いやがって泣きさけぶようになってしまった。

パパとママはおれを「心のお医者さん」に連れていった。それが児童心理学者だったと知ったのは、ずっとあとのこと。パテル先生はほんのちょっと助けになった。おれの症状《しょうじょう》は「悪夢障害《あくむしょうがい》」ってやつだと教えてくれたし、自分の気持ちを先生に話せて少し楽になったように思う。でも、ほんとうにこの悪夢問題を解決《かいけつ》してくれたのは、ある日ママが家に持ってきた、自然ドキュメンタリーのDVDだった。でかした、自然ドキュメンタリー！　毎晩《まいばん》こいつをポンっとプレイヤーに入れて、男の人がイギリス訛《なま》りでミーアキャットとかコアラとかクラゲとかについて話すのを聴《き》きながら眠《ねむ》った。

そうしているうちに、いつのまにか悪夢を見なくなった。なにもかも、ふだんどおりにもどったんだ。でもたまに、ママが「軽度のぶり返し」と呼《よ》ぶ症状があった。たとえば、おれは今『スター・ウォーズ』が大好きだ。だけど八歳《さい》のころ、だれかの誕生会《たんじょうかい》で友だちの家に泊《と》まりにいったときはじめて『スター・ウォーズ　エピソード２／クローンの攻撃《こうげき》』を観たら、夜中の二時にママに迎《むか》えにきてくれって携帯《けいたい》メールを送るはめになってしまった。眠れなかったんだ。目を閉《と》じるたびにダース・シディアスの顔がまぶたに浮《う》かびあがった。また三週間ぐらい自然ドキュメンタリーの助けを借りて、やっと、そのぶり返しも消えた（けど、そのあと一年ぐらい人の家には泊まりに行かなかった）。それから、九歳のときにはじめて『ロード・オブ・ザ・リング／二つの塔《とう》』を観たら、また同じことが起きた。だけど、ゴラムのショックから立ち直るには、一週間しかかからなかった。

十歳になるころには、もう悪夢なんてほとんど見なくなっていた。悪夢の心配すらしなくなっていた。たとえばヘンリーの家にいて、ヘンリーが「おい、ホラー映画《えいが》を観ようぜ！」なんて言ったとしても、「イヤだ。こわい夢《ゆめ》を見るかもしれない」なんて思わなくなっていた（前はそう思ってたけど）。それどころか、すぐ「そりゃいいじゃん！　ポップコーンはどこ？」なんて答えるようになっていた。ようやく、いろんな映画を観られるようになってきた。ゾンビが出てきて世界に終わりがやってくるような映画なんかまで観るようになって、まったく平気になっていた。悪夢の問題なんて、もう過去《かこ》のこと。

少なくとも、おれはそう思っていた。

ところが、だ。オギー・プルマンに会った日の夜から、また悪夢を見るようになったんだ。信じられなかった。すぐ終わる悪夢なんかじゃない。マジこわくて、心臓《しんぞう》がバクバクして、さけびながら飛び起きちゃう、小さいころによく見たような悪夢だ。おれはもう、小さい子じゃないってのに。

五年生だよ！　十一歳！　こんなはずじゃなかった！

なのに、おれときたら、またたよ――寝《ね》る前に自然ドキュメンタリーの世話になるなんて。

学年写真

おれはオギーの顔のことをママに説明したんだけど、ママは、学年写真が郵送《ゆうそう》されてくるまでわかってぃなかった。それまで、ぜんぜんオギーを見たことがなかったんだ。感謝祭《かんしゃさい》フェスティバルのときは出張《しゅっちょう》だったから、オギーを見られなかった。学校で古代エジプトについて発表したエジプト博物館の日のオギーの顔は、ミイラの包帯でぐるぐる巻《ま》きだった。冬の音楽会は、まだだった。そういうわけで、ママは学年写真の入った大きな封筒《ふうとう》を開いて、はじめてオギーの顔を見た。そして、ようやくおれの悪夢《あくむ》のわけを知ることになった。

じつのところ、ちょっと笑える感じだった。おれはママが封筒を開けるのをずっと見ていたんだ。まずママは、わくわくしたようすで封筒のはしをペーパーナイフで切って開けた。最初におれの個人《こじん》写真を取りだし、胸《むね》に手をあてて言ったんだ。

「まあっ、ジュリアン、なんてハンサムなの！　おばあちゃんが送ってくれたネクタイを締《し》めてよかったわ」

おれは、キッチンのテーブルでアイスクリームを食べながら、ただニコッとしてうなずいた。

次にママは、封筒から学年写真を出した。初等部ではクラスごとに担任《たんにん》の先生といっしょの写真を撮《と》ったのだけど、中等部では五年生全員の集合写真を撮るだけ。六十人の生徒が学校の正門前に立っている写真。十五人ずつの列が四列。おれは後ろの列で、エイモスとヘンリーのあいだ。

ママは、にこにこしながら写真を見ていた。

「あっ、ここにいるわ」ママはおれを見つけた。

そして、笑顔で写真を見続けている。

「まあ！　マイルズはずいぶん大きくなったのね。この子はヘンリー？　もうひげが生えているみたい。えっと、この子は……」

そこまで言うと、ママはだまってしまった。一、二秒のあいだ、笑顔が凍《こお》りつき、ショックを受けた表情《ひょうじょう》にゆっくり変わっていった。

ママは写真を下に置くと、しばらく、ぼうっと前を見つめ、また写真を見た。

それから、おれのほうを見た。もう笑っていない。

「この子のことだったのね？」ほんの少し前と、声の調子がぜんぜんちがった。

「言っただろ」

ママは、もう一度写真を見つめた。「ただの口蓋裂《こうがいれつ》じゃないわ」

「口蓋裂なんてだれも言ってない。トゥシュマン先生はそんなこと言わなかったんだ」

「おっしゃったわ。電話であのとき」

「ちがうよ、ママ。先生は『顔に問題がある』って言ったのに、ママは口蓋裂だと思いこんじゃったんだ。でも、ほんとうのところ先生は一度も『口蓋裂』なんて言わなかった」

「たしかに『その男の子は口蓋裂《こうがいれつ》だ』っておっしゃったのよ。でも、そんなものじゃないわね」衝撃的《しょうげきてき》だったようだ。ママは写真を見つめ続けずにはいられない。「この子、いったいなんでこんななの？発達障害《しょうがい》かしら？ そんなふうにも見えるけど」

「ちがうと思うよ」おれは肩《かた》をすくめた。

「ちゃんと話せるの？」

「ちょっとモゴモゴ話すんで、ときどきわかりにくいけど」

ママは写真をテーブルに置いてすわると、テーブルの上を指でトントンたたいた。そして、首をふりながら考えている。

「この子のお母さんはだれかしら。いっぱい新しいお母さんたちがいるから、だれだかわからないわね。お母さんは金髪《きんぱつ》？」

「いや、黒い髪《かみ》。ときどき送り迎《むか》えにきているよ」

「そのお母さんも……この子みたいなの？」

「ううん、ぜんぜん」おれはママのとなりにすわり、はっきり見えないように目を細めながら写真を手に取った。オギーは前の列の一番左にいる。「おれ言っただろ、ママ。説明しても、ぜんぜん信じてくれなかった」

すると、ママは言《い》い訳《わけ》がましく言った。「信じなかったわけじゃないんだけど、ただちょっと……びっくりね。こんなに深刻《しんこく》だとは思ってなかったわ。あ、たぶんあのお母さんよ。とても美人で、ちょっとエキゾチック。ウェーブのかかった黒い髪でしょ？」

「はあ？　よくわかんないよ。人のお母さんなんて」おれは肩をすくめた。

「たぶんあの人よ。保護者会《ほごしゃかい》で見かけたの。お父さんもハンサムだった」ママは一人でうなずいている。

「知らないよ」おれは首を横にふった。

「お気の毒に！」ママは胸《むね》に手をあてた。

「なんでおれが、またこわい夢《ゆめ》を見るようになったのか、わかっただろ？」

ママはおれの髪をかきあげた。「今もこわい夢を見るの？」

「うん。学校がはじまってからの一か月みたいに毎晩《まいばん》じゃないよ。だけど、まだ見る」おれは写真をテーブルの上に放った。「あいつ、なんでよりによってビーチャー学園に来たんだ？」

ママは答えられずに、写真を封筒《ふうとう》にもどした。

「ぜったいおれのアルバムに入れちゃダメだ。ったく。ママ、そんなの燃《も》やしちゃってよ」おれは大声で言った。

「ジュリアン」

そのとき、いきなり、おれは泣きだしてしまった。

「まあ、ジュリアン！」ママは驚《おどろ》いて、おれを抱《だ》きしめた。

「がまんできないよ、ママ。毎日あいつに会わなきゃならないなんて、たまんないよ！」おれは泣きながら言った。

その夜、また同じ悪夢《あくむ》を見た。学校がはじまってからずっと見ている夢《ゆめ》だ。おれは学校の廊下《ろうか》を歩いている。生徒はみんなロッカーの前にいて、おれを見つめている。そして、おれが通りすぎると、ヒソヒソおれのことを話している。おれはそのまま階段《かいだん》をあがってトイレに入り、鏡を見る。だけど、映《うつ》っているのは、おれじゃない。オギーなんだ。おれはさけび声をあげる。

画像編集《がぞうへんしゅう》ソフト

次の朝、パパとママが仕事に出るしたくをしながら話しているのが聞こえてきた。おれも学校へ行くんで着替《きが》えているところだった。

「子どもたちがもっとしっかり心構《こころがま》えをできるようにしてくれなくちゃ。学校は、保護者《ほごしゃ》にお知らせかなにか送るべきだったんじゃないかしらね。よくわからないけど」

「おいおい、どんなお知らせだよ？　いったい学校はなんて言ったらよかったんだ？　みにくい新入生が来ますって？　そういうことか？」

「それ以上に、もっとひどいのよ」

「そんなことで、あんまり騒《さわ》ぐなよ、メリッサ」

「ジュールはまだあの子を見てないから、そう言えるのよ。すごく深刻《しんこく》なんだから。前もって保護者に知らせるべきだわ。わたしに連絡《れんらく》してくれなきゃ！　特にジュリアンは、不安神経症《ふあんしんけいしょう》の問題があるんだし」

「不安神経症の問題？」おれは自分の部屋からさけんで、すぐパパたちの寝室《しんしつ》に駆《か》けこんだ。「おれに心の問題があるっていうの？」

「いや、ジュリアン。だれもそんなことは言ってない」

「ママが言ったばかりだよ！」おれはママを指さした。「ママが今『不安神経症の問題』って言ったじゃないか。なんだよ。二人とも、おれが精神病《せいしんびょう》だと思ってるの？」

「思ってない！」二人が同時に言った。

「悪夢を見るってだけで？」

「ちがう！」二人とも大声を出した。

「あいつがうちの学校に来たのは、おれのせいじゃない！　あの顔にぞっとしちゃうのも、おれのせいじゃない！」おれはさけんだ。

「もちろんよ、ジュリアン。だれもそんなこと言ってない。前に悪夢《あくむ》で困《こま》ったことがあるんだから、学校は事前に教えてくれるべきだったって言っただけ。そうすれば、今回のあなたの悪夢について、もっとよく理解《りかい》できたはずだわ。なにがきっかけだったのかも、ちゃんとわかったはずよ」

おれは二人のベッドのはしにすわった。パパが学年写真を両手で持ち、じっと見ていた。

「燃《も》やしてくれるといいんだけど」おれは言った。じょうだんのつもりじゃなかった。

すると、ママがおれのとなりにすわった。「燃やさないわ、ジュリアン。燃やさなくていいのよ。これを見てちょうだい」

ママはナイトテーブルから別の写真をつかんで、おれに渡《わた》した。最初は、また同じ学年写真だと思った。パパが持っている写真とまったく同じ大きさだったし、写っているものもまったく同じだったからだ。おれは、うんざりして目をそらそうとしたんだけど、ママが写真のなかの一か所を指さした。

オギーがいたはずの場所——なのに、オギーはどこにもいなかった！

ウソだろ！　影《かげ》も形もない！

おれが顔をあげると、ママがニコニコしていた。

「フォトショップの魔法《まほう》よ！」うれしそうに手をたたいている。「これで、この写真を見ても、五年生のときの思い出がイヤなものにならないわ」

「すごい！　どうやったの？」

「ママはね、こういう画像編集《がぞうへんしゅう》ソフトを使うのがけっこう得意になったのよ。去年も、ハワイの写真の空を全部青くしたでしょ？」

「毎日雨だったなんて、ぜったいわからないよなあ」パパが首を横にふりながら言った。

「笑いたければ笑いなさいよ。でも、おかげで、あの写真を見ても悪い天気で旅行が台無しになりかかったなんて、いちいち思い出さないですむでしょ？　最高にすてきな旅行だったと思えるわ。ジュリアンにも、ビーチャー学園での五年生をそういう思い出にしてほしいのよ。わかる？　いい思い出。イヤな思い出じゃなくて」

「ありがとう、ママ！」おれはママをしっかり抱《だ》きしめた。

でも、ママが写真の空を全部青色に変えても、おれが覚えているハワイ旅行は、ずっと寒くて雨ばかりだったことだけだ――いくら画像編集ソフトの魔法があってもね。もちろん、ママには言わなかったけど。

意地悪

言っとくけど、おれはもともと意地悪じゃない。ホントに意地悪な人間なんかじゃない！　そりゃ、ときどきじょうだんを言うことはあるけど、べつに意地悪なじょうだんじゃない。少しからかうだけだ。みんなもっと肩《かた》の力を抜《ぬ》けよ！　――うん、もしかしたら、たまにおれのじょうだんはちょっと意地悪かもしれない。でも、そういうのは本人のいないところで言うだけだ。ぜったいに、面とむかって傷《きず》つけることを言いはしない。おれは、そういういじめっ子じゃない！　意地悪ばかりするやつじゃないんだよ！

みんな、いいか？　そんな神経質《しんけいしつ》になるなって！

画像編集《がぞうへんしゅう》ソフトの修正《しゅうせい》写真にバッチシのってきたやつもいたけど、そうじゃないやつもいた。ヘンリーとマイルズはすごく気に入って、おれのママから、やつらのママへ写真をメールしてほしがった。エイモスは変だって言った。シャーロットはとんでもないと言った。ジャックがどう思ったのかはわからない。だって、あいつはもうダークサイドに堕《お》ちてしまったから。ジャックは、この学年になってから仲間を完全に捨《す》てたみたいで、オギーとだけつるんでる。むかつくったらない。おれがジャックといっしょにいられないじゃないか。あの奇形児《きけいじ》から「ペスト菌《きん》」をうつされたら、たまらないもんな。ペスト菌ってのは、おれが思いついた遊び。とても単純《たんじゅん》だ。もしオギーにさわったら、すぐ菌を洗《あら》い落とさないと死んじゃうんだ。学年中のやつらがこの遊びに加わった。ジャックは別だけど。

あとサマーも。

ここからは、ちょっと奇妙《きみょう》な話。おれは三年生のときからサマーを知っているけど、特に気になったことなんてなかった。だけど今年、ヘンリーがサバンナを好きになって、「つきあい」はじめた。「つきあう」って言ったって、高校生みたいにいちゃいちゃ気持ち悪いやつじゃない。おれたちの言う「つきあう」っていうのは、二人でしゃべったり、ロッカーのところで待ち合わせしたり、ときどき放課後にエイムスフォート通りのアイスクリーム屋へ行くぐらいのこと。で、まずヘンリーがサバンナとつきあいだし、次にマイルズがヒメナとつきあいだした。つい、「おいおい、おれは?」って思ったよ。そんなとき、エイモスが「サマーにコクる」って言いやがったんで、おれは「マジかよ? おれがコクるんだ!」って言っちゃったわけ。それからなんとなくサマーが気になりだした。

だけどサマーは、ジャックみたいにチーム・オギーだから、めちゃむかつく。だって、おれがサマーとぜんぜん遊べないじゃないか。「よう」って声をかけることもできない。そんなことしたら、あの奇形児は自分が声をかけられたとカンちがいしちゃうかもしれないじゃん。それで、サバンナの家でやるハロウィーン・パーティーへ、サバンナからサマーを招待《しょうたい》させろって、ヘンリーに頼《たの》んだんだ。

そうしたらサマーとしゃべれるし、もしかしたら、つきあってくれって言えるかもしれないと思った。だけど、うまくいかなかった。サマーはパーティーにちょっといただけで帰っちゃったんだ。そして、それからずっと、奇形児《きけいじ》とばかりつるんでいる。

はいはい、あいつを「奇形児」って呼《よ》ぶのはよくないことだって、わかってるさ。だけど、さっきも言ったように、みんな、神経質《しんけいしつ》すぎ！　ただのじょうだんだろ！　そんなに深刻《しんこく》にとるなよ！　おれは意地悪してるんじゃない。ただ、ふざけてるだけ。

ジャックがおれをなぐったあの日も、おれはただ、ふざけただけだ。じょうだん言ってただけ！からかっただけだ。

げんこつが飛んでくるなんて思いもしなかった！

覚えているのは、こうだ。おれたちはくだらないことをしゃべっていて、とつぜん、ジャックが理由もなしにおれの口元をなぐりやがった。ボカッ！

「いってえ！　バカヤロー！　やりやがったな！　なんなんだよ？」って感じ。

そのあと覚えているのは、モリー先生の保健室《ほけんしつ》で抜《ぬ》けた歯を握《にぎ》っていたこと。トゥシュマン先生もいて、病院へ連れていくって電話でママに話していた。電話のむこうからママのさけび声が聞こえた。

それから、教頭のルービン先生がおれを救急車に乗せてくれて、病院へ連れていってくれた。どうかしてるよ！

救急車のなかで、ジャックになぐられた理由がわかるかとルービン先生に聞かれた。で、あいつがおかしいからに決まってる、みたいなことを答えた。もっとも、腫《は》れあがった唇《くちびる》と血だらけの口だったから、たいして話せなかったけど。

ルービン先生は、ママが駆《か》けつけるまで病院でそばにいてくれた。想像《そうぞう》できるだろうけど、ママはかなりヒステリックになっていた。おれの顔を見ては、なんだか大げさに泣いていた。はっきり言って、ちょっとみっともなかった。

それから、パパもやってきた。

「だれがやったんです？」パパは、真っ先に先生にむかってさけんだ。

「ジャック・ウィルです。今トゥシュマン先生といます」先生はおだやかに答えた。

「ジャック・ウィル？　ウィルさんのお子さん！　なんでそんなことが？」ママが驚《おどろ》いてさけんだ。

「この件《けん》については、じっくり調査《ちょうさ》しますが、とにかく今一番大事なのは、ジュリアンが大丈夫《だいじょうぶ》なことで……」

「大丈夫ですって？」ママがどなりだした。「この子の顔を見てください！　これで大丈夫だって言うんですか？　これはそんなレベルではないですよ。ひどい。いったいどういう学校なんですか？

ビーチャー学園みたいな学校なら、なぐりあいなんて起きないと思っていたのに。だからこそ、みんな毎年四万ドルも学費を払《はら》っているんです。子どもたちが安全なようにって」

「オールバンズさん、お気持ちはわかりますが……」

「その子は退学処分《たいがくしょぶん》ですね？」パパが言った。

「パパっ！」おれはどなった。

「この件《けん》については、必ず適切《てきせつ》な方法で対処《たいしょ》するとお約束します」先生はできるだけおだやかに答えようとしていた。「それでは、よろしければ、わたしはこれで。お医者さんがもどられたら、お聞きになられることですが、なにも異常《いじょう》はないそうです。ジュリアンは大丈夫《だいじょうぶ》です。下の奥歯《おくば》が一本抜けてしまいましたが、どうせもうすぐ抜けるところでした。痛《いた》み止《ど》めを出してくれるそうですから、あとは冷やしてください。また明日の朝にお話ししましょう」

そのときはじめて、おれは気づいた。かわいそうに、ルービン先生のブラウスとスカートは血だらけになっていた。ったく、口ってのは、ずいぶん出血するもんだ。

その夜、ようやくおれが痛みなしに話せるようになったら、パパとママは、なにが起きたのか、細かく全部知りたがった。まずは、なぐられる前に、おれとジャックがなにを話していたかだ。

おれは、なんとかモゴモゴと答えた。「シャック、奇形《きけい》の子とパートナーにしゃれて、ムカついてた。

おれ、ヤならパートナーを変えれるって、教えてやった。しょしたら、なぐられた」

ママは首を横にふった。ぶちギレだ。こんなに怒《おこ》っているママを見たことはなかった（かなり怒っているのを前に見たことはあったけど、それ以上だ。ホント！）。

ママは腕《うで》を組み、何度もうなずきながら話しだした。「こういうことが起きるのよ！　年端《としは》もいかない子どもたちに、無理なことをやらせようとするから。こんな目にあわされるには、まだ小さすぎる。あのトゥシュマンってのはバカよ！」

ママは、ほかにもいろいろ言っていた。ちょっとおれの口からは言えないようなことも。

「でもパパ、シャック、退学、ヤだよ」その夜、おれはパパに言った。病院でもらった痛み止めが切れてきたんで、パパはおれの口に氷をあててくれていた。

「うちが決めることじゃない。でも、パパがジュリアンだったら、そんなことを心配しないな。どうなろうと、ジャックは自業自得だ」

正直言って、おれはちょっとジャックに同情《どうじょう》しはじめていた。もちろん、おれをなぐるなんて、とんでもないバカだ。しかられればいいって思うけど、ほんとうに、退学処分とかにはならないでほしかった。

だけどママは、使命感にめらめら燃《も》えてる状態《じょうたい》（パパがいつもそう呼《よ》んでいる）。ときどきママはそんなふうになる。なにかに頭にくると、どうにも止まらない。数年前、ビーチャー学園の近くで子どもが車にはねられたときもそうで、信号機を設置《せっち》しようと、ものすごく大勢《おおぜい》の署名《しょめい》を集めた。スーパーママ大活躍《だいかつやく》。それから、先月うちのお気に入りのレストランがメニューを変えて、おれの好物を出さなくなったときもそう。これもまた、スーパーママ大活躍。ママが新しいオーナーと話したおかげで、特別に注文できることになったんだ。おれだけの特別メニューだよ！　ところがママは、あんまりよくないことにも同じ状態《じょうたい》になる。たとえば、ウェイターが注文をまちがえたときとかね。そういうときは、スーパーみっともないママだ。だって、ほら、わかるだろ？　自分の母親が五歳児《さいじ》をしかるみたいにウェイターにむかって話しだしたら、かなり居心地《いごこち》悪いんだ。恥《は》ずかしい！　それに、パパも言うように、ウェイターを怒《おこ》らせるものじゃないよね。ウェイターってのは、おれたちが食べるものを、その手で運んでくるんだから……ったく！

それで、ママがトゥシュマン先生とオギー・プルマンとビーチャー学園全体を相手に戦うと宣言《せんげん》したとき、おれは自分の気持ちがよくわからなかった。いったい、スーパーママ大活躍になるのか、スーパーみっともないママ出現《しゅつげん》になるのか？　たとえば、オギーが別の学校に転校することになったりするのか（なら、サイコー！）、それとも、トゥシュマン先生が食堂でおれのランチに鼻くそを入れたりすることになるのか（うげっ！）。

パーティー

腫《は》れがすっかり引くまで、二週間ぐらいかかった。おかげで冬休みにパリへ行くのは取りやめ。ママは、ボクシングの大試合にでも出たようなおれの顔を親戚《しんせき》に見せたくなかったんだ。それに、休み中一枚《まい》もおれの写真を撮《と》らなかった。こんな姿《すがた》のおれを思い出したくなかったからだ。毎年作るクリスマスカードには、去年候補《こうほ》にして使わなかった写真を選んだ。

もうたいした回数じゃないっていうのに、また悪夢《あくむ》を見はじめたというだけで、ママはすごく心配していた。かなり神経《しんけい》をすり減《へ》らしているみたいだ。そして、クリスマス・パーティーの前日、ほかの母親から、オギーがおれたちと同じ入学審査《しんさ》を受けなかったと聞いてきた。ビーチャー学園を受験する子は全員学校で面接《めんせつ》と筆記試験を受けることになっているんだけど、オギーの場合はなんだか例外だったらしい。オギーは面接を受けに学校へ来なかったし、筆記試験も家で受けていた。とんでもない不公平だと、ママは思った。

それで、パーティーで大勢のお母さん方に言ったんだ。「そもそも、あの子はうちの学校に入学させるべきではなかったんですよ。ビーチャー学園は、こういう状況《じょうきょう》を受け入れられるようにできていませんもの！　障害《しょうがい》のある子とない子を、同じクラスで勉強させる学校じゃありません！　そういうインクルーシブ教育はやっていないんです。ほかの子たちが影響《えいきょう》を受けたって、対処《たいしょ》する心理学者もいないないじゃないですか。かわいそうに、うちのジュリアンは、まる一か月も悪夢《あくむ》に悩《なや》まされて！」

げっ、ママ！　おれの悪夢のことまで話すなよ！

「ヘンリーも動揺《どうよう》していたわ」ヘンリーのママが言うと、ほかの母親たちもうなずいた。

「前もってわたしたちに心構《こころがま》えもさせてくれなかったなんて！　一番の問題は、そこですよ。特別に心理面のサポートをしないのなら、せめて事前に親への警告《けいこく》をしてくれればいいのに！」ママが言った。

「そのとおりよ！」マイルズのママが言うと、またほかの母親たちがうなずいた。

「そうすれば、ジャック・ウィルだって、なにかセラピーを受けられたはずですよ」ママは、あきれ果てたという表情で言った。

「退学処分《たいがくしょぶん》にならないなんて、驚《おどろ》いたわ」ヘンリーのママが言った。

「ええ、なるところだったのよ。でも、退学させないでくれって、うちが頼《たの》んだの。幼稚部《ようちぶ》のころからウィルさん御一家《ごいっか》は知っていますもの。いい方たちだわ。ジャックを責《せ》められやしませんよ、ほんとうに。あの子のめんどうをみなくてはならなくて、精神的《せいしんてき》プレッシャーにやられちゃっただけでしょう。年端《としは》のいかない子どもたちをそんな目にあわせたら、こういうことが起きてしまうのよ。正直なところ、トゥシュマン先生はいったいなにを考えていらっしゃるんだか、わからないわ！」

「ごめんなさい、ひとことだけ言わせてください」だれかのママ（たぶんシャーロットのママだ。明るいブロンドと大きな青い目がそっくり）が言った。「あの子に問題があるわけじゃないのよ、メリッサ。とてもよい子。ただ見た目がちがうだけ。それで……」

「ええ、わかっていますとも！」ママは胸《むね》に手をあてて答えた。「ねえ、ブリジット、あの子がいい子じゃないなんて、だれも言ってないの。まちがいなくそう。きっといい子にちがいないわ。ご両親もすてきな方たちらしいし。でも、問題は別のところにあるのよ。思うに、結局は、トゥシュマン先生が規則《きそく》に従《したが》わなかったという単純《たんじゅん》な問題。入学審査《しんさ》の特別扱《あつか》いは目にあまるほどよ。ビーチャー学園での面接《めんせつ》がなくて、ほかの子たちと同じ方法で筆記試験を受けさせなかったなんて。規則やぶりよ。規則は規則。守らなくちゃ」ママは悲しそうな顔でシャーロットのママを見た。「まあ、ブリジットったら、とんでもないって顔をして！」

　シャーロットのママが首を横にふった。「そんな、メリッサ、ちがうわ。いろんな意味でむずかしいことよ。でも、実際《じっさい》お宅《たく》のお子さんは顔をなぐられた。あなたが怒《おこ》ったり、しかるべき対応《たいおう》を要求するのは当然のことだと思うわ」

　ママはうなずいて腕《うで》を組んだ。「ありがとう。わたしはただ、この一件《いっけん》の扱いが全体的にひどいと思うのよ。それだけ。トゥシュマン先生のせいだわ。すべて」

「まったくね」ヘンリーのママが言った。

「やめてもらわなくちゃ」マイルズのママも同じ意見だ。

ママをかこむ母親たちがうなずいている。で、おれは思ったんだ。うん、これはたぶん、ほんとうに、スーパーママの出現《しゅつげん》になるんじゃないかってね。もしかしたら、ママの大活躍《だいかつやく》で、オギーは別の学校へ行くことになり、ビーチャー学園が元どおりになるのかもしれない。そうなりゃサイコー！

だけど、心のどこかでは、ひょっとしてスーパーみっともないママになるんじゃないかって気もしていた。だって、ママが言ったことのいくつかは……よくわからないけど、なんだか、すごくキツい。ちょうど、ウェイターに頭にきたときみたいなんだ。こっちはウェイターがかわいそうになる。とにかく、ママがトゥシュマン先生への反対運動をはじめたのは、おれのせいだってよくわかっている。もし、おれが悪夢《あくむ》をまた見はじめなかったら、それから、もしジャックになぐられなかったら、こんなことは起きなかったんだ。きっとママは、オギーやトゥシュマン先生のことで騒《さわ》いだりしないで、なにかほんとに役に立つことに時間と労力を費やしていたことだろう。学校の資金集《しきんあつ》めとか、ホームレスのシェルターでのボランティア活動とか。ママはいつだって、そういう人の役に立つことをしているんだ！

そういうわけで、おれにはよくわからない。ママがおれを助けようとしてくれているのはうれしい。

だけど、その一方で、やめてほしい気もする。

チーム・ジュリアン

冬休み明けにやたらとムカついたのは、ジャックがオギーの友だちにもどっていたことだった。ハロウィーンのあとずっと、あの二人は仲たがいしていて、おかげでジャックとおれは前みたいに親しくしはじめていた。なのに冬休みが終わったら、二人はまた親友同士にもどっていた。

がっかりだよ！

おれはみんなにジャックを無視《むし》しようと呼《よ》びかけた。それがジャックのためになるってね。そうなれば、ジャックはきっぱり選ばなきゃならない。チーム・オギーにつくか、チーム・ジュリアンとほかのみんなにつくか。それで、おれたちは完全にジャックを無視しはじめた。話しかけない。なにを聞かれても答えない。まるでジャックがいないかのようにふるまう。

思い知ればいいんだ！

そして、紙切れをロッカーに入れはじめたのもそのころだ。ある日、だれかが校庭のベンチに置き忘《わす》れたメモ帳を見て思いついた。おれは猟奇殺人犯《サイコキラー》っぽい不気味な手書き文字で書いた。

「オマエは嫌《きら》われものだ！」

だれも見ていないときに、ジャックのロッカーのすきまから、なかへつっこんだ。そして、横目でこっそりジャックが見つけるところを見ていた。ジャックはふりむいて、近くにいたヘンリーを見た。

「これジュリアンが書いたのか？」ジャックが聞いた。

だけど、ヘンリーはおれの仲間だろ？　ジャックを無視《むし》して、だれにも話しかけられなかったふりをした。ジャックは紙切れをくしゃっと丸めると、ロッカーに放りこんで、ドアをバタンと閉《し》めた。

ジャックが行ってしまうと、おれはヘンリーに近寄《ちかよ》った。

「やった！」おれが親指と人さし指と小指を立てる悪魔《あくま》サインをしながら言うと、ヘンリーが笑った。

それから二、三日のあいだ、ジャックのロッカーにいくつか紙切れを入れた。オギーのロッカーにも入れはじめた。

だけど、そんなのは――くりかえすけど――そんなに大ごとじゃない。バカなおふざけばかりだよ。深刻《しんこく》にとるやつがいるなんて、思いもしなかった。ホントに笑えるものばかり！

まあ、だいたいは笑えるやつ。少なくとも、何枚《なんまい》かはそう。

「くせえぞ、マヌケ！」

「奇形《きけい》！」

「オークめ！　この学校から出ていけ！」

ヘンリーとマイルズのほかはだれも、おれが書いていたと知らなかった。そして二人とも、ぜったい秘密《ひみつ》にすると誓《ちか》った。

学園長室

いったいぜんたい、トゥシュマン先生がどうやって紙切れのことを知ったのか、わからない。ジャックやオギーは言いつけるほどアホじゃない。あいつらだっておれのロッカーに紙切れを入れてたんだから。自分もやっているのに、チクるバカはいないはずだろ?

とにかく、こんなことが起きた。まず、おれがものすごく楽しみにしていた五年生の野外学習の数日前に、ビーチャー学園学園長のジャンセン先生からママに電話がかかってきた。パパとママに相談したいことがあるから、学校に来てほしいというのだ。

ママは、てっきりトゥシュマン先生の話で、もしかしたらトゥシュマン先生がクビになるのかと思った。で、じつのところ、ジャンセン先生に会うのをなんだか楽しみにしているみたいだった。

パパとママは約束どおり午前十時にやってきて、学園長室で待っていた。そうしたら、いきなり、おれも部屋へ入ってきたのに気がついた。おれは授業中《じゅぎょうちゅう》、あとについてくるようにと言われてルービン先生に教室から連れだされたんだ。なんでなのか、まったくわからなかった。それまで学園長室なんて入ったこともなかった。だから、パパとママのところへ来たとき、二人と同じように、すっかりとまどっていた。

「いったい、どういうことですか？」ママがルービン先生にたずねた。ところが先生が答える前に、トゥシュマン先生とジャンセン先生が入ってきた。

全員が握手《あくしゅ》を交わして、笑顔を浮《う》かべてあいさつをした。ルービン先生が、自分はすぐ授業《じゅぎょう》にもどらなくてはならないから、あとでパパとママに電話で話を聞くと言った。これにはママも驚《おどろ》いて、どうやらトゥシュマン先生をクビにする話じゃなさそうだと思いはじめたみたいだった。

ジャンセン先生はおれたちに、先生の机《つくえ》のむかいにあるソファにすわるようにと言った。トゥシュマン先生はおれたちのとなりの椅子《いす》にすわり、ジャンセン先生は自分の椅子にすわった。

「メリッサさん、ジュールさん、今日はわざわざお越《こ》しいただき、ありがとうございます」

ジャンセン先生がパパとママに言った。先生がおれの親を名前で呼《よ》ぶなんて、なんだか不思議な感じがする。理事会のメンバーだから、おたがい知っているのはあたりまえだけど、それでもすごく変な感じ。

「お二人ともお忙《いそが》しいことはよくわかっています。いったいなんの件《けん》かとお思いでしょう」

「ええ、はい……」ママの声は尻《しり》すぼみ。パパは手を口にあてて咳《せき》をした。

　ジャンセン先生が説明をはじめた。「本日いらしていただいたのは、あいにく、大変深刻《しんこく》な問題が起きまして、最良の解決策《かいけつさく》を考えたいからなのです。ジュリアン、なにか察しがつくかい？」先生がおれを見た。

　おれは目を丸くした。

「ぼく？　いいえ」のけぞって顔をしかめてしまった。

　ジャンセン先生は、おれに笑顔をむけながらも、ため息をついてメガネをはずした。そして、おれを見ながら話しだした。

「わかっていると思うが、ビーチャー学園は、いじめに対して厳《きび》しく対処《たいしょ》する。どのようないじめもぜったいに認《みと》めない。わたしたちは、生徒たち一人ひとりが、あたたかく大事にされる環境《かんきょう》で学ぶ権《けん》利《り》があると考えていて――」

「すみませんが、どういうことか説明していただけないでしょうか？」ママが、がまんできずにジャンセン先生を見て口をはさんだ。「もちろんビーチャー学園の理念は知っています。わたしたちが書いたようなものなんですから！　さっさと肝心《かんじん》なことをおっしゃってください。いったい、なんなんです？」

ジャンセン先生がトゥシュマン先生を見た。「君から説明してはどうかね？」

するとトゥシュマン先生がパパとママに封筒《ふうとう》を渡《わた》した。ママが封筒を開けて取りだしたのは、おれがオギーのロッカーに最後に入れた三枚《まい》の紙切れだった。すぐわかった。ピンクの紙切れで、それまでいつも使っていた黄色い紙ではなかったからだ。

それで思ったさ。ははあ、オギーが紙切れのことをトゥシュマン先生にチクりやがった！　あのヤロー！

ママは、さっと紙切れに目を通すと眉《まゆ》をあげて、パパに渡した。パパは読むなり、おれを見た。

「おまえが書いたのか、ジュリアン？」おれにむかって紙切れをさしだした。

おれは息をのみ、ぼうぜんとパパを見た。それから、パパに渡された紙切れを、ただ見つめた。

「えっと……それは……うん、そうだけど、パパ、あいつらも書いたんだよ！」

「あいつらって、だれだ？」パパが聞いた。

「ジャックとオギー。あいつらも、おれに書いたんだ。おれだけじゃない！」

「だが、はじめたのは君だね？」トゥシュマン先生が聞いた。

ママが怒《おこ》って口をはさんだ。「すみません。ジャック・ウィルになぐられたのはジュリアンで、その逆《ぎゃく》ではないことを、お忘《わす》れなく。当然、わだかまりが残って――」

「ジュリアン、いくつこういうものを書いた?」パパが、おれの手のなかの紙切れをつきながら言った。

「わからない」言葉がなかなか口から出てこない。「たぶん、六枚かそこら。でも、ほかのはこんなに……ひどくないんだ。この三つは、ほかのよりずっとひどい。あとはそれほど……」三つの紙切れに自分が書いたものを読みながら、おれの声はしぼんでいった。

その紙に書いてあったのは、こんなの。

「おい、きもわるダース・シディアス、おまえみたいなみにくいやつは、毎日マスクをかぶってろ!」

それから、こんなの。

「奇形《きけい》め、大嫌《だいきら》いだ!」

そして最後のは、これ。

「おまえの母さんは、おまえなんか生まれなきゃよかったのにって、きっと思ってる。みんなのためになることをしろ――つまり、死ね」

もちろん、今読み返してみたら、書いたときよりもずっとひどく思えた。だけど、あのときおれは怒《おこ》っていた。それも、かんかんに。ちょうどあいつらからの紙切れを見つけたところで……。

「待って！」おれはポケットに手をつっこんだ。昨日オギーとジャックがおれのロッカーに入れたばかりの、一番新しい紙切れがある。もうクシャクシャになっていたけれど、おれはトゥシュマン先生に見てもらおうと取りだした。「ほら！　あいつらも、おれに意地悪なことを書いてきたんだ！」

トゥシュマン先生はその紙切れを手に取り、さっと読んで、おれの親にまわした。ママは読むと床《ゆか》を見つめた。パパも読み、困《こま》ったように首を横にふった。

パパに渡《わた》されて、おれも読んだ。


「ジュリアン、とってもステキ！　サマーにはふられちゃったみたいだけど、あたしはジュリアンの赤ちゃんを産みたいわ！　あたしのわきの下のにおいをかいで！

愛をこめて、ビューラより」


「このビューラってのは、だれなんだ？」パパが聞いた。

「気にしないでよ。説明できないから」

おれが紙切れをトゥシュマン先生にもどすと、トゥシュマン先生はジャンセン先生にまわした。トゥシュマン先生は笑いをこらえているみたいだった。

「ジュリアン、君が書いた三つの内容《ないよう》と、これとはまったく比《くら》べ物《もの》にならない」トゥシュマン先生が言った。

「当事者以外にはこの内容の意味を判断《はんだん》できないはずですよ。どちらのほうがひどいのか、先生の判断が問題なのではなく、受け取った本人がどう読むかが問題なんです。事実、ジュリアンはこのサマーという女の子がずっと好きだったんですから、たぶん傷《きず》ついて――」

「ママ！」おれは両手で顔をおおってどなった。「恥《は》ずかしいだろ！」

「わたしが言いたいのは、そういう紙切れはどんな内容であれ、とにかく子どもを傷つけるものだということです。先生がおわかりになるかならないかに関わらず」ママがトゥシュマン先生に言った。

「それはちがうでしょう？」トゥシュマン先生が首を横にふりながら言った。こんなに怒っている先生の声は、今まで聞いたことがなかった。「息子さんの書かれたものがどれだけ恐《おそ》ろしいか、わからないっておっしゃるんですか？　わたしは非常《ひじょう》に恐ろしいと思いましたよ！」

「その紙切れのことを正当化しているのではありません！　ただ、これはおたがいさまだって言いたいんです。ジュリアンにも理由があってこんなものを書いたにちがいないと、わかってやってください」

「いいですか」ジャンセン先生が、道で交通整理をしている人みたいに片腕《かたうで》を前にのばしながら言った。「これ一回かぎりのことでないのは、疑《うたが》いの余地《よち》がありません」

「その紙切れのせいで、ぼくは傷《きず》ついたんです！」泣きそうに聞こえてもかまわなかった。

「たしかに君は傷ついたのだろう、ジュリアン。そして、君は相手の気持ちを傷つけようとした。それがまさに問題なんだ――おたがいに仕返しをしあって、どんどんエスカレートし、おさえがきかなくなる」

「そのとおりです！」悲鳴のようなママの声。

「しかし……」ジャンセン先生が人さし指を立てて話を続けた。「ものには限度《げんど》というものがあるんだ、ジュリアン。ゆるされる限度というものが。君の書いたものはその限度を越《こ》えている。まったくゆるされるものではない。もしオギーが読んでいたら、どう感じると思う？」

ジャンセン先生にじっと見つめられて、おれはソファの下にかくれたかった。

「オギーは読んでないんですか？」おれは聞いた。

「そうだ。幸いにも昨日、紙切れのことを知らせてくれた人がいて、トゥシュマン先生がオギーのロッカーを開け、オギーが見る前に回収《かいしゅう》した」

おれはうなずき、うなだれた。正直なところ、オギーが読まなくてよかったと思った。ジャンセン先生が言った「限度を越えている」の意味がわかったような気がする。けれど、オギーが言いつけたんじゃなければ、いったいだれがチクったんだ？

全員がしばらくだまりこくっていた。信じられないほど、気まずい空気。

判決《はんけつ》

「わかりました」とうとう、パパが片手《かたて》で顔をもみながら言った。「明らかに、ことはかなり深刻《しんこく》だと理解《りかい》しましたので、わたしどもで……なんとかしたいと思います」

あんなに居心地《いごこち》の悪そうなパパを見たのははじめてだった。ごめんよ、パパ！

ジャンセン先生が話しだした。「では、やっていただきたいことがいくつかあります。もちろん、わたしたちはこの件《けん》に関わる生徒一人ひとりの助けになりたく……」

「ご理解いただき、ありがとうございます！」ママはバッグを手に取り、今にも立ちあがろうとしていた。

「これには、処罰《しょばつ》があります！」トゥシュマン先生がママを見た。

「なんですって？」ママがさっとふりむいた。

「最初に申しあげましたように、この学校には、いじめに対して大変厳《きび》しい規則《きそく》があります」ジャンセン先生が口をはさんだ。

「はいはい、ジャック・ウィルがジュリアンをなぐっても退学《たいがく》にならなかったのですから、ずいぶん厳《きび》しい規則《きそく》ですこと」すぐさまママが言った。そうさ。どうなんだよ、トゥシュマン先生！

「まったく、いいかげんにしてください！ 見当ちがいもはなはだしい」トゥシュマン先生がママの言葉をはねつけた。

「はあ？ 人の顔をなぐるのがいじめじゃないとでも、おっしゃるんですか？」

「そこまで、そこまで」パパが片手《かたて》をあげて、トゥシュマン先生が答えるのをさえぎった。「肝心《かんじん》なことを話しましょう。やってほしいことというのは？」

ジャンセン先生がパパを見て答えた。「ジュリアンは二週間の停学です」

「なんですって？」ママが、パパを見ながら大声をあげた。だけどパパは見返さない。

「それから、カウンセリングをおすすめします。保健《ほけん》のモリー先生が、ジュリアンにふさわしいカウンセラーを何人かご紹介《しょうかい》しますから――」

「そんなばかな」ママが怒《おこ》って口をはさんだ。

「待ってください」おれは言った。「つまり、ぼくは学校へ来られないんですか？」

「二週間は来られない。たった今からだ」トゥシュマン先生が答えた。

「じゃあ、野外学習は？」

「君は行けない」トゥシュマン先生は冷静に答えた。

「そんな！　野外学習には行きたいんです！」今やおれはほんとうに泣きそうだった。

「残念だ、ジュリアン」ジャンセン先生がおだやかに言った。

「いくらなんでも、あんまりです。少し大げさすぎるのではありませんか？　あの子はその紙切れを読んでもいないんですよ！」ママがジャンセン先生にむかって言った。

「そういう問題ではありません！」トゥシュマン先生が答えた。

「わたしの意見を言わせてください！　もともと先生は、この学校に合格《ごうかく》させるべきでない子を入学させたんです。そのために規則までやぶられた。そして、その件《けん》でわたしが立ちあがって苦情《くじょう》を言ったから、うちの子に難癖《なんくせ》をつけようとしていらっしゃる！」

「メリッサさん」ジャンセン先生がママを落ちつかせようとした。

「顔の奇形《きけい》やら変形やらなんていう問題を、まだ年端《としは》のいかない子どもたちにつきつけて……。おわかりですか？　あの子のせいでジュリアンは悪夢《あくむ》を見続けたんですよ。ジュリアンには不安神経症《ふあんしんけいしょう》の問題があるんです。ご存知《ぞんじ》でしたか？」ママがジャンセン先生に言った。

「ママ！」もう、たまらないよ。

「あのようなお子さんにとってビーチャー学園がふさわしい場所なのかどうか、理事会に相談してくださるべきでした。そこが重要なんです！　この学校は受け入れる準備《じゅんび》ができてないんです。うちではなく、ほかにいい学校があるじゃないですか！」

「そんなふうに、思われるのですね」トゥシュマン先生が、ママを見ずに言った。

ママはあきれたように目を見開いて、「まるで魔女狩《まじょが》りだわ」と窓《まど》の外を見ながらぼそっとつぶやいた。ひどく怒《おこ》っている。

おれは、ママの言葉の意味がちっともわからなかった。魔女？　魔女ってなんだよ？

「それで、やってほしいことというのは、それだけですか？　二週間の停学とカウンセリング？」パパがジャンセン先生に聞いた。きげんが悪そうだ。

「ジュリアンには、オーガスト・プルマンへ謝罪《しゃざい》の手紙を書いてもらいたいと考えています」トゥシュマン先生が言った。

「いったいなんの謝罪です？　バカなことを紙切れに書いただけ。そんなことをする子は、いくらでもいるでしょうよ」ママが言った。

「紙切れのことだけじゃありません！　これまでオギーたちに対してやってきた、かずかずの行動が問題なんです」トゥシュマン先生が指を折りはじめた。「陰口《かげぐち》を言った。オギーにふれたら手を洗《あら》わなくてはいけないという『遊び』をはじめた……」

トゥシュマン先生がペスト菌《きん》のことを知ってたなんて、ウソだろ？　どうして先生たちって、なんでも知ってるんだ？

「集団《しゅうだん》で仲間はずれにして、敵意《てきい》に満ちた雰囲気《ふんいき》を作っている」トゥシュマン先生が言った。

「ほんとうにジュリアンが全部はじめたんですか？　集団で仲間はずれ？　敵意に満ちた雰囲気？　その子にやさしくしなかったのはジュリアンだけだとおっしゃるんですか？　それとも、その子を仲間はずれにした子を全員停学にするつもりですか？」パパがたずねた。

　いいぞ、パパ！　オールバンズ家の得点だ！

「ジュリアンが少しも反省していないのが、気にならないんですか？」トゥシュマン先生が目を細めてパパを見た。

「わかりました。ここまでにしましょう」パパは、これ以上はごめんだというふうに声を押《お》し殺《ころ》しながらも、トゥシュマン先生の顔を指さして強い口調で言った。

「どうか、みなさん、ちょっと落ちつきましょう。ほんとうに、むずかしい問題ですから」ジャンセン先生が言った。

「わたしたちはずっと、この学校に尽《つ》くしてきたんですよ。お金も時間も学校のためにずいぶん費やしてきたんですから、少しは配慮《はいりょ》してくださってもよいのではないでしょうか。ほんの少しだけでも」ママは、ちょっとだけ、と親指と人さし指でしめした。

パパもうなずいた。まだトゥシュマン先生には怒《おこ》っているようだったけれど、今度はジャンセン先生を見た。「メリッサの言うとおりです。もう少し配慮《はいりょ》していただいてもよかったのではないでしょうか。親身《しんみ》になって指導《しどう》していただけるならともかく、まるで子どもがしかられるときのように呼《よ》びだされて……」パパは立ちあがった。「我《わ》が家《や》には、もっとましな対応《たいおう》をしていただけるかと」

「そのように思われるとは残念です」ジャンセン先生も立ちあがった。

「この件《けん》は理事会のみなさんのお耳にも入ります」ママも立ちあがった。

「もちろんです」ジャンセン先生が腕《うで》を組み、うなずきながら答えた。

すわったままの大人は、トゥシュマン先生だけだ。

トゥシュマン先生は静かに言った。「この停学の目的は単なる処罰《しょばつ》だけではありません。ジュリアンのためにもなるのです。お二人がジュリアンの行《おこな》いをかばい、正当化し続けていると、ジュリアンは自分の行動が引き起こしたことをちゃんと理解《りかい》できないでしょう。ジュリアンには思いやりというものを身につけてほしいので――」

「もうじゅうぶんです！」ママは手のひらをトゥシュマン先生の顔にむけた。「子育てのアドバイスなんていりません。それも、お子さんのいらっしゃらない方からなんて。我が子が眠《ねむ》ろうとして目を閉《と》じるたびにパニック発作を起こす。それを見るのがどんな気持ちがするものか、おわかりになりませんよね」泣きだしそうな、かすれ声だった。ママはジャンセン先生を見た。「この件でジュリアンはさんざん苦労したんです。わたしの言い方に差《さ》し障《さわ》りがありましたら申《もう》し訳《わけ》ないのですが、ほんとうのことです。そして、わたしはただ息子に一番よいと思うことをしているだけなんです。それだけです！　わかっていただけますか？」

「わかりますよ、メリッサさん」ジャンセン先生がやさしく答えた。

ママはうなずいた。あごがふるえている。「もう終わりですか？　帰ってよろしいでしょうか？」

「どうぞ」

「行きましょう、ジュリアン」ママは学園長室から出ていった。

おれも立ちあがった。でも正直なところ、どういう事態《じたい》になったのか、よくわかっていなかった。

「ちょっと待って！　おれの荷物は？　ロッカーにいろいろ入れてあるし」

「ルービン先生が全部まとめて、今週中に届《とど》けてくれる」ジャンセン先生はそう言うと、パパを見た。

「ジュールさん、こんなことになって、とても残念です」握手《あくしゅ》をしようと手をさしだした。

パパはジャンセン先生の手を見たのに、握手をしない。そして、ジャンセン先生にむかって小さな声で言った。

「ひとつだけ頼《たの》みがあります。この件は——すべて——内密《ないみつ》にしていただきたい。いいですか？　この部屋の外へ持ちださないでください。ジュリアンに、いじめ問題のシンボルみたいになってほしくないですからね。停学処分《しょぶん》のことはだれにも知らせないでください。学校に出てこない、なにか適当《てきとう》な理由を考えますから、お願いします。見せしめみたいになってほしくありませんからね。うちの家族の顔に泥《どろ》を塗《ぬ》るのであれば、この学校を支持《しじ》するわけにはいきません」

そうそう、今まで言い忘《わす》れていたけれど、うちのパパは弁護士《べんごし》だ。

ジャンセン先生とトゥシュマン先生が顔を見合わせた。

「わたしたちは、どの生徒であろうと見せしめにするつもりなどありません。停学処分は、ほんとうに、不当な行動に対する当然の対応《たいおう》です」ジャンセン先生が言った。

「いいかげんにしてください。まったく大げさすぎる仕打ちですよ」パパが腕時計《うでどけい》を見ながら言った。

ジャンセン先生がパパを見て、それからおれを見つめた。

「ジュリアン、率直《そっちょく》に聞いてもいいかな?」ジャンセン先生がおれの目を見つめながら言った。

パパがおれにうなずいた。おれは肩《かた》をすくめた。

「自分がやったことについて、ちょっとは反省しているのかね?」ジャンセン先生がおれに聞いた。

おれは一瞬《いっしゅん》考えた。大人たちにそろって見つめられていた。今の状況《じょうきょう》をがらりとマシなものに変えられる魔法《まほう》みたいなことを、おれが答えてくれないものかと待っている。

「はい、さっきの紙切れのことはほんとうに悪かったと思っています」おれは小さな声で答えた。

ジャンセン先生がうなずき、たずねた。「ほかにも反省していることは？」

おれは、またパパを見た。おれだってバカじゃない。パパがおれになんと言ってほしがっているかぐらいわかっていた。だけど、ただそのとおりに言うつもりはなかった。それで、うつむいてまた肩をすくめた。

「では、ひとつ頼《たの》んでもよいかな？　オギーに謝罪《しゃざい》の手紙を書くことを考えてくれるかい？」ジャンセン先生が言った。

おれはまた肩をすくめた。「何文字ぐらい書けばいいんですか？」そんな言葉しか思いつかなかった。言った瞬間《しゅんかん》、言うべきじゃなかったとわかった。ジャンセン先生はパパを見たけれど、パパはただ下をむいていた。

「ジュリアン、ママを見つけて、受付のところで待っていなさい。パパもすぐ行くから」

おれが部屋から出てドアを閉《し》めたとたん、パパはひそひそ声でジャンセン先生とトゥシュマン先生になにか話しだした。押《お》し殺《ころ》しているけれど、怒《おこ》っている声だ。

受付へ行くと、ママがサングラスをかけて椅子《いす》にすわっていた。おれがとなりにすわると、ママはおれの背中《せなか》をさすっただけで、なにも言わなかった。泣いていたみたいだ。

時計を見ると、午前十時二十分。ちょうど今ごろ、たぶんルービン先生は昨日の理科のテストの結果について話していることだろう。ロビーを見渡《みわた》し、おれはふと思い出した。まだ学校がはじまっていない日に、おれとジャックとシャーロットはここに集まって、それから、「案内する新入生」にはじめて会ったんだ。あの日ジャックはひどくビクビクしていて、おれだけオギーのことをまったく知らなかったんだよな。

あれから、なんていろいろあったんだ。

学校を出て

パパは、ロビーに来てママとおれを見ても、なにも言わなかった。おれたちはただドアから出て、だれにもあいさつしなかった——受付の警備員《けいびいん》さんにすら。みんながまだなかにいるのに、おれだけ学校から出ていくのはすごく変な気分。おれが教室にもどらないことを、マイルズとヘンリーはどう思うだろう。午後の体育の授業《じゅぎょう》に出たかった。

家につくまで、パパもママもずっと静かだった。うちはアッパー・ウエスト・サイドに住んでいる。ビーチャー学園から車で三十分ぐらいなんだけど、家まで、ものすごく長い時間がかかったような気がした。

「停学なんて信じられないよ」おれは、車がうちの建物の駐車場《ちゅうしゃじょう》に入りかけたときに言った。

「ジュリアンのせいじゃないわ。うちが恨《うら》まれたのよ」ママが言った。

「メリッサ！」パパがどなったんで、ママはちょっと驚《おどろ》いた。「もちろん、ジュリアンのせいに決まっている。この件《けん》は全部ジュリアンのせいだ！　ジュリアン、いったいぜんたい、どういうつもりなんだ。あんなものを書くなんて！」

「そこまで追いつめられちゃったのよ！」ママが答えた。

車は駐車場のなかで停まった。おれたちが車から降《お》りるのを係員が待っているのに、三人とも降りなかった。

パパがふりかえっておれを見た。「学校の対応《たいおう》がすべて正しかったと言っているんじゃない。二週間の停学なんて、ひどすぎる。だがジュリアン、おまえはもっとよく考えて行動するべきだ！」

「わかってる！　おれのまちがいだったよ、パパ！」

「だれだって、まちがいをおかすわ」ママが言った。

パパが体のむきを変えて、ママを見た。「ジャンセン先生の言うとおりだよ、メリッサ。君がジュリアンの行動をかばい続けるかぎり――」

「そんなつもりじゃないの、ジュール」

パパはすぐに答えなかった。ちょっと間を置いてから言った。「ジャンセン先生に、来年度はジュリアンをビーチャー学園から転校させると言った」

ママは言葉を失った。おれは、なにを言われたのか、すぐにはピンとこなかった。

「えっ、なに?」

「ジュール」ママがゆっくり言った。

「ジャンセン先生に、今年度は最後までジュリアンをビーチャー学園にいさせるが、来年度からは別の学校へ行かせると言ったんだ」パパが落ちつきはらって言った。

「信じられない! パパ、おれ、ビーチャー学園が大好きなんだ! 友だちがいるんだよ! ママ!」

「あんな学校へおまえを行かせるものか。もうほんの少しだってあの学校に金を払《はら》いたくない。このニューヨーク市には、ほかにいくらでもよい私立校《しりつこう》があるんだ」パパは、きっぱり言った。

「ママ!」

ママはほほを手でぬぐい、首を横にふると、パパに言った。「先にわたしたちに相談すべきだったと思わないの?」

「賛成《さんせい》じゃないのか?」パパが言い返す。

ママはひたいを指でもんだ。

「いいえ、賛成よ」うなずきながら、おだやかに言った。

「ママ！」おれはさけんだ。

ママはすわったままふりかえった。「ジュリアン、パパの言うとおりよ」

「信じられない！」おれは車の座席《ざせき》をたたきながら、どなった。

「うちは恨《うら》まれてるのよ。あの子のことで文句《もんく》を言ったから……」

おれは耐《た》えられなかった。「それはママのしたことだろ！　オギーを学校から追いだしてくれなんて、おれは頼《たの》んでないよ。トゥシュマン先生をクビになんてしてほしくなかった。みんなママが勝手にやったんだ！」

「ごめんなさい、ジュリアン」ママが、おどおどと言った。

「ジュリアン！　ママは、おまえを守ろうとしてやっただけだ。あの紙切れのことは、ママのせいじゃないだろ？」

「ちがうよ。でも、もしママがこんなに大騒《おおさわ》ぎしなかったら……」

「ジュリアン！　なにを言うんだ？　今度は全部ママのせいにしている。さっきは、紙切れを入れてきたほかの男の子たちのせいにした。まったく、先生たちの言うとおりかもしれない！　自分のやったことを少しも反省していないのか？」

「もちろん、しているわよ！」ママが言った。

「メリッサ、ジュリアンに自分で答えさせるんだ！」パパが大声を出した。

「反省なんてしてるもんか。悪かったなんて思ってない！　おれが反省すべきだって、みんな思ってるだろうさ。オギーに意地悪して悪かった、陰口《かげぐち》を言って悪かった、仲間はずれにして悪かったって言ってほしいってね。でも、おれはそう思ってない。だから、おれを訴《うった》えりゃあいい！」

パパがなにか言う間もなく、駐車場《ちゅうしゃじょう》の係員が車の窓《まど》をノックした。ほかの車が駐車場に入ってきたから、おれたちにさっさとどいてほしいんだ。

春

停学処分《しょぶん》のことはだれにも言わなかった。数日後ヘンリーが携帯《けいたい》メールで、なぜ学校を休んでいるのかと聞いてきたんで、溶連菌《ようれんきん》に感染《かんせん》したと答えておいた。ほかのみんなにも同じように言った。

結局、二週間の停学ってのは、そう悪いもんじゃなかった。ほとんど家で『スポンジ・ボブ』のアニメの再放送《さいほうそう》を見たり、『スター・ウォーズ』のゲームをしていた。だけど、授業《じゅぎょう》に取り残されないように自習しなきゃならなかったから、ずっとサボっていたわけじゃない。ある日の午後、ルービン先生がうちのマンションにやってきて、おれのロッカーの荷物を届《とど》けてくれた。教科書、ルーズリーフ、それから、おれがやらなきゃならない宿題いろいろ。そりゃもう、どっさり！　社会科や国語はすらすらできたんだけど、数学の宿題にはすごく苦労しちゃって、結局ママに家庭教師《きょうし》を雇《やと》ってもらう始末《しまつ》だった。

休んでいられたっていうのに、おれは学校へもどるのが待ちきれなかった。少なくともそう思っていたつもりだった。学校にもどる日の前の晩《ばん》、おれはまた悪夢《あくむ》に襲《おそ》われた。だけど、今度はオギーみたいな姿《すがた》だったのが、おれじゃなく――ほかのみんなだった！

それが前ぶれだと思うべきだった。学校へもどったら、ついてすぐ、なにかが起きていると感じた。なにかがちがう。まず最初に気づいたのは、おれがもどってきたのを見て、だれも特に喜ばなかったことだ。っていうか、みんなあいさつをして、具合はどうかと聞いてくれたけど、だれも「おい、待ってたぞ」みたいなことを言わなかった。

マイルズとヘンリーは喜ぶだろうと思ってたのに、そんなこともなかった。それどころか二人とも、ランチのときにいつもいっしょにすわっていたテーブルへ来もしなかった。エイモスとすわったんだ。それでおれはトレイを持って、なんとかエイモスのテーブルにすわれるすきまを見つけなきゃならなかった。バカにされたような気分。しかも、三人が放課後公園へ行ってバスケをしようって話してるのが聞こえたんだけど、だれもおれを誘《さそ》おうとしなかった！

それにしても一番奇妙《きみょう》だったのは、みんながオギーとやたら仲良くしていることだった。それも、極端《きょくたん》に仲良し。なんだか異次元《いじげん》世界に入っちゃって、オギーとおれの立場が入《い》れ替《か》わったパラレル・ワールドみたいだった。いきなりオギーが人気者になって、おれがのけ者。

最後の授業《じゅぎょう》が終わってすぐ、おれはヘンリーを呼《よ》びとめて聞いた。

「よう、なんだって突然《とつぜん》みんな、あの奇形児《きけいじ》と仲良くなったんだ？」

「えっ、えっと、あのさ、もうそういう呼び方はしないんだよ」ヘンリーは、心配そうにきょろきょろしながら答えた。

それから、野外学習での事件《じけん》を一部始終教えてくれた。かんたんに言うと、オギーとジャックがよその学校の七年生のいじめっ子たちにからまれた。そのときヘンリーとマイルズとエイモスが二人を助けだし、七年生たちとけんか――つまりホントになぐりあいになって、全員トウモロコシ畑の迷路《めいろ》を走って逃《に》げたんだそうだ。ヘンリーの話はなかなか迫力《はくりょく》があって、おれは野外学習に行けなかったことをまた残念に思った。トゥシュマン先生め、まったく頭にくる！

「ちっ、おれもその場にいたらなあ！　イヤなやつらを、たたきのめしてやったのに」おれは興奮《こうふん》気味に言った。

「えっ、どのイヤなやつらを？」

「その七年生たちだよ！」

「ホント？」ヘンリーはわけがわからないようだった。もっとも、ヘンリーはいつも、ちょっと鈍《にぶ》いところがある。「ホントかよ、ジュリアン。だって、もしあのとき、あの場にジュリアンがいたら、おれらはオギーたちを助けなかったかもしれないって気がするんだ。たぶんおまえなら、七年生たちを応援《おうえん》したぞ！」

ヘンリーったら、なんてバカなことを言うんだ。おれはヘンリーを見つめて言った。「そんなことするもんか」

「マジ？」ヘンリーがおれをにらみながら言った。

「あたりまえだろ！」

「わかったよ」ヘンリーは肩《かた》をすくめた。

「よう、ヘンリー、来ないのか？」廊下《ろうか》のむこうからエイモスが呼んだ。

「じゃ、行かなきゃ」ヘンリーが言った。

「待てよ」と、おれ。

「じゃあな」

「明日の放課後、なんかしようぜ」

「わかんない。今夜メールしてよ。そのときにな」ヘンリーは、おれから離《はな》れながら言った。

おれは、ヘンリーが小走りに行ってしまうのを見ながら、みぞおちのあたりがキュッとした。ヘンリーは、ほんとうにおれが、オギーをたたきのめす七年生を応援《おうえん》するようなひどいヤツだと思っているのか？　ほかのみんなもそう思っているのか？　そんな卑劣《ひれつ》なヤツだっていうのか？

たしかに、オギー・プルマンが気に入らないって最初に言ったのはおれだ。とはいえ、オギーがぶっとばされるのを見たいなんて思うわけない！　ったく、あたりまえだ！　おれは変質者《へんしつしゃ》じゃない。そんなふうに思われているなんて、ものすごくムカついた。

おれはあとからヘンリーに携帯《けいたい》メールを送った。「おい、言っとくけど、おれはぜったい、オギーとジャックが変なヤツらにやられていたら、そのまま見物なんかしないぞ！」

でも、ヘンリーは返事を送ってこなかった。

トゥシュマン先生

学年最後の一か月はサイアクだった。表立ってだれかに意地悪されたわけじゃないけれど、エイモスとヘンリーとマイルズから仲間はずれにされているように感じた。おれはもう人気がないみたいだった。おれのジョークにウケるやつはいなかった。おれといっしょにいたがるやつもいなかった。おれが学校からいなくなったとしても、だれにも惜《お》しまれないだろう。いっぽう、オギーのほうは、いかにもイケてる感じで廊下《ろうか》を歩き、上級生の運動部の花形《はながた》選手にまでグータッチをされていた。

かまうもんか。

ある日、おれはトゥシュマン先生に呼《よ》ばれて校長室へ行った。

「元気かい、ジュリアン？」

「はい」

「わたしが頼《たの》んだ謝罪《しゃざい》の手紙は書いたかね？」

「転校するからなにも書く必要はないと、父さんに言われました」

「おや、自分の意志《いし》で書きたくなってくれないかと思っていたんだがね」先生は、うなずきながら言った。

「どうしてですか？　どうせみんな、ぼくのことを卑劣なヤツだと思っています。手紙を書いたって、なにも変わりませんよ」

「ジュリアン――」

「あの、おれのこと、ぜんぜん『反省』しない冷たい子だと、みんな思ってますよね」『反省』は、前に先生が使った言葉だ。

「ジュリアン、だれも――」

いきなり、おれは泣きそうになって、先生の言葉をさえぎった。「授業《じゅぎょう》に遅《おく》れちゃいます。めんどうになるんで、行ってもいいですか？」

トゥシュマン先生は悲しそうにうなずいた。おれはふりむきもしないで校長室を出た。

数日後、次の学年におれを受け入れないことを決定したという、正式の通知が学校から家に届《とど》いた。

どうせ転校するとパパがビーチャー学園に言ったのだから、かまわないと思った。だけど、受験しているほかのどの学校からも、まだ合否《ごうひ》通知をもらっていなかった。もしどこにも入れなかったら、そのままビーチャー学園に行くつもりだったのに、それが不可能《ふかのう》になってしまった。

パパとママは学校に対してかんかんだった。ものすごい勢《いきお》いで怒《おこ》っていた。一番の理由は、前もって来年度の学費を払《はら》っていたのに、学校はそれを払いもどす予定はないってことだ。こういうのが私《し》立校《りっこう》の問題さ。どんな理由でも生徒を追いだすことができる。

運よく数日後、おれは第一志望《しぼう》の私立中学に合格《ごうかく》したことがわかった。家からわりと近い学校だ。制服《せいふく》を着なきゃならないけど、そんなことはどうでもいい。毎日ビーチャー学園に行くよりはマシ！

言わなくてもわかるだろうけど、おれは学年最後の修了式《しゅうりょうしき》に行かなかった。

あ、の、あと

Julian

「それは人間たちが使う、ただの涙《なみだ》だ。
もうおまえは大人の人間で、小さな子どもではない。
今からジャングルはおまえのいる場所ではないのだ。
流せばよい、モーグリ。ただの涙なのだ」
バギーラが言った。
——ラドヤード・キプリング『ジャングル・ブック』より

ああ、風だ、風が吹《ふ》いている、
墓場《はかば》に風が吹いている、
自由はすぐに来る、
そして、われらは暗がりからやってくる。
——レナード・コーエン『パルチザン』より

夏休み

六月、おれとパパとママはパリへ行った。もともとの予定だと、七月にみんなでニューヨークへ帰り、おれはヘンリーとマイルズといっしょにロックンロール教室へ行くはずだった。だけど、いろいろ起きてしまったあとだから、もうそんなのに行きたくない。それで、パパとママは、夏中ずっとおれをおばあちゃんのところに滞在《たいざい》させることにした。

いつもなら、おばあちゃんのところにいるのはいやだけど、今回はかまわなかった。パパとママが帰ってしまったら、一日中パジャマのまま『ヘイロー・シリーズ』のゲームをやれるとわかっていたし、おばあちゃんはそんなことちっとも気にしない。おれはやりたいことをなんでも勝手にすることができる。

うちのおばあちゃんは、「ふつうのおばあちゃん」タイプじゃない。クッキーなんか焼かないし、セーターも編《あ》まない。パパの言葉を借りると、すごく「個性的《こせいてき》」。八十すぎのくせに、ファッション・モデルみたいにおしゃれだ。ものすごくあでやか。化粧《けしょう》や香水《こうすい》がやたら濃《こ》いし、ハイヒールをはく。午後二時前にはぜったい起きない。そして、少なくとも二時間かけて身じたくをする。それが終わると、おれを買い物か博物館か高級レストランへ連れていく。子どもむけのことはしない。意味わかるかな。たとえば、わざわざ子どもむけの映画《えいが》を選んで、いっしょに観るようなことはしない。おかげでおれは、まったく年齢相応《ねんれいそうおう》じゃない映画をいっぱい観るはめになった。おれがどんな映画に連れていかれたか、もしママが聞いたら、頭から湯気を出して怒《おこ》るだろう。だけど、おばあちゃんはフランス人で、いつだって、おれの両親が「アメリカ人っぽすぎる」って言う。

それからおばあちゃんは、おれに、いかにも子ども相手という感じの話し方をしない。おれがもっと小さかったころだって、ぜったい赤ちゃん言葉は使わず、大人がよく小さい子を相手にするような話し方もしなかった。なにを説明するにも大人の言葉を使った。たとえば、おれが「チッチしたい《ジュ・ヴ・フェール・ピピ》」と言っても、おばあちゃんは「小便をしたいのかい？　お手洗《てあら》いに行きなさい」と答えた。

それから、ときどき悪態《あくたい》をつく。スゴイよ、もろ悪態！　もしその悪い言葉をおれが知らなかったら、おばあちゃんに聞くと説明してくれる——それも、詳細《しょうさい》に。おばあちゃんが説明してくれた言葉のなかには、ここでおれが言っちゃマズイものまである。

とにかく、夏中ニューヨークから離《はな》れていられるのはうれしかった。学校の子たちを頭から追いだしてしまおうと思った。オギー、ジャック、サマー、ヘンリー、マイルズ。全員だ。もう二度とあいつらに会わないですむのなら、マジ、おれはパリで一番幸せな子どもになると思った。

ブラウン先生

ただひとつ気がかりだったのは、ビーチャー学園の先生たちに別れのあいさつをできなかったことだ。何人か、とても好きな先生がいた。国語のブラウン先生は、たぶん今までで一番気に入った先生だ。ブラウン先生はいつもおれにすごく親切だった。おれは作文が大好きで、先生はよくほめてくれた。なのに、もうビーチャー学園にもどらないと先生に言うことができなかった。

一番最初の授業《じゅぎょう》で、ブラウン先生は、夏休み中に自分の格言《かくげん》を送ってほしいとおれたち全員に言った。そこで、ある日の午後、おばあちゃんが寝《ね》ているあいだに、おれはパリから先生に格言を送ろうと思いついた。近くの土産物店へ行ってガーゴイルの絵葉書を買った。ノートルダム大聖堂《だいせいどう》の上についている怪物《かいぶつ》の彫刻《ちょうこく》だ。それを見て、おれはすぐオギーを思い出してしまった。げっ！　なんでまだあいつのことなんか考えちゃうんだ？　なんでどこへ行っても、まだあいつの顔が見えちゃうんだ？　とっととやり直したいよ！

そのとき、ピンときた。おれの格言。急いで書きとめた。

「はじめからやり直すのも、ときにはいいものだ。」

できた。カンペキ。気に入った。ビーチャー学園のサイト内にあるブラウン先生のページから先生の住所を見つけて、その日のうちにポストに入れた。

だけど、送ったあと、先生には意味がわからないだろうって気がついた。わかるわけない。おれが喜んでビーチャー学園を出て、どこか新しいところでやり直そうとしている理由や背景《はいけい》を、先生は知らないんだから。それで、この一年の出来事を、メールで先生に全部知らせることにした。いや、全部じゃない——「法的な理由」から、おれがオギーにしたひどいことはぜったい学校の人たちに言ってはいけないと、パパにかたく言われたんだ。でもブラウン先生には、おれの格言《かくげん》が理解《りかい》できるだけの事情《じじょう》を知っていてほしかった。それから、おれがどれだけブラウン先生をすばらしい先生だと思っているのかも知っていてほしかった。ママはみんなに、おれが転校するのはうちがビーチャー学園に不満だからだと言いまわっていた。特に不満なのは教育内容《ないよう》と——先生たちだと。それで、なんだか申《もう》し訳《わけ》なく思っちゃったんだ。ブラウン先生のことが気に入らなかったなんて、思ってほしくない。

そういうわけで、ブラウン先生にメールを送ることに決めた。

宛先《あてさき》：tbrowne@beecherschool.edu
差出人《さしだしにん》：julianalbans@ezmail.com
件名《けんめい》：ぼくの格言

こんにちは、ブラウン先生！

たった今、ぼくの格言を先生に郵送《ゆうそう》したばかりです。「はじめからやり直すのも、ときにはいいものだ。」ガーゴイルの絵葉書に書いてあります。九月から別の学校へ行くので、この格言を書きました。

ぼくはビーチャー学園が大嫌《だいきら》いになってしまいました。生徒たちが好きじゃなかったのです。だけど、先生たちは好きでした。ブラウン先生の授業《じゅぎょう》はすばらしかったです。だから、ぼくがビーチャー学園にもどらないのは、先生のせいだなんて思わないでください。

先生が事情を全部ご存知《ぞんじ》か知りませんが、かいつまんで書くと、ぼくがビーチャー学園にもどらないのは……名前はあげませんが、ある生徒と、どうしてもうまくいかなかったからです。正確《せいかく》には、二人の生徒とでした（だれのことだか、先生はたぶんわかるでしょう。一人はぼくの口をなぐったから）。ぼくは、この二人が大嫌いでした。ぼくたちはおたがいに、意地悪なメッセージを紙切れに書きあいました。おたがいにです。こっちもむこうも両方！　なのに、しかられたのは、ぼくだけ！　ぼく一人！　不公平です！　ほんとうのところ、ぼくのママがトゥシュマン先生をクビにさせようとしたから、ぼくが恨《うら》まれたんです。早い話、ぼくは、意地悪なことを書いたせいで二週間停学になりました（これはだれも知らないことなので、ほかの人には秘密《ひみつ》にしてください）。学校は、いじめをぜったいにゆるさない方針《ほうしん》なのだそうです。でも、ぼくがやったのは、いじめじゃないんです！　うちの両親は学校に対してすごく怒《おこ》って、来年度からぼくを別の学校へ行かせることに決めました。まあ、だいたいは、そんなところです。

ほんとうに、「あの生徒」がビーチャー学園に来なかったらよかったのにと思います！　そうすれば、ぼくのこの一年はずっとましだったはず！　いっしょの授業《じゅぎょう》のときがすごくいやでした。あの生徒のせいで悪夢《あくむ》も見ました。あの生徒がいなかったら、ぼくはずっとビーチャー学園にいられたはずなんです。がっかりです。

先生の授業は大好きでした。あなたは、ほんとうにすばらしい先生です。そのことを伝えたくて、このメールを書きました。

ジュリアン・オールバンズ

二人の名前はあげないほうがいいかと思った。だけど、だれのことだか先生にはわかるだろう。先生から返事が来るとは思ってなかったのだけど、次の日チェックしたら、ブラウン先生からのメールが届《とど》いていた。わくわくしたよ！

宛先《あてさき》：julianalbans@ezmail.com
差出人：tbrowne@beecherschool.edu
件名《けんめい》：Re: ぼくの格言《かくげん》

こんにちは、ジュリアン。メールをどうもありがとう！　ガーゴイルの絵葉書を楽しみにしているよ。きみがビーチャー学園にもどってこないのは残念だ。きみはすばらしい生徒だし、作文の才能《さいのう》があるからね。

ところで、きみの格言は気に入った。たしかに、はじめからやり直すのも、ときにはいいものだ。新しいスタートというものは、過去《かこ》をふりかえり、今までの経験《けいけん》をよく考えて、そこから学んだことを未来に役立てるチャンスをくれる。過去をしっかり見つめなければ、そこから学ぶことはできない。

きみが気に入らなかった「二人」がだれのことなのかは、わかっているつもりだ。この一年が楽しくなかったのは残念だが、なぜそうなったのか、少し考えてみるとよいだろう。わたしたちの身に起きることは、悪いことでさえ、たいていなにかしら自分について教えてくれるものだ。なぜその二人と、そんなに苦労することになってしまったのか、考えてみたことがあるかな？　もしかしたら、その二人の友情《ゆうじょう》が気に入らなかったのだろうか？　きみは、オギーの見た目にがまんできなかったのだろうか？　悪夢を見はじめたということだが、自分がオギーをちょっと恐《おそ》れていたと考えたことがあるかな？　恐《おそ》れというものは、とても親切な子にも、ふだん言ったりやったりしないことをさせてしまうことがある。そういう気持ちについて、きみは、もっと考えてみるといいかもしれないね。

いずれにせよ、新しい学校でうまくいくよう祈《いの》っているよ、ジュリアン。きみは、とてもよい子だ。生まれながらのリーダーだ。そのリーダーシップを、よい行《おこな》いのために使うようにしてくれ。いいかい？　忘《わす》れるなよ。いつも親切を選べ！

トム・ブラウン

なぜだかわからないけど、ブラウン先生からメールをもらえて、ホントにホントにものすごくうれしかった。先生ならわかってくれると思ったんだ！　みんなに悪魔《あくま》の子みたいだと思われて、うんざりしてたからね。先生は、そうじゃないってちゃんとわかってる。十回くらい先生のメールを読み返しちゃったよ。にこにこしながらね。

「おや？」おばあちゃんがおれに聞いた。今起きたところで、朝食をとっている。下の階から届《とど》けてもらったクロワッサンとカフェオレ。「この夏ずっと、そんなにうれしそうなジュリアンの顔は一度も見たことがなかったよ。なにを読んでいるんだい、おまえ《モン・シェール》？」

「うん、先生からメールをもらったんだ。ブラウン先生」

「今までの学校の先生かい？　そこの先生たちは、みんなひどいのかと思ってたよ。一人残らずおはらいばこにしたのかと思っていた」

「なに？」

「おはらいばこさ！　まあいい。とにかく、そこの先生たちはみんなバカなのかと思ってたよ」

おばあちゃんの英語は、フランスなまりが強くて、わかりにくいことがある。その発音もちょっとおかしくて、「おふぁらいばこ」みたいに聞こえた。

「全員じゃないよ。ブラウン先生はちがう」

「で、その先生がなんと書いたんで、そんなにうれしいんだい？」

「べつに、たいしたことじゃ、ただ……みんなおれが嫌《きら》いだと思ってたけど、先生はちがうってわかったんだ」

おばあちゃんはおれを見た。

「なんで、みんなに嫌われるんだい、ジュリアン？　おまえは、こんなによい子なのに」

「わかんない」

「メールを読みなさい」

「だめだ、おばあちゃん……」

「読みなさい」おばあちゃんはパソコンの画面を指さして指図した。

それで、おれはおばあちゃんのためにブラウン先生のメールを声に出して読んだ。おばあちゃんは、ビーチャー学園で起きたことを少し知っていたけれど、すっかりわかっていたわけじゃない。だって、パパとママは自分たちに都合のいい話にして、おばあちゃんに教えたんだろうからね。ほかのみんなに言ったのと同じような感じか、もしかしたら、もうちょっとくわしく話したかもしれないけど。だからおばあちゃんは、おれが生徒二人のせいでさんざんな目にあったことは知っていたけど、実際《じっさい》になにが起きたのかは知らなかった。おれがパンチを食らったことは知っていたけど、なぜだかは知らなかった。どっちかというと、たぶん、おれがいじめられたから転校すると思っていただろう。

それで、ブラウン先生のメールには、おばあちゃんがよくわからないところが、いくつもあった。

おばあちゃんは、画面の文を読もうと目を細めながら言った。「先生はなにを言いたいんだい？　オギーの見た目？　なんのこと？」

「おれが嫌《きら》いだった子の一人がオギーで、すごくひどい……顔の奇形《きけい》があるんだ。ほんとうにひどい。ガーゴイルみたい！」

「ジュリアン！　口のきき方に気をつけなさい」

「ごめんなさい」

「それで、その男の子が親切じゃなかったのかい？　おまえに冷たかった？　いじめっ子だった？」

おばあちゃんは、なにも知らずに聞いた。

　おれは考えてみた。「いや、いじめっ子じゃなかった」

「じゃあ、なんでその子が嫌いだったんだい？」

　おれは肩《かた》をすくめた。「わかんない。ただムカついちゃったんだ」

「わからないって、どういうことだい？　おまえの親たちからは、いじめられて転校するって聞いたのだけど、ちがうのかい？　顔をなぐられたんだろ？」

「うん、まあ、なぐられたよ。だけど、その奇形の子じゃない。そいつの友だちに」

「なるほど！　じゃあ、その子の友だちが、いじめっ子なんだね！」

「いや、そうじゃない。二人ともいじめっ子とは言えないよ、おばあちゃん。はっきり言って、そういうんじゃない。ただ、うまくやれなかっただけ。おたがいに嫌いだった。説明するのがむずかしいよ。その場にいなきゃ。そうそう、どんななんだか写真を見せるよ。そうしたら、もうちょっとわかるかもしれないから。あのさ、意地悪言うつもりじゃないけど、毎日見るには耐《た》えられないほどひどいんだ。おかげで、おれは悪夢《あくむ》に苦しめられたんだから」

　おれはフェイスブックにログインして学年写真を見つけ、おばあちゃんが見えるようにオギーの顔を拡大《かくだい》した。おばあちゃんは、よく見えるようにメガネをかけて、長いあいだじっと画面のなかのオギーを見つめていた。てっきり、ママがはじめてその写真のオギーを見たときみたいに騒《さわ》ぐかと思ったのに、ちがった。おばあちゃんは、一人でうなずき、ノートパソコンを閉《と》じただけだった。

「かなりひどいだろ？」

おばあちゃんはおれを見た。

「ジュリアン、先生の言うとおりかもしれないよ。おまえは、その子がこわかったんだろう」

「えっ？　そんなわけないよ！　オギーなんかこわくない！　そりゃ、好きじゃなかったよ――正直言って、大嫌《だいきら》いだった――でも、こわいからじゃない」

「こわいと、嫌いになることもあるんだよ」

おれは顔をしかめた。おばあちゃんが、とんでもないことを言っているというように。

すると、おばあちゃんは、おれの手を取った。

「ジュリアン、わたしは、こわいっていうのがどういうことなのか、よくわかっている。わたしも小さいころ、恐《おそ》れていた男の子がいたからね」おばあちゃんは、おれの顔を指さしながら言った。

「わかった。きっと、オギーみたいな顔をしてたんだね」おれは、関心のなさそうな声で答えた。

おばあちゃんは首を横にふった。「いや、顔はふつうだったよ」

「じゃあ、なんでこわかったのさ？」おれは、できるだけ興味《きょうみ》がなさそうな声で聞いてみたのだけど、おばあちゃんは、そんな失礼な態度《たいど》を無視《むし》していた。

ただ椅子《いす》に深くすわり、頭をちょっとかしげていた。目を見れば、おばあちゃんの心がどこか遠くへ行ってしまったのがわかった。

おばあちゃんの話

「わたしは、子どものとき、とても人気のある女の子だったんだよ、ジュリアン。たくさん友だちがいた。きれいな服を持っていた。見てのとおり、いつもきれいな服を着ているのが好きなんだよ」おばあちゃんは体の両側で手をふって、おれに自分のドレスを見せると、にっこりした。

「わたしは軽薄《けいはく》な子で、甘《あま》やかされていた。ドイツ軍がフランスにやってきたときも、ほとんど気にしなかった。村のユダヤ人家族のなかには、引《ひ》っ越《こ》していった人たちもいたんだけど、うちの家族はそうしなかった。両親はとても視野《しや》の広い知識人《ちしきじん》で、無神論者《むしんろんしゃ》。うちはシナゴーグへ礼拝《れいはい》に行ったこともなかった」

　おばあちゃんは一息ついて、おれにワイングラスを持ってこさせた。それから、なみなみとワインを注ぎ、いつものように、おれにも少しすすめた。おれもいつものように、「けっこうです《ノン・メルシー》」と断《ことわ》った。

前にも言ったけど、おばあちゃんはときどき、ママが知ったらめちゃくちゃ怒《おこ》りそうなことをする。

「うちの学校にいた一人の男の子は……そう、トゥルトーって呼《よ》ばれてた。その子は……おまえたちの言葉ではなんと言うのだっけ……片輪《かたわ》？　そう言うのかい？」

「片輪なんて、今はもうそんな言葉を使わないよ、おばあちゃん。差別語だからね。わかる？」

おばあちゃんは、ポンとおれをたたいた。「アメリカ人ってのは、いつだって、新しい『差別語』を次つぎと思いついて、使えなくしてしまうものだよ！　それでね、トゥルトーの両足はポリオのせいで変形していた。二本の杖《つえ》を使って歩かなきゃならなかったんだ。背中《せなか》はすっかりゆがんでいた。トゥルトー——つまり〝カニ〟って呼ばれていた理由なんだろうけれど、カニみたいに横ばいに歩いていた。残酷《ざんこく》に聞こえるね。あのころの子どもってのは、今よりずいぶん意地悪だった」

おれは、オーガストがいないところで、「奇形児《きけいじ》」って呼んでいたことを思い出した。でも、少なくとも、面とむかってはそう呼ばなかったよ！

おばあちゃんは話し続けた。正直言って、最初はまたいつもの長話かと思って興味《きょうみ》を持てなかったんだけど、おれはだんだんこの話に引きこまれていった。

「トゥルトーは小さくて、やせっぽち。みんな気持ち悪がって話しかけなかった。ものすごくみんなとちがっていたからね。わたしはトゥルトーを見もしなかった！　こわかったんだ。見るのも話すのもこわかった。もし、うっかりさわられたらと思うとこわかった。トゥルトーがいないふりをするほうが楽だった」

おばあちゃんは、ゆっくりワインを飲んだ。

「ある朝、男の人が学校に走ってきた。知っている人だった。みんな知っていた。抵抗運動《マキ》のゲリラの一人。なんだかわかるかい？　ナチス・ドイツの率《ひき》いるドイツ軍に抵抗《ていこう》していた人だ。その人は学校に駆《か》けこんできて、ドイツ兵がユダヤ人の子どもたちをさらいに来たと言った。えっ？　なんのこと？　耳にした言葉が信じられなかったよ。先生たちは学校中をまわって、全クラスからユダヤ人の子どもを集めた。そしてわたしたちは、抵抗運動の人について森へ行くようにと言われた。かくれるんだ。急げ、急げ、急げ！　全部で十人ぐらいだったと思うよ。急げ、急げ、急げ！　逃《に》げろ！」

おばあちゃんがおれを見た。ちゃんと聞いているか、たしかめたんだ——もちろん、おれは聞いていた。

「あの朝は雪が降《ふ》っていて、とても寒かった。それで、わたしが心配したことときたら、森のなかへ行けば靴《くつ》がいたんでしまうってことだけ！　パパが買ってくれた、きれいな新しい赤い靴をはいていたからね。さっきも言ったけれど、わたしは軽薄《けいはく》な子——というか、ちょっとバカだったよ！　考えていたのはそればかり。ほかのことを考えようともしなかった。ママンとパパはどこにいるのか？

ドイツ兵がユダヤ人の子どもをつかまえにくるってことは、もう先に親たちをつかまえてしまったのか？　わたしはそういうことを考えもしなかったのさ。きれいな靴《くつ》のことだけで頭がいっぱい。それで、抵抗運動《マキ》の人について森へ行くかわりに、グループから抜《ぬ》けだして、学校の鐘《かね》のある塔《とう》のなかにかくれたんだ。塔の上には小さな部屋があって、木箱や本がいっぱいしまってある。わたしはそこに身をかくした。ドイツ軍が学校についたあとも、午後には家へ帰って、なにもかもママンとパパに教えようと思っていた。なんてバカな子だったたんだろうね、ジュリアン！」

おれはうなずいた。この話を一度も聞いたことがなかったなんて、信じられなかった。

「そして、ドイツ軍がやってきた。塔には細い窓《まど》があって、はっきり見ることができた。ドイツ兵らは、子どもたちを追って森に入っていったよ。すぐに見つかって、みんないっしょにもどってきた。ドイツ兵も子どもたちも抵抗運動の人も」

おばあちゃんはそこで言葉を切り、何度かまばたきをしてから、深く息を吸《す》った。そして、小さい声で言った。

「子どもたちみんなの前で、抵抗運動の男性は銃殺《じゅうさつ》された。雪の上にふわりと倒《たお》れたよ、ジュリアン。子どもたちは泣いた。列になって連れていかれながらも泣いていた。先生の一人、マドモアゼル・プティジャンも、いっしょに行った――ユダヤ人じゃないっていうのに！　ぜったいに子どもたちから離《はな》れないと言って。かわいそうに、その後先生を見た人はいない。そのときにはね、ジュリアン、もうわたしも自分のバカさかげんに気づいていたよ。赤い靴のことなど、どうでもよかった。連れさられた友だちのことを考えていた。両親のことを考えていた。夜まで待って、両親のいる家へ帰るつもりだった。

けれど、ドイツ兵たちは全員立ちさらなかった。何人かがフランス警察《けいさつ》といっしょに残ったんだ。学校でなにかを探《さが》している。ハッとしたよ。あいつらが探していたのは、わたしさ！　そう、わたしと、それから、森へ行かなかったあと一人か二人のユダヤ人の子ども。わたしはそのとき、友だちのラシェルが、ユダヤ人の子どもの行列にいなかったことに気づいた。ジャコブもいなかった。となりの村から来ている、女の子みんなが結婚《けっこん》したがったハンサムな子だ。二人はどこ？　かくれていたにちがいない、わたしみたいに！

そのとき、なにかがきしむ音がしたんだよ、ジュリアン。階段《かいだん》をあがって近づいてくる足音が聞こえたんだ。こわかったよ！　わたしは木箱の後ろでできるだけ小さくなり、頭を毛布《もうふ》の下にかくしていた」

おばあちゃんは両腕《りょううで》で頭をおおい、どうかくれたのか、おれに見せているようだった。

「それから、だれかがわたしの名前をささやいた。大人の男の声じゃない。子どもの声だった。

『サラ?』また小さな声。

わたしは毛布《もうふ》をかぶったまま外をのぞいた。

『トゥルトー!』わたしはびっくりしたよ。とてもびっくりした。だって、何年も前から知っていたけれど、わたしもトゥルトーもおたがいに言葉を交わしたことは一度もなかったからね。それなのに、トゥルトーがわたしの名を呼《よ》んでいた。

『ここじゃ見つかるよ。ぼくについてきて』

それで、わたしはあとについていった。こわくてたまらなかったからね。トゥルトーは、廊下《ろうか》を通って学校のチャペルへ入った。わたしが一度も行ったことのなかった場所だ。チャペルの後ろのほうにある遺体安置所《クリプト》なんて、まったくはじめてだったよ、ジュリアン。窓《まど》からドイツ兵に気づかれないように、遺体安置所のなかを腹《はら》ばいになって横切った。やつらがまだ探《さが》しまわっていたからね。そのとき、ラシェルが見つかったのが聞こえた。中庭でさけび声をあげながら連れていかれたんだ。かわいそうなラシェル!

トゥルトーは、わたしを遺体安置所の下の地下室へ連れていった。少なくとも百段《だん》はある階段《かいだん》だよ。わかると思うけれど、トゥルトーには楽じゃない。二本の杖《つえ》で足をひどく引きずって歩いていたからね。なのに、一段飛ばしでぴょんぴょんおりていったんだ。ちゃんとわたしがついてきているか、たしかめながら。

そして、とうとう通路についた。とってもせまくて横むきに歩かないと通れない。それから、下水道のなかに出たんだよ、ジュリアン！　想像《そうぞう》できるかい？　もちろん、においですぐわかったよ。下水にひざまでつかってた。どんなにくさかったか。赤い靴《くつ》のことどころじゃない！

わたしたちは一晩中《ひとばんじゅう》歩いた。すごく寒かったよ、ジュリアン！　それにしても、トゥルトーはなんて親切な子だったんだろう。自分の上着をわたしに着せてくれた。今日までわたしが人にしてもらったことのなかで、一番尊《とうと》い行《おこな》いだ。トゥルトーも凍《こご》えていたんだよ――なのに、自分の上着をわたしにくれた。それまでのトゥルトーへの自分の態度《たいど》が、とても恥《は》ずかしかった。ああ、ジュリアン、とっても恥ずかしかったよ！」

おばあちゃんは手で口をおおい、息をのんだ。それから、グラスのワインを飲みほして、もう一杯《ぱい》注いだ。

「下水道はダヌヴィリエへ続いていた。オーベルヴィリエから十五キロほど離《はな》れた小さな村。わたしのママンとパパは、くさいからって、いつもこの村を避《さ》けていた。パリからの下水が、その村の畑に流れこんでいたからね。うちはダヌヴィリエで育ったものは、リンゴだって食べなかった。だけど、そこにトゥルトーは住んでいたんだよ。トゥルトーはわたしを自分の家へ連れていった。二人とも井《い》戸端《どばた》で体を洗《あら》った。それからトゥルトーはわたしを家の裏《うら》の納屋《なや》へ連れていき、馬用の毛布《もうふ》でわたしの体をくるむと、そこで待つようにと言った。両親を呼《よ》んでくるからってね。

わたしは、お願いだから両親に言わないでくれと頼《たの》んだよ。こわくてたまらなかった。わたしを見たら、ドイツ人を呼ぶかもしれないと思ったんだ。だって、会ったこともない人たちだったからね！　だけどトゥルトーは行ってしまい、数分後に両親といっしょにもどってきた。トゥルトーの両親はわたしを見つめた。わたしはよほどみじめな姿《すがた》をしていたんだろうよ――ずぶぬれで、ふるえていた。するとトゥルトーのお母さん、ヴィヴィアンが両腕《りょううで》でわたしを抱《だ》いてなぐさめてくれたんだよ。ああ、ジュリアン、あんなにあたたかく感じたハグは、あとにも先にもほかにない！　あの腕《うで》のなかでわたしは思いっきり泣いた。そのときには、わかっていたから。自分のママンの腕のなかで泣くことは、もうぜったいにないんだって。ただもう心のなかでわかったんだよ、ジュリアン。そのとおりだった。同じ日にママンは連れていかれた。町中のほかのユダヤ人といっしょに。パパは職場《しょくば》にいて、ドイツ兵がやってくると聞き、なんとかうまく逃《に》げのびた。そして、こっそりスイスに行ったんだ。だけど、ママンはまにあわなかった。その日のうちにフランスの外へ連れていかれたよ。アウシュヴィッツ強《きょう》制収容所《せいしゅうようじょ》へ。それっきり、二度と会えなかった。わたしの美しいママン！」

そこまで話すと、おばあちゃんは深く息を吸《す》い、首を横にふった。

おばあちゃんは数秒間だまっていた。まるで目の前ですべてが再現《さいげん》されているかのように、宙《ちゅう》を見つめていた。そのときにはもう、なぜ今までおばあちゃんが話してくれなかったのか、おれにもわかっていた。おばあちゃんには、つらすぎたんだ。

そしてまたやっと、ゆっくり話しだした。「それから二年間、トゥルトーの家族はわたしを納屋にかくまってくれた。一家にとってそれがどれだけ危険《きけん》なことだったか。文字どおりドイツ軍にかこまれて、ダヌヴィリエにはフランス警察《けいさつ》の大きな警察署《けいさつしょ》まであった。だけどわたしは毎日神様に感謝《かんしゃ》したよ。自分の住《す》み家《か》になった納屋のことを。それから、トゥルトーがなんとか持ってきてくれる食べ物のことを。自分たちでさえ食べ物がほとんど手に入らなくなっていたというのに。あのころはみんな飢《う》えに苦しんでいたんだよ、ジュリアン。それなのに、あの一家はわたしに食べさせてくれた。けっして忘《わす》れられない親切だよ。親切をするには、いつだって勇気がいるものだ。しかも、あのころは、そういう親切が命取りにもなった」

おばあちゃんは目に涙《なみだ》を浮《う》かべながら、おれの手を取った。

「わたしが最後にトゥルトーに会ったのは、パリ解放《かいほう》の二か月前。スープを持ってきてくれた。いや、スープとも言えないようなものだ。パンと玉ねぎのかけらが浮《う》かんだお湯さ。二人ともずいぶん体重が減《へ》ったもんだよ。わたしはボロをまとっていた。きれいな服なんて、あるわけない！　そんなときでもトゥルトーとわたしは、なんとか笑っていたんだ。学校であったできごとについてとかね。もちろんわたしはもう学校へ行けなかったけれど、トゥルトーはまだ毎日行っていた。夜になるとトゥルトーは、わたしが頭のよい子のままでいられるようにって、学校で習ったことを全部教えてくれた。わたしの友だちだった子のようすも教えてくれた。みんなは当然そのときもトゥルトーを無視《むし》していた。そしてトゥルトーは、わたしがまだ生きていることを、だれにもけっして打ち明けなかった。だれにも知られちゃいけなかった。だれも信じられなかった！

トゥルトーは話をするのがとても上手で、ずいぶんとわたしを笑わせてくれたものだ。すばらしく物真似《ものまね》が得意で、そのうえ、同じクラスのどの子にも、おかしなあだ名をつけていた。考えてごらんよ。トゥルトーはみんなをネタに笑っていたんだ！

わたしはトゥルトーに言ったよ。『あなたがこんなにおもしろい子だなんて知らなかった！　何年ものあいだ、わたしのことも、こっそり笑っていたのね！』

そしたら、トゥルトーは答えたよ。『きみを笑う？　まさか！　きみのことは、ぜったいに笑わない。ずっときみが好きだったんだから。それにぼくは、ぼくをからかうやつらしか笑わない。きみはぼくをからかわなかった。ただ無視していたんだ』

『わたしも〝カニ《トゥルトー》〟って呼《よ》んでたのに』

『だからなに？　みんなそう呼んでただろ。かまわないよ。ぼくはカニが好きだもん！』

『でもトゥルトー、わたし恥《は》ずかしい！』わたしはそう言って、両手で顔をおおったんだ」

ここまで話して、おばあちゃんは両手で顔をおおった。関節炎《かんせつえん》で指が曲がり、血管が浮きでていたけれど、おれは、何十年も前、子どもだったおばあちゃんの手が、子どもだったおばあちゃんの顔をおおっているようすを思い浮かべていた。

おばあちゃんは、顔から手をゆっくりはずしながら、話し続けた。「トゥルトーはわたしの両手を取って、数秒間そのまま握《にぎ》っていた。わたしは十四歳《さい》で、それまで男の子とキスをしたことなんてなかったのだけど、その日トゥルトーはわたしにキスしたんだよ、ジュリアン」

おばあちゃんは目をつむり、深く息をした。

「キスのあと、わたしは言ったんだ。『もう、あなたのことをトゥルトーなんて呼びたくない。ほんとうの名前を教えて』」

おばあちゃんは両目を開いて、おれを見つめた。

「なんて答えたと思う？」

おれは、「わかるわけないだろ？」と言うように眉《まゆ》をあげた。

するとおばあちゃんは、また目をつむり、にこっとした。

「『ぼくの名前はジュリアン』って言ったんだよ」

ジュリアン

「ええっ！　だから、パパをジュリアンって名づけたの？」

みんなパパをジュールって呼《よ》ぶけれど、ほんとうの名前はジュリアンなんだ。

「そうさ《ウィ》」おばあちゃんがうなずいた。

「そして、おれはパパの名をもらった！　だから、おれの名前は、その子にちなんだ名前なんだ！

すごいや！」

おばあちゃんはにっこりして、おれの髪《かみ》をかきあげた。けれど、なにも言わない。

そのとき、おばあちゃんがさっき「最後にトゥルトーに会ったのは……」と言っていたことを思い出した。

「そのあとどうなったの？　ジュリアンはどうしたの？」

その瞬間《しゅんかん》、涙《なみだ》がおばあちゃんのほおを流れた。

「ドイツ軍に連れていかれたんだ。その日のうちに。学校へ行くとちゅうで。ドイツ軍はその朝も村中くまなく捜査《そうさ》していた。もう自分たちが、戦争に負けそうだとわかっていたのに」

「だけど……ジュリアンはユダヤ人じゃなかったんでしょ！」

おばあちゃんは、すすり泣きながら答えた。「片輪《かたわ》だったから連れていかれたんだ。ごめんよ、悪い言葉だって教えてくれたけど、ほかの英語の言葉を知らないんだよ。あの子は〝身障者《アンヴァリッド》〟だった。フランス語ではそう言う。とにかく、そのせいで連れさられた。完ぺきじゃない、完ぺきじゃないからって」おばあちゃんは、その言葉を吐《は》きだすように言った。「その日、村中の完ぺきじゃない人たちが連れていかれたんだ。排除《はいじょ》だよ。ジプシーも。靴屋《くつや》の息子も……知恵遅《ちえおく》れだったから。そして、ジュリアンも。わたしのトゥルトー。ほかの人たちといっしょに馬車に乗せられた。それから、ドランシーへ行く汽車に乗せられて、そこからアウシュヴィッツだよ。わたしのママンみたいにね。ずっとあとになって、むこうでトゥルトーを見た人から聞いたんだ。トゥルトーはまっすぐガス室へ連れていかれ、殺されたって。そして、あっというまにいなくなってしまった。わたしを救ってくれた、大事なジュリアン」

おばあちゃんは言葉を切ってハンカチで涙をぬぐい、ワインを飲みほした。

「トゥルトーの両親は、当然、悲しみに打ちのめされた。ムッシュー・ボミエとマダム・ボミエ。ジュリアンが死んだことは、パリ解放後《かいほうご》にやっと知ったんだ。だけど、わたしたちにはわかってたよ。

わかっていたんだよ」おばあちゃんは目頭を押《お》さえた。「戦争が終わったあとも、一年間、わたしは二人といっしょに暮《く》らしていた。じつの娘《むすめ》のようにたいせつにしてくれたよ。わたしのパパを捜《さが》してくれたのも、この二人。見つかるまでだいぶ時間がかかったけれどね。あのころは、なにもかも大混《だいこん》乱《らん》だった。やっとパパがパリにもどることができて、わたしはいっしょに暮らすことになった。けれど、しょっちゅうボミエ夫妻《ふさい》を訪《たず》ねたものだ――二人が年老いても、ずっと。あの二人の親切はけっして忘《わす》れない」

おばあちゃんはため息をつき、話を終えた。

しばらくたって、おれは言った。「おばあちゃん、おれ、こんなに悲しい話を聞いたのははじめてだよ！　おばあちゃんが戦争を経験《けいけん》したことも知らなかった。だって、パパは一度もこういう話をしてくれなかったから」

おばあちゃんは肩《かた》をすくめた。「おまえのパパにも、この話はしたことがなかったかもしれないよ。悲しい話をするのは好きじゃないからね。見方によると、わたしは今でも軽薄《けいはく》な女の子のままかもしれない。だけど、おまえが学校の男の子のことを話しているのを聞いたら、トゥルトーのことを思わずにはいられなかった。最初、どれだけトゥルトーを恐《おそ》れていたか、体の変形のせいでどれだけ冷たくしていたか。子どもたちはみんな、トゥルトーにとても意地悪だったよ、ジュリアン。思い出すと胸《むね》がはりさけそうだ」

おばあちゃんがそう言ったとき、よくわからないけれど、おれのなかでなにかがガラガラとくずれ落ちるようだった。まったく予想外に。おれはうつむいて、いきなり泣きだした。それも、涙《なみだ》がいくすじかほおを流れたなんていうんじゃなくて——鼻水までたらして、大泣き。

「ジュリアン」おばあちゃんがやさしく言った。

おれは首を横にふり、両手で顔をおおって、小さな声で言った。

「おれはひどいやつだったよ、おばあちゃん。オギーにすごく意地悪だった。ごめんなさい、おばあちゃん！」

おばあちゃんはまた言った。「ジュリアン、わたしを見なさい」

「できないよ！」

「わたしを見なさい、おまえ《モン・シェール》」おばあちゃんは両手でおれの頭をつかんで、無理やり自分のほうにむかせた。おれは、恥《は》ずかしくてたまらなかった。おばあちゃんの目を見られない。とつぜん、トゥシユマン先生が使った言葉が、みんながおれに無理強いしようとした言葉が、さけび声のように心に浮《う》かんだ。反省！

そう、それだ。まさにその言葉しかない。

反省。おれは深く反省して、ふるえていた。心から反省して泣いていた。

「ジュリアン。だれでもあやまちをおかすんだよ、おまえ《モン・シェール》」

「いや、おばあちゃんはわかってない！　たった一回のあやまちじゃなかったんだ。おれは、トゥルトーに意地悪をした子たちみたいに……いじめっ子だったんだよ、おばあちゃん。おれがいじめっ子だったんだ！」

　おばあちゃんはうなずいた。おれはさけぶように言った。「おれがあの子を奇形児《きけいじ》って呼《よ》んだんだ。陰《かげ》でさんざん悪口を言った。意地悪なことを書いた。ママは、おれがなんでそんなことをしたのか、なんだかんだと言《い》い訳《わけ》してる……だけど、言い訳なんてできない。おれがやったんだ！　自分でもなぜだかわからない。ほんとうにわからない」

　おれはあんまり激《はげ》しく泣いたんで、話すこともできなくなった。

　おばあちゃんはおれの頭をなでて抱《だ》きしめてくれた。

「ジュリアン、おまえはまだ若《わか》い。そして、自分がしでかしたことは正しくなかったと知っている。おまえは、正しいことをできない子というわけじゃない。まちがった行《おこな》いを選んでしまっただけなんだ。あやまちをおかしたっていうのは、そういう意味だよ。わたしも同じだった。わたしもトゥルトーにまちがったことをしてしまった。

けれどジュリアン、人生のすばらしさはね、ときにまちがいを正せるってことなんだ。あやまちから学ぶ。そして、よりよい自分になるんだ。わたしは、トゥルトーにしたようなまちがいを、その後出会った人にはけっしてしなかった。ずいぶん長いこと生きてきたけれどね。おまえもあやまちから学ぶんだよ。ほかの人にはぜったい同じことをしないと、自分自身と約束しないといけない。たった一度のあやまちで自分を決めつけるんじゃない、ジュリアン。わかるかい？　ただ、次はもっとよい行いをしなくてはいけない」

おれはうなずいた。でも、そのあともずっと泣き続けていた。

夢《ゆめ》を見た

その夜、おれはオギーの夢を見た。細かいことは覚えてないけれど、おれたちはナチスの連中に追われていたみたいだった。オギーはつかまってしまい、おれはオギーを逃《に》がすことのできる鍵《かぎ》を持っていた。夢のなかで、おれはオギーを助けてやったと思う。でも、もしかしたら、目が覚めたときに自分で自分にそう言い聞かせたのかもしれない。夢ってのは、なかなかよくわからないことがある。だって、その夢のなかでは、やつらが全員『スター・ウォーズ』のインペリアル・オフィサーみたいな黒ずくめのかっこうをしていたんだ。まあ、夢にどれほど意味があるのかは疑問だけどね。

だけど、その夢《ゆめ》が今までとちがったのは、ただのふつうの夢だったこと――つまり、悪夢《あくむ》じゃなかったということだ。夢のなかで、オギーとおれは味方同士だった。

おれはその夢のせいで、すごく朝早くに目が覚めてしまい、そのあとも眠《ねむ》らなかった。ずっと考え続けていたんだ。オギーのこと、それからトゥルトー――いや、ジュリアンという、おれの名前の由来になった勇気のある少年のことを。奇妙《きみょう》な感じだ。オギーのことは、今まで、自分の敵《てき》みたいに思ってきた。なのに、おばあちゃんからあの話を聞いたら、なんだかすっかり感じ入っちゃったんだ。もともとのジュリアンは、自分の名前をつけられたやつがこんなに意地悪だと知ったら、うんと恥《は》ずかしく思うだろう。おれはそれが気になってしかたなかった。

おばあちゃんは、あの話をしながら、どんなに悲しかっただろう。もう七十年も前のことだっていうのに、いったいどうしてあんなに細かく思い出せるんだろう。七十年！　オギーもおれのことを七十年後まで覚えているだろうか？　おれが言った意地悪な言葉を、そのときも覚えているんだろうか？

そんなふうにおれを覚えていてほしくない。おれのことは、おばあちゃんがトゥルトーのことを記《き》憶《おく》しているみたいに覚えていてもらいたい！

トゥシュマン先生、やっとわかったよ！　は・ん・せ・い。

おれは日の出とともに起きあがり、この手紙を書いた。

オギーへ、
学校で一年間おれがやったことについて、あやまりたいんだ。そのことをずいぶん考えた。オギーのせいじゃない。できることなら、やり直したい。そしたら、もっとやさしくなれるよ。オギーが八十歳《さい》になったときに、おれがどんなに意地悪だったか、覚えていないといいのだけど。じゃ、元気でな。

ジュリアン

追伸《ついしん》…もしオギーがあの紙切れのことをトゥシュマン先生に言いつけたのなら、心配するな。責《せ》めるつもりはないから。

昼すぎにおばあちゃんが起きたとき、おれはおばあちゃんにこの手紙を読んでやった。
「えらいよ、ジュリアン」おばあちゃんはおれの肩《かた》をぎゅっとつかんだ。
「オギーにゆるしてもらえると思う？」
おばあちゃんはちょっと考えた。

「それはオギー次第だよ。結局ね、おまえ《モン・シェール》、ほんとうに大事なのは、おまえが自分自身をゆるすことだ。おまえは自分のまちがいから学んでいる。わたしがトゥルトーのことで学んだようにね」

「トゥルトーはおれをゆるしてくれると思う? ジュリアンの名前をもらったおれが、こんなに意地悪だとわかっても?」

おばあちゃんはおれの手にキスをした。

「トゥルトーはおまえをゆるすだろうよ」おばあちゃんがほんとうにそう思っていると、おれにはよくわかった。

家へ帰る

オギーの住所を知らないことに気づいて、おれはまたブラウン先生にメールを出した。手紙を先生に送ったら、オギーに転送してもらえるかどうか聞いてみたんだ。先生はすぐに返事をくれた。喜んで送ってくれるそうだ。それから、おれがりっぱだと言ってくれた。

気持ちよかった。ほんとうに気持ちよかった。そして、気持ちいいと感じることが、また気持ちよかった。うまく言えないけど、おれは自分が悪い子のように感じているのに、もううんざりだったんだと思う。おれは悪い子じゃない。何度もしつこく言うけど、ただのふつうの子どもなんだ。どこにでもいる、平均的《へいきんてき》な、ふつうの子。ただ、まちがいをしでかした。

だけどもう、それを正そうとしていた。

それから一週間後、パパとママがやってきた。ママはおれにえんえんとハグとキスをし続けた。こんなに長いあいだおれが家にいなかったのは、はじめてだったんだ。

おれは、ブラウン先生からのメールと、オギーに書いた手紙のことを話したくて、わくわくしていた。だけど、二人のほうが先に話しはじめた。

「学校を訴《うった》えてるのよ！」ママが興奮《こうふん》気味に言った。

「なんだって？」おれはさけんだ。

「パパが学校を契約違反《けいやくいはん》で訴えているの」ママはかん高い声で言った。

おれは、だまったままのおばあちゃんを見た。みんなで夕食を食べていたときだ。

「学校には、在学《ざいがく》契約を勝手に白紙にする権利《けんり》なんてないはずだ。おまえが転校先の学校に合格《ごうかく》するまではね。学園長はあのとき、おまえが別の学校に合格するまで、在学契約の継続《けいぞく》を取り消すのは待つと言ったんだ。それに返金もすると言った。口頭での合意があった」パパは、いかにも弁護士《べんごし》らしく、落ちついて説明した。

「でも、おれは、どうせ別の学校へ行けることになっただろ！」

「関係ない。たとえ返金してくれるとしても、物事には道理というものがある」

「なんの道理だい？　おかしいよ、ジュール。バカだね。ほんとうにバカ！　まったくもって、完全におかしい！」おばあちゃんが席から立って言った。

「ママン！」パパはすごく驚《おどろ》いていた。ママもだ。

「そんなバカげたことはやめなさい！」

「ママンはくわしいことを知らないんだ」

「全部知っているよ、一から十までね！」おばあちゃんは、握《にぎ》りしめた手をかかげて、ふるわせながらどなった。すごく怒《おこ》っているようだ。「この子はあやまちをおかしたんだよ、ジュール！　おまえの息子はまちがっていた！　この子はわかっている。おまえもわかっている。この子は同級生の男の子に悪いことをして、申《もう》し訳《わけ》なく思っている。それをじゃまするべきじゃない」

ママとパパは顔を見合わせた。

「お言葉を返すようですが、お義母様《かあさま》、わたしたちはなにが一番いいか、わかっていると――」ママが言った。

「いや、なんにもわかっていない！　わかってないよ。二人とも、訴訟《そしょう》やらなにやら、ばかばかしいことに夢中《むちゅう》になりすぎだよ」おばあちゃんがどなった。

「ママン」

「おばあちゃんの言うとおりだよ、パパ。すべておれが悪いんだ。オギーに関すること全部。おれが悪かった。おれは理由もなくオギーに意地悪だった。ジャックになぐられたのも、おれのせいだ。おれがオギーのことを奇形児《きけいじ》って呼《よ》んだからなんだ」

「えっ？」とママ。

おれはすぐに言った。「あのひどい紙切れの言葉を書いたのはおれだ。ひどいことをした。おれが悪い！　おれがいじめっ子だったんだよ、ママ！　だれのせいでもない、おれが悪かった！」

ママもパパも、なんと言ったらいいのか、わからないみたいだった。

するとおばあちゃんが、いかにもおばあちゃんらしく言った。「二人とも、ぼけっとすわってないで、正直に話したジュリアンをほめてやりなさい！　きちんと責任《せきにん》を取ろうとしているんだ！　自分のあやまちをちゃんと認《みと》めている。うんと勇気がないと、できないことだよ」

パパは、あごをなでながら、おれを見た。「ああ、もちろん。でも……ママンは法的問題についてわかっていないようだ。学校はうちが払《はら》った学費を返金しないと言って、それは――」

「くだらない！」おばあちゃんは、手をふってパパの話を止めた。

おれは言った。「謝罪《しゃざい》の手紙を書いたよ。オギーにね。おわびの手紙を書いて、郵便《ゆうびん》で送ったんだ！

おれがしたことを、あやまったよ」

「なんだと?」パパが怒《おこ》りだした。

「それから、ブラウン先生にもほんとうのことを教えた。ブラウン先生に長いメールを書いて、全部教えたんだ」

パパはしかめっ面で怒っていた。「ジュリアン……、なぜそんなことをした? 言ったはずだぞ。そういうことを認《みと》める文書はいっさい書いてはいけないと――」

「ジュール!」おばあちゃんが、パパの目の前で手をふりながら、大声を出した。「テュ・ア・アンセルヴォ・コム・アン・サンドウィッチュ・オ・フォマージュ!」

思わず笑っちゃったよ。パパはとまどっていた。

「なんておっしゃったの?」フランス語を知らないママが聞いた。

「おばあちゃんは、パパの脳《のう》みそがチーズサンドイッチみたいだって言ったんだ」おれは答えた。

「ママン!」パパが、長い説教でもはじめようとするみたいに、きつい声で言った。

けれども、ママが手をのばして、パパの腕《うで》を押《お》さえ、静かに言った。

「ジュール、お義母様《かあさま》の言うとおりよ」

思いがけないこと

ときに人は、驚《おどろ》くべきことをする。よりによってママが言いだしたことを引っこめるなんて、百万年たってもありえないと思っていた。おれはすごい衝撃《しょうげき》を受けた。パパも同じみたいだ。信じられないって顔で、ママを見つめていた。驚かなかったのは、おばあちゃん一人。

「じょうだんか?」パパがママに言った。

ママはゆっくり首を横にふった。「ジュール、もう終わりにしなくちゃ。前に進むべき。お義母様の言うとおりよ」

パパが眉《まゆ》をあげた。怒っているのをかくそうとしているに決まってる。「そもそも、きみが言いだしたから闘《たたか》ってるんだぞ、メリッサ!」

「わかってるわ!」ママはメガネをはずしながら答えた。目がきらきら輝《かがや》いていた。「わかってる、わかってる。あのときは正しいことをしていると思ったのよ。今でもトゥシュマン先生のやり方が正しかったとは思わない。あんな対応《たいおう》をするなんて。だけど……もうすべて水に流そうと思うの、ジュール。わたしたちがすべきなのは……そんなことにとらわれないで、前へ進むことなのよ」ママは肩《かた》をすくめておれを見た。「ジュリアンが自分からあの子に手紙を書いたなんて、すごいことだわ、ジユール。大変な勇気を出したのよ」ママはパパのほうをふりむいた。「わたしたちは応援《おうえん》しなくちゃ」

「応援するよ、もちろん。それにしてもメリッサ、あまりにも言うことがガラッと変わったじゃないか！　なんたって……」パパは首を横にふりながら目を丸くしていた。

ママはため息をついた。なんと言っていいのか、わからなかったんだろう。

すると、おばあちゃんが言った。「いいかい。メリッサがいろいろやったのは、ただただジュリアンに幸せになってほしいからだ。それがすべて。それがすべて《セ・トゥー》。そして、今ジュリアンは幸せなんだ。ジュリアンの目を見ればわかるだろう。長い時間がかかったけれど、やっと、おまえの息子は完全に幸せなんだ」

「そのとおりだわ」ママが、涙《なみだ》をぬぐいながら言った。

その瞬間《しゅんかん》、おれはママに申《もう》し訳《わけ》なく思った。ママが、自分のしたことのいくつかを後悔《こうかい》していたにちがいないからだ。

「パパ、お願いだから学校を訴《うった》えないで。そんなのいやだ。わかった、パパ？　お願い」

パパは椅子《いす》に深く腰《こし》かけ、ふうーっと深いため息をついた。まるで、ゆっくりとろうそくを吹《ふ》き消《け》すように。それから、舌打《したう》ちをしながら、ずいぶん長いこと考え事をしていた。そのあいだ、おれたちはじっとパパを見ていた。

とうとうパパはすわったまま背《せ》すじをのばし、みんなを見て肩《かた》をすくめた。

「わかった。訴訟《そしょう》は取りさげよう。学費のことは放っておこう。ほんとうにそれでいいんだね、メリッサ？」

ママがうなずいた。「ほんとうよ」

おばあちゃんがため息をついた。そして、「ついに勝利をおさめたね」と、ワイングラスにむかってつぶやいた。

やり直し

それから一週間後、おれたちはニューヨークへ帰ったんだけど、その前に、おばあちゃんに特別な場所へ連れていってもらった。おばあちゃんが育った村だ。おばあちゃんがパパにトゥルトーの話をちゃんとしたことがなかったなんて、びっくりだった。パパが知っていたのは、戦争中にダヌヴィリエに住んでいた一家がおばあちゃんを助けてくれたってことだけで、細かいことはぜんぜん聞いていなかったんだ。パパのおばあちゃんが収容所《しゅうようじょ》で亡《な》くなったことすら、教えてもらっていなかった。

「ママン、なぜ今まで、なんにも教えてくれなかったんだい？」村へむかう車のなかで、パパがおばあちゃんにたずねた。

「あら、ジュール、わかるだろ？　わたしは過去《かこ》にこだわるのが嫌《きら》いなんだよ。人生はわたしたちの前にある。後ろばかり見ていたら、どこへむかっているのか見えないよ！」

オーベルヴィリエ村はずいぶん変わっていた。戦争中にあまりにもたくさんの爆弾《ばくだん》と手榴弾《しゅりゅうだん》が落とされたので、当時の家のほとんどが破壊《はかい》されてしまったんだ。おばあちゃんの学校もなくなっていた。特別見るようなものはない。あるのはスターバックスと靴屋《くつや》ぐらい。

ところが、車でダヌヴィリエ——ジュリアンが住んでいた村へ行ってみると、そこはそれほど変わっていなかった。おばあちゃんはおれたちを、おばあちゃんが二年間暮《く》らした納屋《なや》へ連れていった。今の持ち主は年老いたお百姓《ひゃくしょう》さんで、あたりを好きに見てまわってもいいと言ってくれた。おばあちゃんは、馬小屋の片《かた》すみで自分のイニシャルの落書きを見つけた。ナチスが近づいてくると、いつもそこでわらの山の下にかくれたそうだ。おばあちゃんは納屋のまんなかに立ち、ぐるりと見まわした。そこにいるおばあちゃんは、とても小さく見えた。

「大丈夫《だいじょうぶ》、おばあちゃん？」

「わたしかい？　ああ！　うん」おばあちゃんはにこにこしながら、首をかしげた。「わたしは生きてきたんだ。ここにいたときは、馬《ば》フンのにおいが鼻から消えたことがなかったものだよ。だけど、わたしは生きてきた。わたしが生きていたからジュールが生まれた。そして、おまえが生まれた。だから、馬フンのにおいなんて、どうってことはないさ！　香水《こうすい》と時間さえあれば、なんだって乗《の》り越《こ》えられる。さて、もう一か所、行きたいところがあるんだ……」

それから、車で十分ほどかけて村はずれの小さな墓地《ぼち》へ行った。おばあちゃんは、おれたちをまっすぐ墓地のはじにある墓石《ぼせき》のところへ連れていった。

小さな白い陶器《とうき》でできた墓標《ぼひょう》が墓石にうめこまれていた。墓標はハート形で、フランス語でこう書いてあった。

ICI REPOSENT

Vivienne Beaumier
née le 27 de avril 1905
décédée le 21 de novembre 1985

Jean-Paul Beaumier
né le 15 de mai 1901
décédé le 5 de juillet 1985

Mère et père de
Julian Auguste Beaumier
né le 10 de octobre 1930
tombé en juin 1944
Puisse-t-il toujours marcher le front haut
dans le jardin de Dieu

おばあちゃんは墓標《ぼひょう》を見つめて立っていた。指にキスをして、その手で墓石《ぼせき》にふれ、ふるえていた。

「じつの娘《むすめ》のように大事にしてくれたんだ」ほおに涙《なみだ》が流れていた。

そして、すすり泣きだした。おれはおばあちゃんの手を取り、その手にキスをした。

ママがパパの手を取り、そっと聞いた。「なんて書いてあるの?」

パパは咳《せき》ばらいをすると、おだやかに訳《やく》しはじめた。

「ここに眠《ねむ》るのは、ヴィヴィアン・ボミエ、ジャンポール・ボミエ。……そして、二人の子ども、ジュリアン・オーガスト・ボミエ。一九三〇年十月十日生まれ。一九四四年六月に殺害される。永遠《とわ》に神の庭で背《せ》すじをのばして歩きたまえ」

ニューヨーク

新しい学校がはじまる一週間前に、一家でニューヨークへ帰ってきた。自分の部屋っていうのは、いいものだね。おれのものは、みんなそのままだった。だけどなんだか、よくわからないけれど、ちょっとちがうような気分。説明できないや。ほんとうに、最初からやり直すんだって感じていた。

「すぐ荷ほどきを手伝ってあげるわ」家に入るなりトイレへ走りながら、ママが言った。

「いや、いいよ」おれは答えた。

パパはリビングで留守電《るすでん》のメッセージを聞いていた。おれはスーツケースのなかのものを出しはじめた。そのとき、聞き覚えのある声が留守電から聞こえてきた。

おれは手を止めてリビングへ行った。パパが顔をあげて留守電を止めた。それから、おれが聞けるように、また再生《さいせい》してくれた。

オギー・プルマンからだった。

「えっと、もしもし、ジュリアン、あの、えっと……その……手紙を受け取ったことを知らせようと思ったんだ。あの、えっと……ほんと、手紙をありがとう。電話をかけなおしてくれなくていいよ。ただちょっと、あいさつがしたかっただけだから。うちはみんな元気。ああ、それから、いちおう言っとくけど、トゥシュマン先生に紙切れのことを教えたのは、ぼくじゃない。ジャックでもサマーでもない。いったいどうやって先生が知ったのか、ぜんぜんわからないんだけど、もうかまわないや。うん、そう。じゃあね。新しい学校が気に入るといいね。グッドラック。バイバイ！」

ピー。

パパがおれのようすを見ていた。

「わあ、思いもしなかったよ」

「電話をかけなおすかい？」パパが聞いた。

おれは首を横にふった。「かけない。おれは弱虫だもん」

パパはおれに近寄《ちかよ》り、片手《かたて》を肩《かた》に置いた。

「おまえは、ぜんぜん弱虫じゃないって証明《しょうめい》したばかりじゃないか。りっぱなものだよ、ジュリアン。ほんとうにりっぱだと思う」

パパは身を乗りだして、おれを抱《だ》きしめた。「おまえは背すじをのばして歩いている《トゥ・マルシェ・トゥジュ・ル・フロンオー》」

おれはにこっとした。「そうだといいな、パパ」

そうだといいな。

もうひとつのWONDER

Christopher

クリストファー

だれのせいでもないけれど
ぼくらは地球を去る
これからもずっと、変わらずにいられるのだろうか？
――ヨーロッパ『ファイナル・カウントダウン』より

涙《なみだ》の国って、ほんとうに不思議なところだね。
――アントワーヌ・ド・サン＝テグジュペリ『星の王子さま』より

現代《げんだい》の最新の観測《かんそく》により、わたしたちが用いている天体の名称《めいしょう》に、
新しい解釈《かいしゃく》が必要となってきた。
これは、特に「惑星《わくせい》」についてあてはまる。
「惑星」とは、かつて空をさまようように動く光の点に見えたことから
「惑《まど》う星」という意味でつけられたが、
最近のかずかずの発見により、
わたしたちは新たに「惑星」の定義《ていぎ》をすることになった。

——国際《こくさい》天文学連合決議（2006年）より

Christopher

はじまり

ぼくがはじめてオギー・プルマンに会ったのは、生まれて二日目のときだった。当然、自分では覚えてなくて、そのときのことはママから聞いた。ちょうどママとパパがはじめてぼくを病院から家へ連れてきたときで、オギーの両親もはじめてオギーを病院から家へ連れてきたところだった。だけど、そのときオギーはもう三か月。息をしたり、飲みこんだりすることができるように、いくつも手術《しゅじゅつ》を受けたから、ずっと病院にいなきゃならなかったんだ。息をするとか、飲みこむとかいうことを、たいがいの人は気にしたこともない。生まれつき自然にできるからだ。けれど、生まれたばかりのオギーには、自然にできることじゃなかった。

ぼくたち二人をひき合わせようと、パパとママはぼくをオギーの家に連れていった。オギーはリビングでたくさんの医療機器《いりょうきき》につながれていた。ママはぼくを抱《だ》きあげ、ぼくの顔をオギーの顔に近づけた。

「オーガスト・マシュー・プルマンくん、この子はクリストファー・アンガス・ブレイクよ。新しいけど、一番古い友だち」

そしてぼくたちの両親は、声をあげて喜びあい、乾杯《かんぱい》して祝った。

ぼくのママと、オギーのママのイザベルおばさんは、ぼくたちが生まれる前から親友だった。ママとパパがこのあたりに引《ひ》っ越《こ》してきてすぐのころ、エイムスフォート通りのスーパーマーケットで出会ったらしい。二人とも、もうじき赤ちゃんが生まれるし、通りをはさんでむかいに住んでいたから、いっしょにママ友グループを作ることにした。ママ友グループっていうのは、大勢《おおぜい》のママたちが集まっておしゃべりしたり、おたがいの子どもを遊ばせたりするグループだ。最初は、ほかにも六、七人のママたちが仲間にいた。まだだれの赤ちゃんも生まれていないうちに、二回ぐらい集まったらしい。だけど、オギーが生まれたら、ぼくたちのママ以外に二人しか残らなかった。ザッカリーのママと、アレックスのママ。ほかのママたちに、なにがあったのかは知らない。

最初の二年ぐらいのあいだ、ママ友グループの四人は、赤《あか》ん坊《ぼう》のぼくらを連れて、ほとんど毎日集まっていた。公園でぼくたちをベビーカーに乗せてジョギングすることもあれば、だっこして川沿《ぞ》いを散歩することもあったし、ハイツ・ラウンジの店でベビーチェアにすわらせてランチを楽しむこともあった。

オギーとオギーのママが、このグループの集まりに来なかったのは、オギーが病院にもどったときだけだ。オギーは何度も手術を受けなくちゃならなかった。息をしたり飲みこんだりすることだけでなく、ほかにも自然にできないことが、いろいろあったんだ。たとえば、食べることができなかった。

Christopher

話すこともできなかった。そもそも口を完全に閉《と》じることもできなかった。オギーは、そういうことができるように、お医者さんに手術《しゅじゅつ》をしてもらわなくてはならなかったんだ。でも、手術を受けても、ぼくやザックやアレックスのように、ふつうに食べたり話したり、口を完全に閉じることができなかった。手術を受けても、オギーはぼくたちと、ものすごくちがっていた。

オギーがほかのみんなとどれだけちがうのか、ぼくは四歳《さい》ごろまで、よくわかっていなかったと思う。冬のある日、オギーとぼくは、コートを着てマフラーを巻《ま》き、公園で遊んでいた。そして、ジャングルジムのてっぺんの台まではしごを登り、高いすべり台をすべる列に並《なら》んだ。あと少しでぼくたちの番というときに、すぐ前の小さな女の子がおじけづいた。それで女の子は、ぼくたちを先に行かせようと後ろをふりかえった。そのとき、オギーを見たんだ。女の子は目を丸くして口を大きく開け、さけび声をあげると、わんわん泣きだしてしまった。気が動転しすぎて、はしごをおりることもできない。その子のお母さんが上まで登って助けなくてはならなかった。そしたら、オギーも泣きだした。自分のせいで女の子が泣いていると気づいたからだ。オギーは顔をマフラーでかくし、だれにも見られないようにした。イザベルおばさんも上まで登ってオギーを助けなくてはならなかった。細かいことはよく覚えていないけど、大騒《おおさわ》ぎになったのはたしかだ。すべり台のまわりには、ちょっとした人だかり。ささやきあう人たち。ぼくたちは急いで公園を出た。オギーを抱《だ》いて家へ帰るイザベルおばさんが、目に涙《なみだ》を浮《う》かべていたのを覚えている。

オギーはほかの子とちがうとぼくが気づいたのは、それが最初だった。で、もちろんそれで最後じゃなかった。息をしたり飲みこんだりするのと同じように、ほとんどの子どもにとっては、オギーを見て泣くことも、あたりまえのことだったから。

午前7時8分

なんで今朝にかぎってオギーのことを思い出したのか、わからない。うちが引《ひ》っ越《こ》してからもう三年もたったし、オギーには十月のボウリング・パーティーのときから会っていない。もしかしたらオギーの夢《ゆめ》でも見たのかな？　覚えていないけど。とにかく、目覚まし時計のアラームを止め、その数分後にママが部屋に入ってきたとき、ぼくはオギーのことを考えていた。

「起きてるの？」ママがそっと言った。

ぼくは答えるかわりに、枕《まくら》を顔の上にかぶせた。

「クリス、起きる時間よ」ママはカーテンを開け、陽気に言った。枕の下で目をつぶっていても、もう部屋がすっかり明るくなったのがわかる。

「カーテン閉《し》めといてよ」ぼくは、ぼそっとつぶやいた。

「今日は一日雨になりそう」ママはカーテンを閉めないで、ため息をついた。「ほら、また遅刻《ちこく》したらいやでしょ。今朝はシャワーを浴びなきゃね」

「シャワー浴びたよ。たしか、おととい」

「やっぱり！」

「うえっ！」

「さあ、起きて」ママは枕《まくら》をぽんぽんとたたく。

ぼくは枕を顔からどかし、大声で言った。「はいはい！　起きるよ！　起きればいいんだろ？」

「クリスったら、朝はほんとにきげんが悪いんだから。去年はやさしい四年生だったのに、どうしたのかしらね？」ママは首を横にふった。

「リサ！」

ママは、ぼくに名前で呼《よ》ばれるのが大嫌《だいきら》い。だから部屋を出ていくと思ったんだけど、床《ゆか》の上からぼくの服を拾って洗濯《せんたく》カゴに入れている。

「ところでさ、昨日の夜、なにかあったの？　寝《ね》るときに、ママがイザベルおばさんと電話してるのが聞こえたんだ。なにか悪いことがあったみたいだったけど……」

ママはベッドのふちに腰《こし》かけた。ぼくは眠《ねむ》くて目をこする。

「どうしたの？　すごく悪いこと？　昨日の夜、オギーの夢《ゆめ》を見ちゃったよ」

「オギーは元気よ」ママはちょっと顔をしかめながら答え、ぼくの目にかかった髪《かみ》をはらった。「もう少しあとで教えるつもりだったんだけど――」

「なにがあったの？」

「昨日の夜、デイジーが死んじゃったの」

「えっ？」

「かわいそうにね」

「デイジー！」ぼくは両手で顔をおおった。

「つらいわね、クリス。あなたもデイジーが大好きだったものね」

ダース・デイジー

オギーのパパが、はじめてデイジーを家に連れてきた日のことは、よく覚えている。オギーの部屋で二人でボードゲームをして遊んでいたら、とつぜん玄関《げんかん》のほうから、きゃあっと甲高《かんだか》い声が聞こえてきた。オギーの姉さん、ヴィアの声だ。イザベルおばさんと、ぼくのベビーシッターのルルデスが興奮《こうふん》して話すのも聞こえてくる。それで、なんの騒《さわ》ぎかと、ぼくらは階段《かいだん》を駆《か》けおりていった。

オギーのパパ、ネートおじさんがキッチンの椅子《いす》にすわって、いっときもじっとしてない、やんちゃそうなクリーム色の犬をひざに抱《だ》いていた。ヴィアは犬の前にひざまずいて、なでようとしている。だけど、犬はすごく気が高ぶっているみたいで、ヴィアの手をなめようとするばかり。そのたびにヴィアは手を引っこめている。

「犬だ！」オギーがはしゃぎ声をあげ、ネートおじさんに駆《か》けよった。

ぼくも走りよったのだけど、ルルデスに腕《うで》をつかまれた。

「だめですよ、パピ《ぼっちゃん》」ルルデスは、そのころ、ぼくのベビーシッターをはじめたばかりで、まだぼくはルルデスのことをあんまり知らなかった。よくぼくのスニーカーにベビーパウダーを入れてくれた。今でも、ぼくはルルデスを思い出しては同じようにしている。

イザベルおばさんは両手をほおにあてていた。ネートおじさんは帰ってきたばかりのようだった。

「こんなことするなんて、信じられないわ、ネート」おばさんは何度もそう言いながら、キッチンの反対側のすみでルルデスのとなりに立っていた。

「なんでさわっちゃいけないの？」ぼくはルルデスに聞いた。

「ネートさんが言ったんですよ。この犬は、ほんの三時間前まで道ばたでホームレスといっしょだったって。気持ち悪い」ルルデスが早口で言った。

「気持ち悪くないよ——とってもきれいな犬！」ヴィアは犬のひたいにキスをしながら言った。

「わたしの国じゃ、犬は外にいるんです」ルルデスが言った。

「ワンくん、かわいいなあ！」とオギー。

「ちがうわ。女の子よ！」ヴィアが、すぐオギーをひじでつつきながら言った。

「気をつけて、オギー！　顔をなめられないように」とイザベルおばさん。

けれど、もう犬はオギーの顔中をなめていた。

「おい、完全な健康体だって、獣医《じゅうい》さんが言ったんだぞ」ネートおじさんがイザベルおばさんとルルデスに言った。

「ネート、道ばたで暮《く》らしていたのよ！　どんなバイ菌《きん》を持ってるか、わからないわ」

「獣医さんが予防接種《よぼうせっしゅ》を全部やって、ダニの駆除《くじょ》も寄生虫《きせいちゅう》の検査《けんさ》もすませた。この子犬は、健康だってお墨付《すみつ》きだよ」

「子犬じゃないわよ、ネート」

そのとおり。どう見ても子犬じゃなかった。ふつうの子犬みたいに小さくないし、ふわふわ丸っこくもない。ガリガリにやせて、怒《おこ》っているような目をしていて、ものすごく長い黒い舌《した》を口の片側《かたがわ》からだらんとたらしている。小型犬でもない。ぼくのおばあちゃんのラブラドールと同じくらいの大きさだ。

「うん、じゃあ、子犬みたいなの」とおじさん。

「なんていう種類の犬？」オギーが聞いた。

「獣医《じゅうい》さんは、イエローラブのミックスだろうって。チャウチャウも混《ま》じってるかなあ？」

「そんなのより、ピットブルっぽいわ。年齢《ねんれい》は教えてもらえたの？」とおばさん。

　おじさんは肩《かた》をすくめた。「はっきりわからないそうだ。二歳《さい》か三歳？　ふつうは歯で判断《はんだん》するらしいんだけど、この犬の歯はめちゃめちゃなんだよ。おそらく、ずっと変な物ばかり食べてきたせいだろう」

「生ゴミやネズミの死体」ルルデスが、いかにも知っているように言った。

「そんな！」おばさんは片手《かたて》で顔をこすりながら、つぶやいた。

「息がくさいよ」ヴィアが鼻の前でパタパタと手をふっている。

「イザベル、この犬はうちに来る運命だったんだ」おじさんが、おばさんを見上げて言った。

「えっ、うちで飼《か》うってこと？　だれか飼い主が見つかるまで世話をするだけじゃないの？」ヴィアはわくわくして、目を輝《かがや》かせた。

「うちが飼い主になるべきじゃないかな」と、おじさん。

「パパ、ほんとに？」オギーがさけんだ。

「でも、ママ次第だよ」おじさんはにこっとして、おばさんを見た。

「ネートったら、本気なの？」おばさんが大声で言うのと同時に、ヴィアとオギーが駆《か》けより、教会でお祈《いの》りするときみたいに手を合わせて頼《たの》みだした。

「お願いお願いお願いお願いお願いお願いお願いお願いお願い！」二人とも、何度も言い続けている。

「お願い、ほんとに、お願いお願いお願いお願い！」

「こんなのひどいわ、ネート！　もう、うちはじゅうぶん、いろんなことを抱《かか》えているっていうのに」

おばさんは首を横にふった。

犬はおじさんを見つめている。おじさんも、にこにこして犬を見下ろしている。「ごらんよ、イザベル！　この犬はお腹《なか》をすかせて、凍《こご》えてたんだよ。ホームレスの男は十ドルで買ってくれって言った。そしたら、どうすればいい？　断《ことわ》れって言うのか？」

「そう！　かんたんですよ」ルルデスが言った。

「犬の命を救うのは、よい業《カルマ》だぞ！」

「およしなさい、イザベルさん！　この犬は汚《きたな》くて、くさいですよ。バイ菌《きん》もあるし。それに、しばらくしたら、散歩をしたりフンを拾ったりするのが、結局だれの仕事になると思うんです？」ルルデスは、おばさんを指さした。

「そんなことないよ、ママ！　わたしが散歩するって約束する。毎日」とヴィア。

「ぼくもだよ、ママ！」とオギー。

「わたしたちがみんなやるよ。えさもあげるし、全部やる」

「全部やるよ！　ママ、お願いお願いお願い！」

「ママ、お願いお願いお願い！」ヴィアもいっしょに言った。

おばさんは、まるで頭が痛《いた》いみたいに手をおでこにあてている。それからついに、おじさんを見て肩《かた》をすくめた。「とんでもないと思うけど……まあ、いいわ」

「ほんと？　ありがとう、ママ！　ほんとうにありがとう！　ちゃんと世話をするって約束する」ヴィアが歓声《かんせい》をあげ、おばさんをぎゅっと抱《だ》きしめた。

「ありがとう、ママ！」オギーも、おばさんに抱きついた。

「やった！　イザベルさん、ありがとう！」おじさんは、犬の前足をつかんで拍手《はくしゅ》をさせていた。

「もうさわらせてよ、ね？」ぼくは、また止められる前にぼくをつかんでいたルルデスの手をふりはらい、オギーとヴィアのあいだに入れてもらった。

犬はじゅうたんにおろされると、ゴロンとあおむけになった。ぼくたちはそろってお腹《なか》をさすってやった。犬はにこにこしているみたいに目をつむり、長く黒いベロを口の横からたらしている。

「さっきはじめて見たときも、こんなふうにしてたぞ」おじさんが言った。

「こんなに長い舌《した》、見たことない。タスマニアデビルに似《に》てるわね」おばさんは、ぼくたちのとなりにしゃがみこんだけど、まだ犬にさわろうとしない。

「きれいな犬よ。なんて名前なの？」とヴィア。

「なんて名前にしたい？」おじさんが聞きかえした。

「デイジーって名前にしようよ！　黄色っぽくて、デイジーの花みたい」ヴィアが、すぐ答えた。

「いい名前ね。でも、この犬、ちょっとライオンにも似ているわ。エルザってのもいいかも」おばさんも犬をなではじめた。

ぼくは、オギーをひじでつつきながら言った。「なんて名前にしたらいいか思いついたよ。ダース・モールってどう？『スター・ウォーズ』の！」

「そんな変な名前、犬につけないよ！」ヴィアがあきれている。

ぼくはヴィアを無視《むし》して言った。「オギー、わかった？　ダース・モールはさ、まっぷたつにされてもしぶとく生きのびていただろ？　この犬もおじさんに拾われて、生きのびるんだしさ」

「ハハハ！　そりゃおかしいや！　ダース・モール！」とオギー。

「ぜったいダメ！」ヴィアが、ぴしゃりと言った。

「こんにちは、ダース・モール！　短くしてダースって呼《よ》べばいいよ」オギーが、犬のピンクの鼻にキスしながら言った。

ヴィアがおじさんを見た。「パパ、そんな名前はダメ！」

「おもしろい名前だと思うけどなあ」おじさんは肩《かた》をすくめる。

「ママ！」ヴィアは怒《おこ》って、おばさんのほうをむいた。

「ヴィアの言うとおりよ。犬にそんなこわい名前、つけたくないわ……特に、こんな見かけの犬に」

「じゃあ、ただのダースって呼ぼうよ」オギーが言いはった。

「そんなのバカみたい」とヴィア。

「犬を飼《か》うことをゆるしてくれたんだから、ママに名前を決めてもらったらどうかなあ」おじさんが言った。

「ママ、デイジーって名前でいい？」とヴィア。

「ダース・モールって名前でいい？」とオギー。

おばさんは、おじさんをにらみつけた。「ネートったら、ひどいわ」

おじさんが笑った。

そうして、この犬の名前は、ダース・デイジーになったんだ。

午前7時11分

「なんで死んじゃったの？　車にはねられたの？」ぼくはママに聞いた。

「ちがう。けっこうな年だったのよ。寿命《じゅみょう》だった」ママはぼくの腕《うで》をなでる。

「そんなに年とってないよ」

「それに病気だったの」

「えっ、じゃあ安楽死？　なんでそんなことしたの？」ぼくは怒って聞いた。

「苦しんでいたのよ。つらい思いをさせたくなかったの。ネートの腕のなかで安らかに逝《い》ったって、イザベルが言ってたわ」

デイジーがネートおじさんに抱《だ》かれて死んでゆくのを思い浮《う》かべようとした。オギーもそこにいたのかな。

「あの家族は、もう、いろんな目にあってきたっていうのに」

ぼくはなにも言わなかった。ただ、まばたきをして、天井《てんじょう》に貼《は》ってある、暗くなると光るプラスチックの星を見上げた。いくつかははがれかけて、今にも落ちそうにぶらさがっている。すでに落ちてきた星もいくつかあった。とんがった小さな雨粒《あまつぶ》みたい。

「あのさあ、ママ、星を直してくれてないじゃん」思わず言ってしまった。

「なに？」なんの話だか、ママはわからない。

「接着剤《せっちゃくざい》で貼《は》ってくれるって言ってたじゃないか。ぼくの上に、どんどん落ちてくるんだよ」ぼくは天井《てんじょう》を指さした。

ママは見上げて、うなずいた。「あっ、そうね」デイジーの話がこんなにすぐ終わるとは思っていなかったんだろう。でも、ぼくはもう、その話をしたくなかった。

ママはベッドの上にあがり、本棚《ほんだな》に立てかけてあったライトセーバーをつかむと、大きめの星をライトセーバーの先で押《お》して、天井にくっつけなおそうとした。

でも、その星はママの頭に落ちてきてしまった。「接着剤がいるんだよ、リサ」

「そうね」ママは髪《かみ》から星をつまみとり、ベッドから飛びおりた。「お願いだから、リサって呼《よ》ばないでちょうだい」

「わかったよ、リサ」

ママはあきれ顔で、ぼくをつき刺《さ》そうとするみたいにライトセーバーの先をむけてきた。

「悪い知らせのおかげで目が覚めたよ。ありがとね、まったく」ぼくは皮肉っぽく言った。

「ちょっと、そっちから聞いてきたのよ。午後まで待って、タイミングを見て教えるつもりだったのに」ママはライトセーバーを元にもどしながら言った。

「なんで？　もう小さい子じゃないんだよ、リサ。そりゃもちろん、デイジーは大好きだけど、自分の犬ってわけじゃないし、もう今は会わないし」

「すごいショックかと思った」

「ショックだよ！　でもね、泣いたり騒《さわ》いだりするもんか」

「わかったわ」ママはうなずきながら、ぼくを見ている。

「なに？」ぼくはいらついていた。

「なんでもない。たしかに、もう小さい子じゃないわね」ママは、親指にくっついたままのプラスチックの星を見ると、だまってかがみ、ぼくのおでこに貼りつけた。「とにかく、今日学校から帰ってきたらオギーに電話しなさいよ」

「なんで？」

ママは、眉《まゆ》をつりあげた。「なんで？　デイジーのこと、ほんとうに残念だって言うためでしょ。お悔《く》やみの言葉を伝えるのよ。親友なんだから」

「ああ、そっか」ぼくは、うなずきながらつぶやいた。

「ああ、そっか」ママがくりかえす。

「はいはい、リサ、わかったよ！」

「ブーブー文句《もんく》ばっかり。クリス、あと三分で、ちゃんと起きなさい。シャワーのお湯を出しておくから」ママは部屋を出ていく。

「ドア閉《し》めて！」ぼくはすかさず大声で言った。

「言葉づかいを直して！」ママが廊下《ろうか》でさけんだ。

「ドアを閉めてください！」いやいや言ったよ。

ママは、バタンとドアを閉めた。

ほんと、ママったら、ときどきムカつくことをする。

ぼくは、星をおでこからつまみあげて見つめた。ブリッジポートからここに引《ひ》っ越《こ》してきたばかりのとき、ママが天井《てんじょう》に貼《は》りつけたんだ。あのころ、新しい家をぼくに気に入ってもらおうと、ママはいっしょうけんめいだった。落ちついたら犬を飼《か》おうって約束までしてくれた。だけど、一度も犬を飼うことはなく、ハムスターを飼いだした。犬とはちがいすぎる。似《に》ても似つかない。ハムスターなんて、あったかいジャガイモに毛皮がついただけのようなもの。いちおう動くし、かわいいことはかわいいけど、犬みたいだなんて、どうころんでも言えない。ぼくはハムスターにルークって名前をつけた。だけど、デイジーとはぜんぜんちがう。

かわいそうなデイジー！　死んじゃったなんて、信じられない。

でも今は、デイジーのことを考えたくなかった。

午後にやらなきゃならないことを考えはじめた。放課後はバンドの練習。明日の数学のテストの勉強。金曜に提出《ていしゅつ》する感想文を書きはじめる。『ヘイロー・シリーズ』のゲームをする。夜はテレビの『アメージング・レース』っていうリアリティ番組の続きも観たい。

ぼくはプラスチックの星をはじいた。星はくるくるまわりながら部屋を横ぎって、ドアのそばの敷《しき》物《もの》のはしっこに落ちた。

やることがいっぱい。長い一日になる。

今日やるべきことを、ひとつひとつあげているときも、オギーへ電話することを、そのなかに入れようとは思わなかった。

友情《ゆうじょう》

ザックとアレックスが、いつからぼくやオギーといっしょに遊ばなくなったのか、はっきり覚えていない。たぶん、幼稚園《ようちえん》に行きだしたころからだろう。

それまでは、だいたい毎日会っていた。たいてい、それぞれのママに連れられてオギーの家へ行った。オギーが病気で出かけられないことが多かったからだ。人にうつるような病気じゃなくて、オギーが外に出られないような病気だ。ぼくたちはオギーの家へ行くのが好きだった。オギーの両親は、地下を巨大《きょだい》なプレイルームにしたんだ。まるで、おもちゃ屋みたい。ボードゲーム、電車セット、エアホッケー、テーブル・サッカー、そして、奥《おく》のほうにはミニトランポリンまであった。そこでザックとアレックスとオギーとぼくは、何時間もぶっ続けで走りまわった。一日中ライトセーバーをふりまわして戦ったり、バランスボールに乗ってレースをしたり。それから、風船の投げあいもやった。紙でできた積み木で、うんと大きな山を作り、雪崩《なだれ》ごっこもした。四人なんでもいっしょだったから、ママたちに「四銃士《よんじゅうし》」って呼《よ》ばれていた。みんなのママ——といってもイザベルおばさん以外のみんなのママが、仕事に復帰《ふっき》してからも、ベビーシッターたちが毎日ぼくたちをいっしょに遊ばせてくれた。一日がかりでブロンクス動物園やサウス・ストリート・シーポートの海賊船《かいぞくせん》に連れていってくれた。公園でピクニックもした。わざわざコニー・アイランドまで行ったことも何度かあった。

だけど、いったん幼稚園《ようちえん》に行きだしたら、ザックとアレックスはほかの子たちと遊ぶようになった。二人は公園のむこう側に住んでいたから、ぼくとはちがう幼稚園で、それまでみたいにしょっちゅう会わなくなってしまった。オギーとぼくは公園で、ときどき二人に偶然《ぐうぜん》会うことがあった。新しい仲間と遊んでいるザックとアレックス。いっしょに遊ぼうとしたことも二、三度ある。でも、その子たちはぼくらを好きじゃなさそうだった。いや――それは正確《せいかく》じゃない。二人の新しい友だちが気に入らなかったのは、オギーだった。ザックが教えてくれたんだから、ほんとうのこと。たしかママに話したら、オギーの見かけのせいで、いっしょだと居心地《いごこち》が悪い子もいるんだと説明してくれた。ママはそういうふうに言った。居心地が悪い。だけど、ザックとアレックスが言ったのは、そうじゃない。「こわい」っていう言葉を使っていた。

でも、ザックとアレックスが、オギーといて居心地が悪かったり、こわかったりするわけじゃないんだ。それなのに、なんで二人がぼくたちと遊ばなくなったのか、ぼくにはわからなかった。だって、新しい友だちなら、ぼくにもできたんだ。それでもぼくはオギーと遊ぶのをやめなかった。といっても、オギーとぼくの新しい友だちとをいっしょにして遊ぶことはなかった。おたがい知りあいじゃない友だちを会わせるのって、なにもかも最高の場合でさえ、気まずかったりするからね。たぶんほんとうのところ、ぼくも、だれかに居心地が悪いとかこわいとか、感じさせたくなかったんだろう。

そういえば、オギーにはオギーの友だちグループがあった。オギーみたいに「頭蓋《ずがい》顔面変形」の子たちの団体《だんたい》のメンバーだ。毎年そのメンバーと家族が、ディズニーランドとか、楽しい場所に集まっていっしょに遊ぶ。オギーは遠出してこの集まりに行くのが大好きだった。国中いろんなところに友だちができた。仲間たちは近くに住んでいなかったから、めったにいっしょに遊べなかったけど。

でも、一度だけ、ぼくはその友だちの一人に会ったことがある。ハドソンっていう子。オギーとはちがう症状《しょうじょう》だった。両目がすごく離《はな》れていて、ちょっとつきでていた。ハドソンとハドソンの両親は、オギーの病院の医者と会うためにニューヨークにやってきて、二日ほどオギーの家に泊《と》まっていた。ハドソンはぼくやオギーと同い年。ポケモンに夢中《むちゅう》だった。

とにかく、ぼくはその日、ハドソンやオギーといっしょに、けっこう楽しく遊んだ。ポケモンはぼくの好みじゃなかったけどね。ところが、そのあといっしょに夕食に出かけて――そこで、いやなことがあったんだ。あんなに人にじろじろ見られるなんて、ウソみたい！　ふだん、ぼくとオギーだけのときだと、人はオギーを見るだけで、ぼくには気づきもしない。そんなのには慣《な》れていた。だけどハドソンがいっしょだと、どういうわけか、ずっとひどくなる。人はまずオギーを見て、次にハドソンを見た。そしてすぐ、どこが悪いんだろうというように、ぼくを見るんだ。高校生ぐらいの子が一人、ずっとぼくを見つめていた。ぼくの顔のどこがずれているのか、探《さが》そうとしていたみたい。ムカついたよ！　さけびだしたくなった。家に帰りたくてたまらなかった。

次の日、まだハドソンがオギーの家にいるってわかっていたから、ぼくは、学校のあとオギーの家じゃなくてザックの家に遊びに行ってもいいかと、ルルデスに聞いた。ハドソンが嫌《きら》いだったわけじゃない。けっこう好きだった。だけど、ポケモンには興味《きょうみ》なかったし、またいっしょにどこかへ出かけて、じろじろ見られるのはぜったいいやだったんだ。

結局、ザックの家はすごく楽しかった。アレックスも来て、三人いっしょに玄関《げんかん》の前でフォー・スクエアっていうボール遊びをした。また以前にもどったみたいな感じ――オギーがいなかったけど。でも、楽しかった。だれもぼくらをじろじろ見やしない。だれも居心地《いごこち》が悪くない。だれもこわがらない。ザックやアレックスと遊ぶのは、すごく気楽。そのとき、ぼくは、なんで二人がぼくたちといっしょに遊ばなくなったのか気がついた。オギーの友だちでいるのって、むずかしいときもあるんだよ。

ラッキーなことに、オギーはなんでその日遊びに来なかったのか、ぼくに聞かなかった。ほっとしたよ。だって、オギーの友だちでいるのはむずかしいときもあるなんて、どう言ったらいいんだ？

午前8時26分

なぜだか、ぼくは時間どおり学校へ行くことが、ほとんどできない。ほんとうに、なんでだかわからない。毎日同じ。目覚ましが鳴っても起きられない。ママかパパに起こされる。シャワーを浴びても浴びなくても、朝食がたっぷりでもかんたんなシリアルだけでも、いつも大あわてで出かけるはめになり、とっとと上着を取ってこいとか、靴《くつ》ひもを結べとか、ママやパパにどなられている。そして、たまに時間どおり家を出られたときでさえ、なにか忘《わす》れ物《もの》があって、車をユーターンして家に引き返してもらうはめになる。宿題のファイルを忘れることもあれば、トロンボーンを忘れることもある。なぜだかわからない。ほんとうにわからない。しかたないんだ。ママの家にいるときでも、パパの家にいるときでも、いつも遅《おく》れてしまう。

今日は、ささっとシャワーを終え、全速力で着替《きが》え、シリアルを口にほおばり、なんとか時間どおり家を出ることができた。家から十五分かかって、やっと車が学校の駐車場《ちゅうしゃじょう》に入ったとき、ぼくは忘れ物に気がついた。理科のレポートと体育用の短パンと、それにトロンボーン。忘れ物の新記録だよ。

「じょうだんでしょ？」ママがバックミラーでぼくを見た。

「じょうだんなんかじゃない！　家にもどれない？」ぼくは、イライラして爪《つめ》をかんだ。

「クリス、もう遅れているのよ！　この雨じゃ、家に帰ってまたここへもどるには、四十分かかる。だめ。授業《じゅぎょう》に行きなさい。先生には、ママがひとこと書いてあげるから」

「理科のレポートなしじゃ行けないよ！　一時間目が理科なんだ！」

「家を出る前に用意しておかなくちゃ！　さあ、行きなさい。ますます遅《おそ》くなっちゃうわ。ほら、スクールバスだって、もう行っちゃうじゃないの！」ママは、駐車場を出ていくスクールバスを指さした。

「リサ！」ぼくは気が動転していた。

「なによ、クリス！　どうしてほしいの？　瞬間移動《しゅんかんいどう》の超能力《ちょうのうりょく》なんてないわよ」

「家に帰って取ってきてくれない？」

ママは、雨でぬれた髪《かみ》を指でとかした。「忘れ物をしないよう、前の晩《ばん》に準備《じゅんび》しなさいって、何度も言ってるわよね？」

「リサ！」

「わかったわよ。とにかく授業に行きなさい。忘れ物は取ってきてあげるから。さあ、行きなさい、クリス」

「急いでよ！」

「行きなさい！」ママは後ろをふりむいて、ぼくをにらんだ。ときどきやる、ママならではの目つき。目をすごく大きくして、怒《おこ》っている鳥みたい。「車から降《お》りて、教室へ行きなさい！」

「わかったよ！」ぼくは足音を立てて車から降りた。雨が強くなってきたけれど、もちろん傘《かさ》なんて持っていない。

ママが運転席の窓《まど》を開けた。「気をつけて歩道へ行って！」

「トロンボーン、理科のレポート、体育用の短パン」ぼくは指でかぞえながら言った。

ママがうなずいた。「気をつけて歩きなさい。駐車場なのよ、クリス！」

「キャスター先生は、一時間目が終わるまでにレポートを提出《ていしゅつ》しないと、五点減点《げんてん》するんだ！　一時間目の終わりまでに、もどってこなきゃだめだよ！」

「わかってるから、クリス。さあ、歩道へ行ってちょうだい」ママがあわてて言った。

「トロンボーン、理科のレポート、体育用の短パン！」ぼくは後ろむきに歩道へと歩いた。

「クリス、ちゃんと前を見て歩いて！」自転車がぼくをよけようと、いきなり曲がったんで、ママがさけび声をあげた。

「すみません！」ぼくは自転車の人にあやまった。自転車の前にはチャイルドシートがついていて、赤ちゃんが乗っている。その男の人は首をふりながら行ってしまった。

「クリス！　前をちゃんと見て歩くの！」ママがさけぶ。

「どなるのやめてくれる⁉」と、ぼくもどなった。

ママは深く息を吸《す》い、ひたいをこすった。「歩道に行ってちょうだい。お願いだから」怒《おこ》りたいのをおさえて言っている。

ぼくはぐるりと体のむきを変えると、大げさに左右を見て、学校の入り口まで続く歩道へと、駐車《ちゅうしゃ》場《じょう》を横ぎった。もう、最後のスクールバスも駐車場から出ていってしまった。

「気がすんだ？」やっと歩道についたんで、ママに言った。

六メートルも離《はな》れているのに、ママのため息が聞こえた。「事務室《じむしつ》の受付にあずけておくから」ママは車のエンジンをかけ、後ろを見ながら、ゆっくり駐車スペースをバックで出ていく。「じゃあね、クリス。いってらっ――」

「待って！」ぼくは、まだ動いている車に駆《か》けよった。

車がキーッと止まった。「クリス！」

「バックパック忘《わす》れた」ぼくは車のドアを開けて、後ろの座席《ざせき》に置き忘れたバックパックをつかんだ。ママが首を横にふっているのが目に入った。

車のドアを閉《し》め、またうんと大げさに左右を見て、歩道へ駆けもどる。かなり強い雨になってきた。フードを引っぱって頭にかぶる。

「トロンボーン！　理科のレポート！　体育用の短パン！」ママのほうをふりかえりもせずにさけび、学校の入り口に続く歩道をゆっくり走った。

「クリス、大好きよ！」ママの大きな声。

「じゃあね、リサ！」

ぎりぎり始業ベルが鳴る前に駆けこんだ。

午前9時14分

理科の授業中《じゅぎょうちゅう》、ずっと教室の時計を見てばかりだった。授業が終わる十分前、先生にトイレへ行く許可《きょか》をもらうと、全速力で事務室《じむしつ》へ走り、受付のデニスさん——親切な年配のおばあさんだ——に、ママがあずけたはずの忘《わす》れ物《もの》のことを聞いた。

「クリストファー、悪いけど、お母さんは来てないのよ」

「えっ？」

「何時に来ることになっていたの？ 今朝はずっとここにいるから、見すごしてはいないはずなんだけど」デニスさんは腕時計《うでどけい》を見ながら聞いた。

デニスさんはぼくの表情《ひょうじょう》に気づいたみたいで、自分の席の側へまわるようにと手招《てまね》きして、電話を指さした。「お母さんに電話してごらんなさい」

ママの携帯《けいたい》にかけると、留守電《るすでん》につながった。

「ママ、ぼくだけど……えっと、まだ来てないよね。もう……」ぼくは壁《かべ》の大きな時計を見た。「九時十四分だよ。今から十分以内に来てくれないと、ものすごく困《こま》るんだ。ええと、頼《たの》んだよ、リサ」

ぼくは電話を切った。

「きっとすぐ来るわよ。あちこち工事中で、高速道路がすごく混《こ》んでいるの。そのうえ、この大雨だもの……」

「うん」ぼくはうなずいて、教室にもどった。

それからしばらくは、もしかしたら運がいいかもって思っていた。授業中、キャスター先生がレポートについてなにも言わなかったからだ。だけど、終業ベルが鳴ったとたん、全員教室を出る前に先生の机《つくえ》の上にレポートを提出《ていしゅつ》するようにと言った。

ぼくは、ほかの子たちが行っちゃうのを待ってから、ホワイトボードのところにいる先生に近寄《ちかよ》った。

「あの、キャスター先生?」

「なあに、クリストファー?」

「えっと、あの、ごめんなさい。今朝、理科のレポートを家に置いてきちゃって?」

先生は、ホワイトボードの文字を消し続けている。

「お母さんが学校に持ってきてくれるはずなんだけど、雨のせいで遅《おく》れているみたいで?」

どういうわけか、先生と話すと、ちょっと緊張《きんちょう》して、いちいち語尾《ごび》があがってしまうんだ。

「今学期、宿題を忘れたのはもう四回目よ、クリストファー」

「知ってます。でも、先生まで知ってたなんて!　へへっ」ぼくは両肩《りょうかた》をあげて、にやっとした。

Christopher

ユーモアのつもりだったのに、先生は、にこりともしない。

「今のはただ、先生がそのことを覚えているなんて知らなかったっていう意味で……」

「五点減点《げんてん》よ、クリス」

「次の時間に提出《ていしゅつ》してもー?」泣き言みたいだって、わかってた。

「規則《きそく》は規則よ」

「そんなのひどい」ぼくは、首を横にふりながら、ぼそっとつぶやいた。

二時間目の始業ベルが鳴ったんで、ぼくは先生の答えも待たずに、次の授業《じゅぎょう》へ走っていった。

午前10時5分

音楽は、レン先生っていう男の先生だ。先生は、ぼくがトロンボーンを忘《わす》れたんで、むっとした。理科のレポートのことでキャスター先生がふきげんになったのと同じくらい。だって、首席トロンボーン奏者《そうしゃ》のケイティ・マッカンが、水曜の夜にある春のコンサートで吹《ふ》くソロを今日家で練習できるように、ぼくのトロンボーンを貸《か》してあげると、レン先生に約束しちゃってたんだ。ケイティのトロンボーンは修理中《しゅうりちゅう》。そのうえ、たったひとつしかない予備《よび》のトロンボーンもこわれていて、スライドが四番ポジションあたりで引っかかってしまう。それで、レン先生だけでなく、ケイティも怒《おこ》りだした。怒らせたくないタイプの子だよ。ほかの生徒たちより頭ひとつ分も背《せ》が高くて、むかついた相手をうんとこわくて感じの悪い目つきでにらみつける。

ぼくはケイティに、ママがトロンボーンを持って学校へもどってくるところだと教え、とりあえずは、いやな目でにらまれないですんだ。レン先生が授業中はケイティにこわれているトロンボーンを使わせてくれたんで、ケイティは練習に加わることもできた。いつもはレン先生の授業で楽器を忘れた生徒は、はじっこに静かにすわり、オーケストラの練習を見学していなくてはならない。なにかを読んだり、宿題をするのはゆるされない。ただすわって、オーケストラの練習を聴《き》いていなくちゃいけない。そんなの、おもしろいわけがない。もちろん、ぼくは、もう吹けるトロンボーンがないから、ただすわってなきゃならなかった。

休み時間になり、今度こそママが届《とど》けてくれているはずの忘れ物を取りに事務室《じむしつ》へ行った。ところが、ママはまだ来ていなかった。

「きっと渋滞《じゅうたい》に巻《ま》きこまれたのよ」デニスさんが言った。

ぼくは首を横にふり、ふきげんに言った。「いえ、たぶん別の理由です」

オーケストラの練習を見学しながら、ピンときたんだ。

イザベルおばさんだ。

ちぇっ、決まってる！　デイジーは死んだばかり。ほかにも、なにか起きたにちがいない。もしかしたら、オギーのことかも。それで、イザベルおばさんがママに電話をしたんだ。そしてママは、いつものことだけど、なにをしていようとかまわず、すぐプルマン一家を助けに行ってしまった。

おそらく、今この瞬間《しゅんかん》も、ママはオギーの家！　ぼくのトロンボーンと理科のレポートと体育用の短パンを後部座席《ざせき》に乗せて学校へもどるとちゅう、イザベルおばさんから電話がかかってきて、ストンとぼくのことなんて忘《わす》れちゃったんだ。ちぇっ、そうに決まってる！　はじめてのことじゃない。

「もう一度、電話してみたら？」デニスさんが、親切に受話器をぼくにさしだした。

「いえ、けっこうです」ぼくは、ぼそっと言った。

音楽室にもどると、ケイティが近づいてきた。

「トロンボーンは？　お母さんが持ってくるって言ったよね！」ケイティは眉《まゆ》をつりあげている。

「交通渋滞《じゅうたい》で動けなくなったみたい？　だけど、放課後ぼくを迎《むか》えにくるときには持ってくるはず？」ぼくは、すまなそうに言った。ケイティ相手だと、先生のときと同じくらい、緊張《きんちょう》しちゃうみたいだ。「放課後、五時半に会える？」

「なんであたしが、五時半まで待たなきゃいけないわけ？」ケイティは舌打《したう》ちした。ぼくが何週間か前、うっかりトロンボーンのつば抜《ぬ》きから、ケイティの紙コップに自分のつばを捨《す》てちゃったときと同じように、にらんできた。「もう、クリスの役立たず！　これじゃ、コンサートでソロのパートをしくじっちゃうよ。全部あんたのせいだからね！」

「ぼくのせいじゃないのに？　ママが届《とど》けてくれるはずだったのに？」

「あんたって、ほんとうに……バカ」ケイティがつぶやいた。

「そっちこそ」うまく言い返したつもりだった。

「あんたの耳ってデカいよね」ケイティは、まっすぐおろした両手をこぶしにして、離《はな》れていった。

「ふんっ！」ぼくは、ふてくされた。

それから音楽の授業《じゅぎょう》が終わるまで、ケイティは譜面台越《ふめんだいご》しに、これ以上イヤな目つきはないってくらい恐《おそ》ろしい感じでにらんできた。もし目で人を殺せるものなら、ケイティ・マッカンは連続殺人犯《さつじんはん》になれるだろう。

なにもかも、今日ママがぼくを見捨《みす》てなければ起きなかったことばかり！　ぼくはママにかんかんだった。まったく、今夜ママは後悔《こうかい》するよ。学校が終わって迎えにくるときのことが目に浮《う》かぶ。「ごめんなさい、クリス！　プルマンさんの家へ助けに行かなくちゃならなかったの……」とか、きっとああだこうだ言うんだろう。

それで、ぼくも、ああだこうだと言い返す。

するとママは言う。「ちょっとクリス、あの人たちには助けが必要なときがあるって、わかってるでしょ」

ああだ！　こうだ！　ああだ！　こうだ！

宇宙《うちゅう》

オギーが五歳《さい》になったとき、誕生日《たんじょうび》プレゼントにだれかが宇宙飛行士のヘルメットをあげた。それからオギーは、いつもヘルメットをかぶるようになった。どこでも。毎日。顔をかくしたいからだと人には思われていた――もしかしたら、それもあったのかも。だけど、それよりも、オギーがほんとうに宇宙好きだったからだと思う。星や惑星《わくせい》。ブラックホール。ありとあらゆるアポロ計画のこと。オギーは、大きくなったら宇宙飛行士になると言いはじめた。最初のうちは、なんでそんなことに夢《む》中《ちゅう》なのか、ぼくにはわからなかった。でも、ある週末、ママとイザベルおばさんに自然史博物館のプラネタリウムへ連れていってもらったら――ぼくも、すっかりはまってしまったんだ。これが、ぼくらの宇宙ブーム時代のはじまり。

それまでにも、オギーとぼくは、いろいろなものに夢中になってきた。ズービーっていうシリーズのぬいぐるみ、ロボットのフィギュア、恐竜《きょうりゅう》、忍者《にんじゃ》、パワーレンジャー（恥《は》ずかしいけど）。けれど、この宇宙ブームのときほど、のめりこんだことはなかった。手当たり次第に天文関連のＤＶＤを見まくった。宇宙の映像《えいぞう》を見て、天の川についての絵本も読んだ。太陽系《たいようけい》のモビールを作り、ロケットの模型《もけい》を組み立てた。何時間もぶっ続けで宇宙探検《たんけん》ごっこをして、冥王星《めいおうせい》に着陸した。ぼくらが目指したお気に入りの惑星だ。冥王星はぼくらにとって、『スター・ウォーズ』の惑星タトゥイーンだった。

ぼくの六歳の誕生日が近づいたとき、まだ宇宙ブームのまっただなかだったんで、パパとママはぼくの誕生日パーティーをプラネタリウムでやることにした。オギーもぼくも大喜び！ プラネタリウムではちょうどはじまったばかりの新しい宇宙番組があって、ぼくらはまだ観ていなかったんだ。一年生のクラスメートを全員招待《しょうたい》した。それから、もちろんザックとアレックスも。オギーの姉さんのヴィアも招待したけど、同じ日に別の誕生会《たんじょうかい》の予定が入っていて、来られなかった。

ところが、誕生日の朝、イザベルおばさんからママに電話がかかってきた。おばさんはネートおじさんといっしょに、オギーを病院に連れていかなきゃならなくなったんだ。オギーは目が覚めたらすごい高熱で、まぶたが腫《は》れあがって目を開けなかった。その数日前、オギーは「かんたんな」手術《しゅじゅつ》を受けていた。前にやった、たれすぎた下まぶたを治す手術の修正《しゅうせい》だったのだけど、その傷口《きずぐち》が化膿《かのう》してしまったらしい。それで、オギーはぼくの誕生会でなく、病院へ行かなきゃならなくなった。

がっかりだった！ そして、ママがイザベルおばさんに頼《たの》まれて、ぼくの誕生会の前にヴィアを別の誕生会《たんじょうかい》に連れていかなきゃならないと知って、もっとがっかりした！

　ママときたら、ぼくになんの断《ことわ》りもなく言ったんだ。「ええ、もちろん、わたしにできることなら、なんでもするわ！」そんなことしたら、ぼくの誕生会に遅《おく》れちゃうかもしれないのに！

「だけど、なんでネートおじさんがヴィアをその誕生会に連れていけないの？」ぼくはママに聞いた。

「ネートが運転して、イザベルとオギーを病院へ連れていくからよ。たいしたことないわよ、クリス。タクシーでヴィアを連れていったら、すぐ電車に飛び乗るわ」

「でも、だれかほかの人がヴィアを連れていけないの？　なんでママなんだよ？」

「イザベルにはほかのママたちに電話しているひまがないのよ、クリス！　だから、もし、うちがヴィアを連れていかなかったら、ヴィアは家族といっしょに病院へ行くはめになる。かわいそうに、ヴィアはいつも友だちの誕生会に行きそこなって――」

「ママ！　ヴィアのことなんて、どうでもいい！　ママには、ぼくの誕生会にちゃんといてほしいんだよ！」

「クリス、じゃあ、なんて答えたらよかったの？　友だちなのよ。イザベルはママの親友で、オギーがあなたの親友なのと同じ。親友が助けてほしいときは、できるかぎりのことをするものでしょ？　都合のいいときだけ友だちってわけにはいかないわ。いい友だちは、ちょっとよけいに苦労するだけの価値《かち》があるのよ！」

ぼくがだまっていると、ママはぼくの手にキスをした。

「約束するわ。ほんの数分遅れるだけ」

だけど、数分なんてものじゃなかった。一時間以上遅れたんだ。

「ごめんなさい、クリス……。Aラインの地下鉄が運休中で……タクシーも来なくて……ほんとうにごめんなさい……」

ママが申《もう》し訳《わけ》なく思っているのは、わかっていた。それでも、ぼくは頭にきていた。パパでさえむっとしていた。

すごい遅刻《ちこく》して、ママはあの宇宙《うちゅう》番組も見逃《みのが》した。

午後3時50分

朝から一日中ずっと、いやなことばかりだった。体育用の短パンがなくて、自分のロッカーに予備《よび》も置いてなかったから、体育も見学しなきゃならない。ランチのときは、ケイティ・マッカンのテーブルの子が全員、恐《おそ》ろしい目つきでにらんできた。ほかの授業《じゅぎょう》のことなんて、覚えてもいないよ。そして、その日最後の授業は数学だった。次の日に大きなテストがある。だから週末に試験勉強をするべきだったのに、ぼくはぜんぜんしていなかった。メディーナ先生がテスト範囲《はんい》の復習《ふくしゅう》をはじめたとたん、大変なことになったと気がついた。いったいなにをやっているのか、ぜんぜんわからない。マジ、先生がいきなり、ぼく以外の全員がわかる架空《かくう》の言語で話しだしたみたいだった。なんたらかんたら割《わ》り算の商。どうのこうの割り算の除数《じょすう》。先生は授業《じゅぎょう》を終えるとき、わからないことや質問《しつもん》がある子は放課後来るようにと言った。そりゃ、ぼくのこと。サンキュー！　だけど、すぐにバンドの練習があるから、行けやしない。

授業が終わってすぐ、練習室へ駆《か》けつけた。課外活動のロックバンドのメンバーは、毎週月曜と火曜の放課後に集まっている。ぼくは、数か月前、春学期のはじめに入ったばかりなんだけど、すっかり夢中《むちゅう》になっていた。去年の夏にギターを習いだしてから、すごくギターのうまいパパにも、かっこいいフレーズの弾《ひ》き方を教えてもらっていた。そんなとき、クリスマスにサンタからエレキギターをもらったんで、課外活動のロックバンドに入ろうって思ったんだ。最初はちょっと緊張《きんちょう》したよ。前からバンドにいた三人が、そうとううまかったからね。でも、ジョンっていう四年生も春学期から入って、新米がぼく一人じゃないとわかったんだ。ジョンもギターを弾く。そして、ジョン・レノン風のメガネをかけていた。

バンドのほかの三人は、神童《しんどう》ドラマーって言われているエンニオ、リードギターのハリー、ベースギターのイライジャだ。イライジャはリードボーカルもやっていて、バンドのリーダー格《かく》。三人とも六年生で、四年生のときからこのバンドをやっているから、がっちり結束している。

ジョンとぼくがバンドに入るのは、あまり歓迎《かんげい》していないみたいだった。べつに冷たくはなかったけれど、すごく親切だったわけでもない。ぼくらを対等なバンド・メンバーとして見ていなかった。自分たちほどうまくないと思っているのは、あからさま。で、ほんとうに、ぼくらはうまくなかった。だけど、なんとか上達しようとがんばっていた。

みんなでちょっとジャム・セッションをしたあと、イライジャが言った。「あの、B《ビー》先生、ぼくたち水曜日の春のコンサートで『セヴン・ネイション・アーミー』を演奏《えんそう》したいんですけど」

ボウルズ先生は、この課外活動のロックバンドの顧問《こもん》で、B先生とも呼《よ》ばれている。白髪《しらが》のポニーテールで、八十年代に有名だったフォーク・ロック・バンド――パパは聞いたことなかったけど――のメンバーだった。ボウルズ先生はとびきり親切で、いつだってぼくとジョンをほかの三人のやることに入れようとしてくれた。だけど、もちろんそのせいで、三人はさらにぼくらをいやがるようになり、そのうえ、ボウルズ先生のことまで嫌《きら》うようになってしまった。ときどき先生がやる、目をつぶって話すようすを笑い、ポニーテールや音楽の好みまでバカにしはじめた。

「『セヴン・ネイション・アーミー』？　そりゃ、すばらしい曲だよ、イライジャ」ボウルズ先生は、イライジャの選曲に感心したようだった。

「それもヨーロッパの曲?」ジョンが聞いた。数週間前、さんざん言い争ったあげく、ヨーロッパっていうバンドの『ファイナル・カウントダウン』をコンサートでやることに全員で決めたからだ。

イライジャは、くすっと笑って、あきれ顔。「おいおい、ザ・ホワイト・ストライプスだ」ジョンとぼくを見もしないで答えた。イライジャのブロンドの長い髪《かみ》は、話しているときでも、うまいぐあいに顔をかくしてしまう。

「そんなバンド、聞いたこともない!」ジョンが明るく言いはなった。そんなこと、言わなければいいのに。ほんとうはぼくも聞いたことなかったけれど、知っているふりぐらいはできる——そして今夜、インターネットでその曲をダウンロードすればいいだけ。ジョンは人と人とのやりとりってのがあんまり得意じゃない。場の空気を読まないんだ。とけこみたかったら、うまく合わせてやっていかなくちゃ。だけど、そういうふうに場にとけこむっていうのもまた、ジョンはあんまり得意じゃない。

イライジャは笑いながら体のむきを変え、ギターのチューニングをしている。

ジョンは、上目づかいに小さな丸メガネ越《ご》しにぼくを見て、「おかしいのはこっち? むこうだろ?」って言いたそうな顔をしている。

ぼくは肩《かた》をすくめた。

このバンドのなかで、ジョンとぼくは二人だけの小さなグループだ。休憩《きゅうけい》時間はいっしょにいて、じょうだんを言いあった。なにしろ、ほかの三人はいつもくっついて、自分たちだけのじょうだんを言いあっていたからね。毎週木曜、学校が終わるとジョンの家へ行き、いっしょに練習したり、やつらと同じくらいロックを知っているふうに話せるよう、クラシックロックを聴《き》いたりした。そして、やりたい曲も提案《ていあん》しはじめた。今まで言ってみたのは『イエロー・サブマリン』と『アイ・オブ・ザ・タイガー』。でも、イライジャとハリーとエンニオは両方ともボツにした。

ぼくはかまわなかった。ボウルズ先生が提案した『ファイナル・カウントダウン』がすごく気に入っていたからだ。最後の秒読み《イッツ・ザ・ファイナルカウントダウン》だ！

ボウルズ先生が言った。「そりゃどうかと思うぞ。今日から水曜までだけで新しい曲を仕上げるなんて、時間が足りないだろう。今回は『ファイナル・カウントダウン』のままにするべきじゃないかな」先生が『ファイナル・カウントダウン』の出だしをキーボードで弾《ひ》くと、ジョンが頭をふった。

するとイライジャは、かっこいいリフをベースギターで弾きはじめた。リフっていうのは、短いフレーズのくりかえしのこと。『セヴン・ネイション・アーミー』の出だし部分だった。それが合図のように、ハリーとエンニオも演奏《えんそう》しはじめた。三人とも、この曲を今日までうんと練習していたにちがいない。ほんとうに、みごとな演奏だった。

二回目のサビのとちゅうで、ボウルズ先生は片手《かたて》をあげ、演奏《えんそう》を止めた。そして、うなずきながら言った。「よし、三人とも、すごいじゃないか。イライジャ、ベース最高だ。だけど、春コンには全員が演奏できるようにならないとな？　こっちの二人も弾《ひ》けるようにする時間が必要だ」先生はぼくとジョンを指さした。

「でも、基本《きほん》のコードだけですよ！　CとかG！　B、D。二人ともDは知ってるよな？　マジ、できないのか？」イライジャは、宇宙人《うちゅうじん》でも見るように、ぼくら二人を見た。

「できるよ」ぼくは、それぞれのコードを指で押《お》さえながら、あわてて答えた。

「Bコードって嫌《きら》いだ！」ジョンが言った。

「かんたんさ！」とイライジャ。

「でも、『ファイナル・カウントダウン』は？　何週間も練習したんだよ」ジョンが文句《もんく》を言った。

そして、B先生が弾いたばかりの出だしを弾いたんだけど、正直言って、あまりうまくない。

「ジョン、すごいじゃないか！」先生はジョンにハイタッチをした。

イライジャが、ハリーにむかってにやりとした。ハリーは笑いをこらえるように下をむいている。

「おいおい、ここは公平にやらないといけない」B先生がイライジャに言った。

「だけどですね、春コンでやれるのは一曲だけで、ぼくたちは『セヴン・ネイション・アーミー』がやりたいんです。多数決で決まりですよ」

「でも、みんなで決めたのとちがうじゃないか！　そっちの三人も『ファイナル・カウントダウン』をやろうって賛成《さんせい》して、ぼくもクリスもうんと練習したっていうのに……」ジョンが大声で言った。

マジ、そんなふうに六年生に言い返すなんて、ジョンはまったく、すごい勇気がある。

「悪いな」イライジャはアンプをいじりながら答えたけど、悪いなんて思ってないみたい。

「おい、ちゃんと解決《かいけつ》しよう、みんな」B先生が目をつぶって言った。

エンニオが、授業中《じゅぎょうちゅう》みたいに手をあげた。「B先生？　あの、ぼくたち三人にとっては卒業前の最後のコンサートになるんです」ドラムスティックでハリーとイライジャと自分をさしている。

「そう、この秋から中学です！」イライジャも言った。

「だから、満足のいく曲をやりたいんです。『ファイナル・カウントダウン』は、ぼくたちらしい曲じゃありません」エンニオが言いそえた。

「そんなのずるい！　課外活動のバンドなんだよ。三人だけのバンドじゃない！　そんなことダメだ！」ジョンが言った。

「おいおい、来年なんでも好きな曲をやれるんだぞ。『魔法《まほう》のドラゴン　パフ』をやったってかまわない」イライジャは、今にもジョンのメガネをはじきとばしそうな勢《いきお》いだ。

イライジャの言葉に、ほかの二人も笑った。

　ボウルズ先生がやっと目を開け、両手をあげた。「みんな、そこまでだ。こうしよう。今日と明日、君たち二人がどのくらい『セヴン・ネイション・アーミー』を弾《ひ》けるようになるか、ようすを見てみよう」先生はぼくとジョンを指さしている。「で、今日はその曲もちょっとやるけれど、『ファイナル・カウントダウン』も仕上げる。そして明日、どっちの曲がうまくできるか比《くら》べるんだ。だが、どちらにするか最終的に決めるのは先生だ。わかったか？　いいね？」

　ジョンはしきりにうなずいたけれど、イライジャはあきれたような目をしていた。

「じゃあ『ファイナル・カウントダウン』からはじめよう」ボウルズ先生は二回手をたたいた。「最初から。さあ、はじめて。『ファイナル・カウントダウン』！　頭から。エンニオ、ぼやぼやするな！　ハリー！　イライジャ、はじめよう！　四カウント。ワン、トゥー、スリー……」

　ぼくらは演奏《えんそう》した。気に入らない曲のはずなのに、イライジャたちは三人とも最高。ほんとうに、全員いっしょにすごくうまくできた、とぼくは思った。

「すごいや！」終わるなり、ジョンが言った。ぼくとハイタッチしようと、片手《かたて》をあげている。ぼくは、ちょっとためらいながら手を合わせた。

「どうとでも」イライジャが、頭をふって髪《かみ》を顔からはらいながら言った。

残りの時間は、ざっと『セヴン・ネイション・アーミー』を最後まで練習した。でも、ジョンはミスをくりかえし、みんなにやり直してくれと頼《たの》んでばかり。ぜんぜんうまくいかなかった。

「みんな、すてきよ！」ちょうどジョンのお母さんが練習室に入ってきた。ぬれた傘《かさ》を持ったまま、手をたたこうとしている。

B先生は腕時計《うでどけい》を見た。「わっ、五時半？　しまった！　今夜はライブがあるんだ。みんな、これでおしまいにするぞ。さあ、全部ロッカールームにかたづけて」

ぼくはギターをケースにしまいはじめた。

「急いでくれ！」先生はマイクをかたづけている。

全員大急ぎで楽器をロッカールームにしまった。

最初に帰るしたくのできたジョンが言った。「また明日、B先生！　さよなら、イライジャ！　さよなら、エンニオ！　さよなら、ハリー！　また明日！」ジョンは手をふった。

三人は顔を見合わせていたけれど、ジョンにむかって、さよならとうなずいた。

「さよなら、クリス！」ジョンがドアのところで大きな声で言った。

「さよなら」ぼくは、ぼそりと言った。ジョンのことは好きだ。ほんとうに。一対一のときは最高なんだ。だけど、空気の読めないときもけっこうある。スポンジ・ボブと友だちになったような感じ。

ジョンとお母さんが行ってしまうと、イライジャがボウルズ先生に近寄《ちかよ》った。先生はマイクのケーブルを巻《ま》いているところだ。

「B先生、お願いですから、水曜の夜『セヴン・ネイション・アーミー』をやらせていただけませんか？」イライジャは、すごくていねいに頼《たの》んだ。

そのとき、エンニオのお母さんが、三人を迎《むか》えにやってきた。

「明日のようすを見てだ、イライジャ」ボウルズ先生は、上《うわ》の空《そら》で答え、最後の機材をロッカールームに投げ入れた。

「でも、どうせ先生は『ファイナル・カウントダウン』を選ぶんでしょ」イライジャはそう言って、ドアから出ていった。

「さよなら」ぼくは、イライジャのあとから出ていくハリーとエンニオに言った。

「さよなら、クリス」二人もぼくに言った。

B先生はロッカールームの鍵《かぎ》をかけ、ぼくを見た。まだいるのかと驚《おどろ》いたみたいだ。

「お母さんは？」

「ちょっと遅《おく》れているみたいで」

「携帯《けいたい》電話は持っているかい？」

ぼくはうなずき、バックパックから携帯を引っぱりだして電源《でんげん》を入れた。ママからはメールも電話も来ていない。

数分後、待ちきれなくなった先生が言った。「すぐお母さんに電話しなさい！　もう行かないといけないんだ」

午後5時48分

ちょうどぼくが電話しかけたとき、パパが練習室のドアをノックした。びっくりしたよ。それまで、月曜日にパパが迎えにきたことは一度もなかったんだ。

「パパ！」

パパは水気を取ろうと傘《かさ》をふると、にこっとしながら入ってきた。「遅《おそ》くなってごめんよ」

「ボウルズ先生だよ」ぼくはパパに言った。

「はじめまして！」先生はあわててあいさつをして、もうドアから出かけている。「すみません。今時間がないもので、失礼します。よいお子さんですね！」そう言うと、歩きだした。

そしてすぐ、廊下《ろうか》を歩きながらどなった。「鍵をかけるのを忘《わす》れるなよ、クリス！」

「はい！」ぼくは、先生に聞こえるように大声を出した。

それから、パパのほうをむいた。「なんでパパが来たの?」

「ママに頼《たの》まれたんだ」パパは、ぼくのバックパックをつかみあげた。

「わかってる。ママはオギーの家に行ったんだろ?」ぼくは上着を着ながら、皮肉《ひにく》っぽく言った。

パパは驚《おどろ》いたようだった。「ちがうよ。だが、問題ない、クリス。ほら、フードをかぶれ——ひどい雨だから」ぼくたちはドアを出た。

「じゃあ、ママはどこ? なんで忘《わす》れ物《もの》を届《とど》けてくれなかったんだよ?」ぼくは怒《おこ》っていた。

歩きながら、パパが片手《かたて》をぼくの肩《かた》に置いた。「びっくりしないでほしいんだが……ママは今日、ちょっとした交通事故《じこ》にあったんだ」

「えっ?」ぼくは足を止めた。

パパがぼくの肩をぎゅっとつかんだ。「ママは無事だよ。なんの心配もない。約束する」そして、歩き続けるようにと手で合図した。

「それで、ママはどこにいるの?」

「まだ病院だ」

「病院?」ぼくは大声をあげ、また立ち止まった。

「クリス、ママは大丈夫《だいじょうぶ》。保証《ほしょう》する。でも、足を骨折《こっせつ》したから、大きなギプスをつけているよ」パパは、ぼくのひじを引っぱりながら言った。

「マジ？」

「ああ。フードをかぶりなさい、クリス」パパは出口のドアをぼくのために押《お》さえながら、傘《かさ》を開いた。

ぼくはフードをかぶり、パパと急いで駐車場《ちゅうしゃじょう》の車にむかった。どしゃ降《ぶ》りだ。「車にひかれたの？」

「いや、運転中だった。高速道路が雨ですべりやすくなっていたらしく、建設用《けんせつよう》のトラックがスリップして溝《みぞ》につっこんだんだ。ママは衝突《しょうとつ》しないよう急ハンドルを切ったのだけど、左車線の車にぶつかってしまった。その車を運転していた女の人も無事で、ママも大丈夫。足もちゃんと治る。みんな無事で、ありがたいことだよ」

見たことのない赤い車のところで、パパが立ち止まった。

「新しい車？」ぼくは、わけがわからなかった。

「レンタカーだ。ママの車はめちゃめちゃだから。さあ、乗って」

ぼくは後ろの座席《ざせき》に乗った。もうスニーカーはびっしょり。「パパの車は？」

「駅から病院に直行したんだよ」

「そのトラックの運転手を訴《うった》えるべきだよ」ぼくはシートベルトをつけながら言った。

「不慮《ふりょ》の事故だ」パパはつぶやき、車を駐車場から出した。

「事故《じこ》はいつだったの?」

「今朝だよ」

「今朝の何時ごろ?」

「知らないんだ。九時ごろかな?　ちょうどパパが仕事場についたとき、病院の人から電話があった」

「あのさ、電話をかけてきた人は、パパとママが離婚《りこん》するって知ってたの?」

パパはバックミラーのなかのぼくを見た。「クリス、ママとパパはいつだっておたがいに助けあう。わかっているだろ」

「うん」ぼくは肩《かた》をすくめた。

窓《まど》の外を見る。ちょうど、太陽が沈《しず》んでまだ街灯がついていない時間だった。道路は雨のせいで黒く輝《かがや》いている。高速は水たまりだらけで、車の赤や白のライトが映《うつ》っていた。

今朝、雨のなかを運転していたママを思い浮《う》かべた。事故は、ぼくを学校で降《お》ろしたすぐあとに起きたのか?　それとも、ぼくの忘《わす》れ物《もの》を届《とど》けに学校へもどってくるときに起きたのか?

「どうしてオギーの家へむかったと思ったんだ?」パパが聞いた。

「わかんない。よく知らないけど、デイジーが死んだっていうから、たぶんそうかなって――」ぼくは、まだ窓の外を見ていた。

「デイジーが死んだ？　そんな、それは知らなかったよ。いつのことだ？」

「昨日の夜、安楽死させたって」

「病気だったのか？」

「よく知らないんだってば！」

「わかった。食ってかかるなよ」

「ぼくはただ……事故のことを、もっと早く知らせてもらいたかった！　だれかが連絡《れんらく》してくれるべきだったのに」

パパはまた、バックミラーに映っているぼくを見た。「クリス、おまえをいたずらに心配させる必要はないだろ？　なにもかも、ひと段落《だんらく》したんだ。どっちにしたって、おまえにできることはなかったしね」

「ママが忘れ物を届けてくれるのを、午前中ずっと待ってたんだよ！」ぼくは腕《うで》を組んで言った。

「みんな大変な日だったんだ、クリス。パパは丸一日、事故の届け出だの、保険《ほけん》の書類だの、レンタカーだの、そのあいだに病院へ行ったりして……」

「ぼくもいっしょに病院へ行けたのに」

「じゃあ、おまえはラッキーだぞ」パパは、車のハンドルをドラムのようにたたいた。「ちょうど今、むかっているところだ」

「えっ、これから病院へ行くの？」

「ママが退院《たいいん》するから、迎《むか》えにいくんだ。いいだろ？」またパパがバックミラーのなかのぼくを見たのだけど、ぼくは目をそらした。

「うん」

二人とも数秒間だまっていた。どしゃ降《ぶ》りの雨。パパはワイパーの速度をあげ、ぼくは窓《まど》にもたれかかった。

「今日はサイテー」ぼくは小さな声で言い、はあっと息を窓に吹《ふ》きかけて悲しそうな顔を指で描《か》いた。

「大丈夫《だいじょうぶ》かい、クリス？」

「うん。病院ってのが、嫌《きら》いなだけ」ぼくはつぶやいた。

病院に行く

ぼくは今まで、たった一度しか病院に行ったことがなかった。オギーのお見舞《みま》いのときだけ。六歳《さい》ぐらいだった。それまでにもオギーはかぞえきれないほど手術《しゅじゅつ》を受けてきたんだけど、ママは、このときはじめて、ぼくも大きくなったから、もうお見舞いに行けるだろうと思った。

それは、オギーの首にある「ボタンの穴《あな》」を取る手術のときだった。気管切開チューブのことを、オギーはそう呼《よ》んでいた。のどぼとけの下に、ぐっとさしこまれていた小さなプラスチックのやつ。「ボタンの穴」は、生まれたばかりのオギーが呼吸《こきゅう》できるように、お医者さんが取りつけたものだった。オギーが自力で呼吸できるようになったとお医者さんが判断《はんだん》して、抜《ぬ》き取ることになったんだ。

オギーはその手術をすごく楽しみにしていた。「ボタンの穴」が嫌いだったんだ。マジ、嫌いも嫌い、大嫌い。なにかでおおってはいけないものだから、人の目につきすぎるのがイヤだった。これのせいでプールで泳げないのもイヤだった。そして、とりわけイヤだったのは、ときおり、いきなり詰《つ》まることがあり、むせて息がしづらくなって咳《せき》こんでしまうことだった。そういうとき、イザベルおばさんとネートおじさんは、チューブをつっこんで、詰まったものを吸引《きゅういん》し、息ができるようにしてあげなくてはならない。何度か見たことがあったけど、すごくこわかった。

あのときぼくは、手術後のオギーをお見舞いに行くのが、とてもうれしかった。ママは、ぼくを連れてダウンタウンにある病院へ行くとちゅう、大きなおもちゃ屋に寄《よ》ってぼくを驚《おどろ》かせた。そして、オギーには大きなプレゼント（レゴの『スター・ウォーズ』セット）、ぼくには小さなプレゼント（『スター・ウォーズ』のイウォークのぬいぐるみ）を選ばせてくれた。おもちゃを買ったあと、ママとぼくはランチを食べた。世界一おいしい、長さ三十センチのホットドッグとフローズンホットチョコレートを出してくれる、ぼくのお気に入りのレストラン。

そして、ランチのあと、ぼくたちは病院へ行った。

病院のなかに入るとき、ママが小さな声で言った。「クリス、ほかにも顔の手術《しゅじゅつ》を受けている子たちがいるの。オギーの友だちのハドソンみたいにね。じろじろ見ないようにしてちょうだいよ」

「ぜったいしない！　よその子がオギーをじろじろ見るのが、すごくいやだもん」

廊下《ろうか》を通ってオギーの部屋へ行くとちゅう、あちこちにいっぱい風船があって、壁《かべ》にはディズニーのプリンセスや、スーパーヒーローのポスターが貼《は》ってあるのを見た。すてきだと思った。大きな誕《たん》生会《じょうかい》みたいな感じ。

歩きながら、前を通った病室をいくつかのぞいた。そして、ママの言いたかったことがわかったんだ。ここにいるのは、オギーみたいな子たち。オギーにそっくりってわけじゃない。そういう子も少しいたけれど、だいたいは別の異常《いじょう》が顔にある子たちだった。顔に包帯を巻《ま》いている子もいた。ちらっと見えた女の子は、ほっぺたにレモンぐらいのすごく大きいこぶがあった。

ぼくは、ママの手をぎゅっと握《にぎ》り、見ちゃいけないと思い出し、足元を見ながらイウォークのぬいぐるみを抱《だ》きしめて歩いた。

オギーの部屋についたら、先にイザベルおばさんとヴィアが来てたんで、ぼくはうれしかった。二人とも、ぼくたちを見るなり喜んでドアのところへ来て、あいさつのキスをしてくれた。

それから、窓《まど》ぎわのベッドにいるオギーのほうへ、ぼくたちを連れていってくれた。ドアの近くのベッドのそばを通ったのだけど、どうもイザベルおばさんは、ぼくにそのベッドに寝《ね》ている子が見えないよう、さえぎって歩いているみたいだった。それでぼくは、みんなそろって通りすぎてから、ちらっとふりかえった。そのベッドの男の子は、ほんの四歳《さい》ぐらいで、じっとぼくを見ていた。鼻の下の、上くちびるがあるはずのところが大きな赤い穴《あな》になっていて、穴のなかに生肉のかたまりみたいなのがある。その肉に歯がいくつもついていて、穴のまわりには、裂《さ》け目《め》だらけの皮膚《ひふ》がかぶさっている。ぼくは、とっさに目をそむけた。

オギーは眠《ねむ》っていた。病院の大きなベッドの上だと、すごくちっちゃく見える！　首は白いガーゼにくるまれていて、ガーゼには血がついていた。腕《うで》に何本か管がくっついていて、鼻の穴にも一本さしこまれている。口は大きく開いたまま。舌《した》は口からあごのほうへたれ、黄色っぽく乾《かわ》ききっている。オギーが寝ているところは見たことがあったけど、こんなふうになっているのは見たことがなかった。

ママとイザベルおばさんが、手術のことをひそひそ声で話しているのが聞こえた。ぼくやオギーに話を聞かれたくないときは、いつもこんな声。なにやら「合併症《がっぺいしょう》」のこととか、いっとき「危険《きけん》」だったとか。ママがイザベルおばさんを抱きしめた。ぼくは聞くのをやめた。

口を閉《と》じて眠《ねむ》ってくれたらいいのにと思いながら、オギーを見つめた。

ヴィアが近づいてきて、ぼくのとなりに立った。あのときヴィアは十歳《さい》ぐらい。「オギーのお見舞《みま》いに来てくれて、ありがとう」

ぼくはうなずき、小声で聞いた。「死んじゃうの？」

「ううん」ヴィアも小声で答えた。

「なんで血が出てるの？」

「手術《しゅじゅつ》したところだから。ちゃんと治るよ」

ぼくはうなずいた。「なんで口を開けたままなの？」

「オギーは、しかたないのよ」

「むこうのベッドの小さな男の子は、どこが悪いの？」

「バングラデシュから来たんだって。口唇口蓋裂《こうしんこうがいれつ》で、手術を受けられるようにご両親に送られてきたのだけど、英語がぜんぜん話せないの」

その子の顔の、ぽっかり開いた大きな赤い穴《あな》を思い出した。裂《さ》け目《め》だらけの皮膚《ひふ》も。

「クリス、大丈夫《だいじょうぶ》？」ヴィアが、ぼくをそっとつつきながら聞いた。「リサおばさん、リサおばさん、クリスが具合悪そうなんだけど……」

　そのとたん、ぼくは、長さ三十センチのホットドッグとフローズンホットチョコレートを勢《いきお》いよく吐《は》いてしまった。ぼくの体も、オギーにあげる大きなレゴの箱も、ベッドの前の床《ゆか》も、みんな汚《よご》してしまった。

「大変！　クリス！」ママはさけび声をあげ、ペーパータオルを探《さが》した。

　イザベルおばさんがタオルを見つけて、ぼくをふきはじめた。ママのほうは、新聞紙で必死に床をふいている。

　イザベルおばさんが言った。「いいから、リサ！　心配しないで。ヴィア、お願い。看護師《かんごし》さんを見つけて、掃除《そうじ》してくださいって頼《たの》んできてちょうだい」おばさんは、ホットドッグの切れはしをぼくのあごからつまんだ。

　ヴィアも吐きそうな顔だったのに、落ちついて歩いてドアから出ていった。数分後、看護師さんたちがモップやバケツを持って部屋に入ってきた。

「うちに帰りたい、ママ」ぼくの口のなかは、まだ吐いたものの味がする。

「ええ、クリス」ママは、おばさんにかわってぼくをふきながら答えた。

「ごめんなさいね、リサ」おばさんが別のタオルを流しでぬらしながら言い、ぼくの顔をふいてくれた。

　ぼくは、もう汗《あせ》をだらだらかいていた。ママとイザベルおばさんがぼくをきれいにし終えるのも待てないで、帰ろうと体のむきを変えていた。そしたら、さっきのベッドの上の小さな男の子が目に入ってしまった。まだぼくを見ている。口の上に大きな赤い穴《あな》がぽっかり開いているのを見て、ぼくは泣きだしてしまった。

すぐ、ママの腕《うで》に抱《だ》かれてドアの外へ連れだされた。そして、抱《かか》えられるようにしてエレベーターのわきのロビーへ行った。ぼくはママのコートに顔をうずめて、わんわん泣いていた。

おばさんとヴィアもあとについてきた。

「ごめんなさい」おばさんがぼくたちに言った。

「ごめんなさい」ママも言った。二人とも、ぼそぼそつぶやくように、おたがいあやまり続けていた。

「長くいられなくてごめんなさいって、オギーに伝えておいてね」

「もちろんよ。クリス、大丈夫《だいじょうぶ》？　ごめんね。びっくりしちゃったよね」おばさんは、ひざまずいて、ぼくの涙《なみだ》をふいてくれた。

ぼくは首を横にふり、「オギーじゃないんだ」って言おうとした。

おばさんは、とつぜん両目をうるませ、「わかってる」とささやいた。それから、両手でぼくの顔を抱えこむようにして言った。「クリスみたいな友だちがいて、オギーは幸せよ」

エレベーターが来た。ぼくとママは、おばさんにハグされてから乗った。

ドアが閉《し》まるとき、ヴィアがぼくに手をふっていた。ぼくはまだほんの六歳《さい》だったけど、いっしょに出ていけないヴィアをかわいそうに思ったっけ。

外に出るとすぐ、ママはぼくをベンチにすわらせて、長いこと抱きしめてくれた。だまったまま、何度も何度も頭のてっぺんにキスをしてくれた。

ぼくは、やっと落ちつくと、イウォークのぬいぐるみをママに手わたした。

「もどって、これをあげてきてくれる?」

「まあ、クリス。なんてやさしいの。でも、レゴセットの箱はイザベルがふいてくれるわ。オギーはちゃんときれいな新品をもらえるから、大丈夫よ」

「ちがうんだ。もう一人の子に」

ママは、きょとんとぼくを見た。なんと答えていいのか、わからなかったみたい。

「ぜんぜん英語が話せないってヴィアが言ってたよ。病院にいて、きっとすごくこわい思いをしてるんじゃないかな」

ママはゆっくりうなずいて、ささやいた。「ええ、きっとそうね」

そして、目をつむり、またぼくを抱きしめた。それから、ぼくを警備員《けいびいん》さんのデスクに連れていき、そこで待たせてエレベーターに乗った。五分後、ママはエレベーターでもどってきた。

「あの子、気に入ってくれた？」ぼくは聞いた。

「クリスのおかげで、あの子には最高の日になったわ」ママはやさしく言い、ぼくの目から髪《かみ》をはらった。

午後7時4分

ぼくたちがママの病室についたら、ママは車椅子《くるまいす》にすわってテレビを観ていた。太ももから足首まで、すっぽり大きなギプスをはめている。

「来てくれたのね！」ママは、ぼくを見てうれしそうだ。両手をこっちにさしだしたんで、ぼくは近づいてハグをした。ほんとうにパパの言ったとおりで、ほっとしたよ。ギプスと顔のかすり傷《きず》はあるものの、ママはまったく元気。着替《きが》えもすませて帰るしたくができていた。

「気分はどうだい、リサ？」パパはかがんでママのほおにキスをした。

「ずいぶんよくなったの。いつでも帰れるわ」ママはテレビを消して、にこっとした。

「これママに」ぼくは花束をママに渡《わた》した。下の階の売店で買ってきたんだ。

「ありがとう、クリス！　とってもきれい！」ママはぼくにキスをした。

ぼくはギプスを見おろした。「痛《いた》いの？」

「そうでもないわ」ママはすぐ答えた。

「ママはほんとうにタフだ」と、パパ。

「わたしはすごく運がいいのよ」ママは、自分の頭をとんとんとたたきながら言った。

「うちはみんなそろって、すごく運がいいよ」パパが小さな声で言い、手をのばしてママの手を握《にぎ》りしめた。

数秒間、三人ともだまっていた。

「それで、退院《たいいん》するための書類とか記入しないといけないのかい？」

「全部すませたわ。もう家に帰れるの」

パパは車椅子の後ろにまわった。

「待って。ぼくが押《お》してもいい？」ぼくは車椅子のハンドルの片方《かたほう》をつかんでパパに言った。

「ここのドアを出るのはパパにやらせてくれ。ママの足じゃ、うまく進むのはちょっと大変だから」

「クリス、今日はどうだったの？」ママは、ぼくたちに押されて廊下《ろうか》へ出ながら聞いた。

ぼくは、どんなにひどい一日だったかを思い出した。最初から最後まで全部。理科、音楽、数学、バンド。今まで最悪の一日だった。

「ふつうだよ」

「バンドの練習は？　イライジャは前よりやさしくなったの？」

「うまくいったよ。イライジャも大丈夫《だいじょうぶ》」

「忘《わす》れ物《もの》を届《とど》けてあげられなくて、ごめんなさい。どうしたんだろうって思っていたわよね」ママはぼくの腕《うで》をなでた。

「なにか用事ができたんだろうって思ったよ」

「イザベルの家へ行ったと思ってたらしいよ」パパが笑いながら言った。

「ちがうよ！」ぼくはパパに言った。

ちょうどナース・ステーションについたところで、ママは看護師《かんごし》さんたちにさよならを言い、看護師さんたちもママに手をふっていた。それで、パパの言ったことは、ママによく聞こえていなかった。

「クリス、さっき言っていたよな。ママが行ったんじゃないかって――」パパは、わけがわからないという顔をしている。

ぼくはパパの言葉をさえぎって、ママのほうをむいた。「とにかく、バンドは楽しかったよ！　水曜日の春のコンサートでは『セヴン・ネイション・アーミー』をやることになったんだ。ママ、来られるの？」

「もちろん行けるわよ！　『ファイナル・カウントダウン』をやるんだと思ってたけど」

「『セヴン・ネイション・アーミー』は名曲だぞ！」パパは、エレベーターを待ちながら、『セヴン・ネイション・アーミー』のベース・パートをハミングし、ギターを弾《ひ》く真似《まね》をした。

ママがパパに、にこりとした。「あなた、パーラーで弾いてたわよね」

「パーラーって？」ぼくは聞いた。

「ママとパパがいた大学の寮《りょう》の近くにあった居酒屋《いざかや》よ」

「クリスが生まれる前のことさ」とパパ。

エレベーターのドアが開き、ぼくらは乗りこんだ。

「お腹《なか》ペコペコだよ」ぼくは言った。

「二人とも、夕食はまだなの？」ママはパパを見た。

「学校からまっすぐ来たんだ。夕食を食べるどころじゃなかったよ」

「帰るとちゅう、どこかのマクドナルドに寄《よ》れない？」ぼくは聞いた。

「そうしよう」とパパ。

エレベーターのドアが開き、ロビーについた。

「もうぼくが車椅子《くるまいす》押《お》してもいい？」

「うん。あそこで待っていてくれ。車をまわしてくるから」パパは一番左はしの出口を指さした。

それから、小走りで正面玄関《げんかん》から駐車場《ちゅうしゃじょう》へむかった。ぼくは、パパが指さしたところへママの車椅《くるまい》子《す》を押《お》していった。

「まだ雨が降《ふ》ってるなんて、信じられないわ！」ママはロビーの窓《まど》の外を見ている。

「これ、きっと前輪だけ浮《う》かせて走れるよ！」

ぼくが車椅子を後ろにかたむけると、ママは車椅子の両わきをつかんでさけび声をあげた。「ちょっと、ちょっと！　だめ！　クリス！　今日はもう、じゅうぶんハラハラしどおしだったんだから」

ぼくは前輪をおろし、ママの頭を軽くなでた。「ごめん、ママ」

ママは手のひらで両目をこすった。「ごめんね。ただ、すごく長い一日だったのよ」

「冥王星《めいおうせい》の一日は百五十三・三時間だって知ってた？」

「知らなかったわ」

それからしばらく、二人ともだまっていた。

「ねえ、そういえば、オギーに電話した？」ママがいきなり聞いてきた。

「ママ」ぼくは首を横にふり、いやそうに言った。

ママは車椅子にすわったまま、ぼくのほうへふりむこうとした。「なに？　クリス、どうしたのよ？　オギーとけんかでもしたの？」

「してないよ！　ただ、今、いろんなことがありすぎて」

「クリス……」ママはため息をついた。疲《つか》れすぎて、言葉が続かないみたい。

ぼくは、『セヴン・ネイション・アーミー』のベースのパートをハミングしはじめた。

数分後、赤い車が出口の前にとまった。パパが車から降《お》り、傘《かさ》を開いて小走りでやってきた。ぼくはママを押してドアから外に出た。パパは、ママが傘をさせるように渡《わた》すと、車椅子を押してスロープをおり、車の助手席側へまわった。風の勢《いきお》いが強くなり、ママがさしていた傘が、突風《とっぷう》で裏返《うらがえ》ってしまった。

「クリス、乗りなさい！」パパは、ママのわきの下に手を入れて、車の助手席に移《うつ》れるように抱《だ》きかかえていた。

「世話をしてもらえるって、ちょっといいものね」ママはじょうだんを言っていたけれど、痛《いた》いに決まっている。

「大腿骨《だいたいこつ》を折っただけの価値《かち》はあるかい？」パパも息を切らしながらじょうだんを返した。

「ダイタイコツって？」ぼくは後ろの座席《ざせき》にすべりこんだ。

「太ももの骨《ほね》だ」パパはびしょぬれになって、ママがシートベルトをするのを手伝おうとしている。

「なんかのコツみたいだね。うまくなるコツ、細かいコツ、大まかなコツ、ダイタイのコツ」

ママは、ぼくのじょうだんを笑おうとしたのだけど、つらそうだった。

パパは車の後ろへ急いでまわり、車椅子《くるまいす》を積むのに、たたみ方がなかなかわからなくて、しばらく奮闘《ふんとう》していた。それからやっと運転席に来てすわり、ドアを閉《し》めた。一瞬《いっしゅん》、三人ともただ静かにすわっていた。みんなびしょぬれ。窓《まど》の外では風と雨がうなっている。パパが車を動かしはじめた。

数分後、ぼくは聞いた。「ママ、今朝の事故《じこ》は、ぼくを学校でおろして家へ帰るときに起きたの？それとも、ぼくの忘《わす》れ物《もの》を届《とど》けに学校へもどるときだったの？」

ママは、やや間をおいてから答えた。「なんだかぼんやりとしか覚えてないの」そして、ぼくの手が届くように、腕《うで》を後ろにのばした。ぼくはぎゅっとママの手を握《にぎ》った。

「クリス、ママは疲《つか》れているんだ。今はあんまり考えたくないいんじゃないかな」

「知りたいだけなんだ」

パパはバックミラー越《ご》しに、こわい目でぼくをにらんだ。「クリス、今はだめだ。大事なのは、ママが無事だったってことだけだろ？　この程度《ていど》ですんで、ほんとうにありがたい。もっとひどいこともありえたんだから」

一瞬、パパの言っている意味がわからなかった。そして、わかったら、背筋《せすじ》が寒くなった。

ビデオ通話

ブリッジポートに引《ひ》っ越《こ》した最初の一年、親たちはいっしょうけんめい、少なくとも毎月二回はオギーとぼくを会わせようとしていた。うちでだったり、オギーの家でだったり。ぼくは二度ほどオギーの家に泊《と》まったし、うまくはいかなかったものの、オギーも一度うちに泊まろうとした。だけど、ブリッジポートとノース・リバー・ハイツの行き来は車でかなり時間がかかるんで、やがて、ぼくたちが会うのは二か月に一度ぐらいになってしまった。そんなころ、ぼくらはしょっちゅうビデオ通話をするようになったんだ。三年生のときは、ほとんど毎日オギーとビデオ通話を楽しんでいた。ぼくが引っ越す前に、ぼくとオギーはいっしょに『スター・ウォーズ』のパダワンみたいな三つ編《あ》みをのばすことに決めた。だから、髪《かみ》ののび具合をチェックしあうのにもぴったりの方法だった。ときには、話をしないことさえあった。ただビデオ通話をつけっぱなしにして、いっしょにテレビを観たり、同時に同じレゴのセットを組み立てたりしたんだ。なぞなぞを出しあったこともある。たとえば、朝は四本足、昼は二本足、夕方は三本足の生き物はなにかとか、自分のものなのに、他人に使われることが多いものはなにかとか。そんなことを何時間も続けていたんだ。

それから四年生になり、ビデオ通話の回数が減《へ》りだした。わざわざそうしようと思ったわけじゃな

Christopher

かった。ただ、ぼくが学校でやることが増《ふ》えてきちゃったんだ。宿題が増えたし、放課後もいろんなことをやるようになった。サッカーが毎週二回、テニスのレッスン、春学期はロボット教室。オギーがかけてくるビデオ通話に出られないことが続いたんで、とうとう毎週水曜日と土曜日の夕食前にビデオ通話をすることに決めた。

それでうまくいってたんだけど、しばらくしたら、結局土曜はぼくの用事がいろいろ出てきて、水曜の夜だけになった。四年生も終わりに近づいたころ、ぼくはオギーに、パダワンの三つ編《あ》みを切ってしまったことを伝えた。オギーになにか言われたわけじゃないけれど、傷《きず》つけちゃったと思う。

そして、五年生になり、オギーも学校へ行きだした。

オギーが学校だなんて、想像《そうぞう》もつかなかった。いったいどんな目にあっているんだろう。だって、学校って、新入生ってだけで大変なものなんだよ。ましてオギーみたいな見かけじゃ、どうなる？無茶だよ。しかも、ただ学校に通いだしただけじゃない。中等部なんだよ！　オギーの学校では五年生から中等部だから、五年生が歩く廊下《ろうか》は九年生といっしょ！　とんでもない！　オギーには脱帽《だつぼう》だよ――どれだけ勇気がいることか。

九月にオギーとビデオ通話をしたのは、学校がはじまって数日後の一度だけで、オギーはあんまり話したくないみたいだった。オギーがパダワンの三つ編みを切ったのに気づいたけれど、なにも聞かなかった。ぼくが切ったのと同じ理由に決まっている。だってさ、オタクって思われちゃうんだよね。

ハロウィーンの数週間前、オギーがボウリング場でやった誕生会《たんじょうかい》に、ぼくは興味《きょうみ》しんしんで行った。そこで会ったオギーの新しい友だちは、みんななかなかいい子みたいだった。特に、ジャック・ウィルっていう子は、すごくおもしろかった。だけど、どうやらオギーとジャックのあいだにはなにかあったみたいで、ハロウィーンのあとにビデオ通話をしたら、オギーはもうジャックと友だちじゃないと言っていた。

最後にオギーとビデオ通話をしたのは、冬休みが終わってすぐのときだ。ちょうど友だちのジェイクとタイラーがぼくの家に遊びに来ていた。みんなで、ぼくのノートパソコンを使って『エイジ・オブ・ウォー2』っていうゲームをやっていたら、オギーからの着信表示《ひょうじ》が現《あらわ》れた。

「ちょっと、この電話に出なきゃならないんだ」ぼくはパソコンを自分のほうにむけた。

「じゃあ、Ｘｂｏｘ《エックスボックス》やってもいい？」ジェイクが聞いた。

「もちろん」ぼくはコントローラーがしまってあるところを指さした。それから、オギーの顔が見えないように、二人に背《せ》をむけた。「応答《おうとう》」をクリックすると、数秒後、オギーの顔が画面に現れた。

「やあ、クリス」オギーが言った。

「オギー、元気？」と、ぼく。

Christopher

「久《ひさ》しぶり」

「うん」

それからオギーはなにか話しはじめた。学校で起きている戦争のこと？　ジャック・ウィル？　ぼくはオギーの話を追えていなかった。ジェイクとタイラーのせいで気が散ってしまっていたからだ。オギーが画面に現《あらわ》れた瞬間《しゅんかん》、二人は口をぽかんと開け、半分笑いながら、ひじでおたがいをつつきあいだした。オギーの顔を見たんだって、ぼくはすぐわかった。それで、パソコンを持って部屋の別の場所へ移《うつ》った。

「うんうん」ぼくはオギーにあいづちを打ち、ジェイクとタイラーのささやき声を無視《むし》しようとした。それでも、やっぱり耳に入ってきた。

「見た？」

「マスクかよ？」

「……やけどとか？」

「だれかいっしょにいるの？」オギーが聞いた。

ぼくがちゃんと聞いていないのに気づいたんだろう。

ぼくは二人のほうをむいて言った。「おい、シーッ！」

そしたら、二人は大爆笑《だいばくしょう》。もろあからさまに、画面を見ようと近づいてきた。

「うん、友だちが来てるんだ」ぼくは、あわててぶつぶつ言いながら、また別のほうへ移動《いどう》した。

「よっ、クリスの友だち！」ジェイクがぼくのあとを追いながら言った。

「友だちに会わせてくれる？」タイラーが、オギーに聞こえるように大声で言った。

ぼくは二人にむかって首を横にふった。「だめ！」

「いいよ！」画面のなかのオギーが言った。

すぐにジェイクとタイラーがぼくの両側にやってきたんで、三人そろって画面にむかい、オギーの顔を見ることになった。

「やあ！」オギーが言った。にこにこしているんだって、ぼくにはわかった。だけど、オギーを知らない人には、笑顔が笑顔に見えないことがよくあるんだ。

「やあ」ジェイクもタイラーも、ていねいにうなずきながら、小さな声で言った。二人とも、もう笑っていない。

「ぼくの友だちのジェイクとタイラーだ」ぼくは、親指でそれぞれをさしながら言った。「むこうはオギー。ここに来る前、近所に住んでたんだ」

「やあ」オギーが手をふった。

「やあ」ジェイクとタイラーは、目をそらしたまま言った。

　オギーは気まずそうにうなずいている。「えっと、で、あのさ、なにやってるの？」

「ちょうどＸｂｏｘ《エックスボックス》をつけたところなんだ」ぼくは答えた。

「そりゃいいや！　なんのゲーム？」

「『アステリオーンの家』」

「いいじゃん。レベルは？」

「えっと、よくわかんない。ふたつ目の迷路《めいろ》じゃないかな」ぼくは頭をかいた。

「ああ、そこむずかしいよ。ぼくはタルタロスの鍵《かぎ》を開けられそうなところ」

「すごい」

　ジェイクがぼくに見えないようにタイラーをつついているのが、ちらりと目に入った。

「ねえ、じゃあ、今からみんなでやってみるよ」

「うん！　わかった。ふたつ目の迷路、がんばってね！」

「うん。バイバイ。そっちの戦争も解決《かいけつ》するといいね」

「ありがとう。みんなもバイバイ」オギーはちゃんと二人にあいさつした。

「バイバイ、オギー！」ジェイクは、にやにやしながら言った。

タイラーが笑いだしたんで、ぼくは、タイラーをひじで押《お》しのけて、画面に映《うつ》らないようにした。

「バイバイ」とオギー。だけど、二人が笑っているのにぜったい気づいている。オギーはいつだって、そういうことがわかっている。たとえ気づかないふりをしていても。

ぼくがビデオ通話の終了《しゅうりょう》をクリックしたとたん、ジェイクとタイラーが、げらげら笑いだした。

「なんだよ?」ぼくは、むかついた。

「おいおい、あいつこそ、なんなんだよ?」ジェイクが言った。

「あんなにキモいのって、今まで見たことないよ」とタイラー。

「おい、いいかげんにしろよ」ぼくは、かばうように言った。

「あいつ、火事にあったのか?」とジェイク。

「ちがう。生まれつきで、どうしようもないんだよ。病気だから」

「じゃ、うつるのか?」タイラーが、こわがっているふりをする。

「ったくもう」ぼくは首を横にふった。

「で、あいつと友だちなんだよな? クリス、すっげえ!」タイラーは、火星人でも見るようにぼくを見つめ、せせら笑った。

「なんだよ?」ぼくはタイラーをマジな顔で見つめた。

タイラーは目を丸くして肩《かた》をすくめている。「べつに。深い意味はないよ」それから、ジェイクのほうを見た。ジェイクは、魚みたいに口をすぼめてつきだしている。気まずい沈黙《ちんもく》。

「やるの、やらないの？」数秒後、ぼくはコントローラーをつかんで聞いた。

ゲームをはじめたのだけど、あんまりおもしろくなかった。ぼくは最悪の気分で、二人はあいかわらずふざけてばかりいる。すごく不愉快《ふゆかい》だった。

二人が帰ったあと、ぼくはザックとアレックスを思い出した。何年も前、ザックとアレックスがオギーと遊ばなくなったこと。

こんなに長いつきあいだっていうのに、オギーの友だちでいるのは、まだむずかしかったりする。

午後8時22分

パパが車椅子《くるまいす》のママを家に入れ、ぼくはすぐ、食べかけのマクドナルドのハッピーセットを持ったままテレビの前のソファにすわりこみ、リモコンでテレビをつけた。

「おい、宿題をやらなきゃいけないんだろ」パパは玄関《げんかん》先で傘《かさ》をふって水気を取りながら言った。

「食べながら、『アメージング・レース』の続きを観たいんだ。終わったら宿題やるから」

「そんなことさせて、いいのか？」パパがママに聞いた。

「ママ、どうせもうすぐおしまいなんだ！　お願い！」

「終わり次第、宿題をやるのならね」ママは、それどころじゃないみたいだった。階段《かいだん》を見上げて、ゆっくり首を横にふり、パパに言った。「どうしたらいいの、アンガス？」疲《つか》れきっているみたい。

「だから、ぼくがここにいるんだろ」パパは車椅子をまわして、ママを自分のほうにむけると、片手《かたて》をママの体の下にさしこみ、もう片方《かたほう》の腕《うで》で背中《せなか》を抱《だ》いて、車椅子からママを抱《かか》えあげた。ママはキャッキャと笑っている。

「わあっ、パパ、力持ちだね！　二人で『アメージング・レース』に出るべきだよ。離婚《りこん》した夫婦《ふうふ》がよく出るんだ」ぼくは二人を見ながら、ポテトを口に放りこんだ。

パパは、両腕でママを抱えて階段をあがりだした。とちゅうで手すりや壁《かべ》にぶつかっては、二人で笑っている。こんな二人を見られてうれしかった。この前三人そろったときは、二人とも、どなりあっていたんだ。

ぼくはテレビのほうをむいて、続きを観はじめた。ちょうど司会のフィルが、最後にゴールへ到着《とうちゃく》したカップルに失格《しっかく》を告げていたとき、ぼくの携帯《けいたい》が鳴った。

イライジャからのメールだった。

——よう、クリス。おれたち、課外活動のバンドから抜《ぬ》けることにした。おれらだけのバンドをはじめるんだ。水曜は『セヴン・ネイション・アーミー』をやる。

もう一度読みなおした。口をもろぽかんと開けたまま。バンドから抜《ぬ》ける？　そんなのアリ？　明日の練習に三人が来なかったら、ジョンはぜったいブチギレる。あのバンドはどうなるんだよ？　ぼくとジョンだけで『ファイナル・カウントダウン』をやるの？　そんなの最悪！

それから、またメールが届《とど》いた。

——こっちのバンドに入らないか？　クリスには来てほしいけど、ジョンはぜったいダメ。あいつはへたくそだ。明日の放課後、うちで練習する。ギターを持ってこい。

パパが階段《かいだん》をおりてきた。「宿題の時間だぞ、クリス」小さな声で言ってから、ぼくの顔を見た。「どうした？」

「べつに」ぼくは携帯《けいたい》をオフにした。まだショックのまっただなか。こっちのバンドに入らないか、だって？　「思い出しちゃった。コンサートの練習しなきゃ」

「わかったけど、静かにやってくれ。ママがぐっすり眠《ねむ》っているから、起こさないように。いいな？　二階までうるさく聞こえないようにしてくれよ。なにかあったら、パパはお客さん用の寝室《しんしつ》にいるから」

「えっ、今夜は泊《と》まっていくの？」

「これから数日、ママが自分で動きまわれるようになるまではね」

パパは、ママが病院から渡《わた》された松葉杖《まつばづえ》を持って、階段をあがりはじめた。

「パパ、『セヴン・ネイション・アーミー』のコード譜《ふ》を印刷してもらえる？　明日までに弾《ひ》けるようにしなきゃ」

「もちろんさ。だけど、静かにやるのを忘《わす》れるな！」パパが階段の上から言った。

ノース・リバー・ハイツ

ぼくの新しい家は、ノース・リバー・ハイツの前の家よりずっと大きい。前の家は、一軒家《いっけんや》でなくレンガ造《づく》りのタウンハウスで、うちは一階に住んでいた。バスルームはひとつしかなくて、庭もちっぽけだったけれど、ぼくはあの家が大好きだった。あの地域《ちいき》も大好きだった。歩いてあちこち行けてよかった。あのイチョウの木まで、なつかしくてたまらない。イチョウの木ってのは、秋になると小さなブヨブヨの実をいっぱい落とす。それを踏《ふ》んじゃうと、犬のフンと猫《ねこ》のオシッコと有害ゴミを混《ま》ぜたようなにおいがする。『ロード・オブ・ザ・リング』のオークのゲロみたいなにおいだってオギーは言って、ぼくは、やたらおかしいと思ったもんだ。とにかく、前の家とそのまわりのことばかり考えちゃう。イチョウの木のことまで。

ノース・リバー・ハイツに住んでいたとき、ママはエイムスフォート通りで、小さな花屋さんをやっていた。ママは一日中働いていたんで、ベビーシッターのルルデスを雇《やと》ってぼくのめんどうをみてもらっていた。前の家のほうがよかったと思うことはいろいろあって、そのひとつがルルデスだ。ルルデスが作ってくれた、エンパナーダっていう、さくさくのパイ包みが食べたい。ぼくのことをパピ《ぽっちゃん》って呼《よ》んでくれた声が聞きたい。だけど、ブリッジポートに引《ひ》っ越《こ》して、うちはルルデスを雇う必要がなくなった。ママが店を売って、フルタイムで働かなくなったからだ。今は、ママが月曜から水曜まで学校へ車で迎《むか》えにきてくれる。木曜の夜はパパのところまで送ってくれ、ぼくは日曜までそこにいる。

ノース・リバー・ハイツにいたとき、パパはたいてい夜の七時には帰ってきた。だけど、今はニューヨーク市から帰ってくるのに時間がかかって、九時前に家につくことはない。もともとの予定では、パパはすぐにコネチカット支社《ししゃ》に移《うつ》れるはずだった。ところが、三年もたったというのに、パパはまだマンハッタン島に通っている。そのことで、ママとパパはうんと言い争っていた。

毎週金曜、パパは仕事を早めに終えて、ぼくを迎えに学校へ来る。夕食はたいてい中華《ちゅうか》料理のデリバリーを頼《たの》み、ちょっとギターをいっしょに弾《ひ》いて、映画《えいが》を観る。パパのところにいるとき、パパがぼくに宿題をさせないって、ママはいつも文句《もんく》を言う。ぼくが日曜の夜、家に帰ると、ママに手伝ってもらってあわてて宿題を終えなきゃならないから、ママはいつもきげんが悪くなる。この前の週末なんか、数学のテスト勉強をするべきだったのに、パパといっしょにボウリングへ行っちゃって、とうとう勉強する時間が取れなかった。ぼくが悪い。

それでも、ブリッジポートの新しい家に慣《な》れてきていた。新しい友だち。犬じゃなくて、ハムスターのルーク。だけど、なんていってもノース・リバー・ハイツで一番だったのは、あのころはパパとママが仲良さそうだったこと。

去年の夏、パパは家を出た。その前からずいぶん夫婦《ふうふ》げんかが続いていたのに、なぜそのタイミングで出ていったのかはわからない。ただ、ある日いきなり、別居《べっきょ》するって二人がぼくに告げたんだ。いっしょに暮《く》らし続けたいかどうか考えるために、いったん「距離《きょり》をおいてすごす時間」が必要なんだって。そして、これはあくまでもぼくとは関係ない二人の問題だから、二人とも「変わらずぼくが大好き」で、今までと同じくらいぼくといっしょにすごすと言った。まだおたがいに大好きだけど、友情《ゆうじょう》が試されるときがあるように、結婚《けっこん》も、いろいろ乗り越えていかなきゃならないんだってさ。「いい友だちは、ちょっとよけいに苦労するだけの価値《かち》があるよね」って、ぼくは二人に言った。

以前ぼくにそう教えてくれたのはママなのに、本人は覚えていないみたいだ。

午後9時56分

宿題をしながら、『セヴン・ネイション・アーミー』を聴《き》いていた。明日ぼくが別のバンドに移《うつ》ると伝えたら、ジョンがどう思うか、あんまり考えないようにした。だって、しょうがないことじゃないか。もし今のバンドに残ったら、春コンではジョンとぼくだけが、B先生のドラムで『ファイナル・カウントダウン』を演奏《えんそう》することになる。めちゃくちゃダサくてサイアクだよ。二人だけでやれるほど、うまくないんだ。今日ジョンがギター・ソロを弾《ひ》いたとき、ハリーが必死に笑いをこらえていたのを思い出した。もしぼくら二人だけでやったら、会場の生徒全員が笑いをこらえるはめになる。

ジョンが知ったらどうするか、ぼくには見当もつかなかった。まともなやつなら、春コンに出るのを完全にあきらめるだろう。でも、ジョンみたいなやつの場合だと、まずそのまま『ファイナル・カウントダウン』をやるに決まっている。そんなふうに笑い者になっても、気にならないんだよ。ジョンがギターをかき鳴らしながら大絶唱《だいぜっしょう》し、その後ろでB先生がバリバリに盛《も》りあがってキーボードを弾いているのが目に浮《う》かぶ。「みなさん、課外活動のロックバンド登場です！」考えただけでも、恥《は》ずかしくてたまらない。ずっとみんなにからかわれるよ。

なかなか宿題に集中できなくて、思っていたよりうんと時間がかかってしまった。十時近くになって、ようやく数学のテスト勉強にとりかかった。そして、数学がぜんぜんわかっていなかったことを思い出した。もうギリギリだっていうのに、まったく勉強してなくて、なんにもわかっていない。お客さん用の寝室《しんしつ》のドアを開けたら、パパはベッドの上でノートパソコンを打っていた。ぼくは、ずっしり重い五年生の数学の教科書を両手で抱《かか》えて言った。

「ちょっと、パパ」

「まだ寝《ね》てなかったのか？」老眼鏡《ろうがんきょう》をかけたパパが上目づかいにぼくを見た。

「明日数学のテストがあるんだけど、勉強教えてくれないかな」

パパは、ベッドわきのテーブルにある時計をちらっと見た。「気づくのが遅《おそ》いんじゃないか？」

「宿題が山ほどあったんだ。それに、あさって春コンでやる新しい曲も弾けるようにしなきゃならなかったし。やらなくちゃいけないことだらけだよ、パパ」

パパはうなずいた。ノートパソコンを置き、となりにすわるようにとベッドをたたいてくれたんで、ぼくはそのとおりにした。そして、教科書の百五十一ページを開いた。

「あのね、文章題で困《こま》ってるんだ」

「おっと、そうかい。パパは文章題が得意だぞ！　どんどん聞いてくれ」パパはにこにこしている。

ぼくは教科書の問題を読んだ。「ジルは青空市場でハチミツを買おうとしています。ある店は二十六オンスのびんを三ドル十二セントで売っています。別の店では十六オンスのびんを二ドル四十セントで売っています。どちらのほうがお得で、それを選ぶと、ジルは一オンスあたりいくら得するのでしょうか?」

ぼくは教科書を下に置いた。パパは、ぽかんとぼくを見ている。そして、耳をかきながら言った。

「そうだな、えっと……、だから、二十六オンスが……いくらだっけ? 紙がいるぞ。そこのノートを取ってくれるかい?」

ぼくはベッドの反対側に手をのばして、ノートをパパにわたした。パパはなにやら走り書きしはじめ、ぼくにもう一度問題を読ませると、またいろいろ書きなぐっていた。

「うんうん、それなら……」パパはノートをぼくのほうにむけて、書きなぐった数字が見えるようにした。「じゃあ、まずは割《わ》り算で一オンスあたりの値段《ねだん》を計算して、それから……」

「待って、待って。そこがわからないんだ。どういうときに割り算をするの? なにを見たらいい? どうしたらわかるの?」

パパは、またノートの走り書きに目を落とした。まるでそこに答えが書かれているかのように。

「問題を見せてくれるかい?」ずり落ちた老眼鏡《ろうがんきょう》を押《お》しあげ、教科書のぼくがさしているところを見ている。「うん、そう、割り算が必要なのは、うん、つまり、一オンスあたりの値段を計算しなくちゃならないからで……なぜかというと、ここにそう書いてある」パパは問題を指さした。

ぼくは、パパが指さしている部分を見たけれど、すぐ首を横にふった。「わかんないよ」

「ほら、ここだよ、クリス。この部分。一オンスあたりの値段を聞いている」

ぼくは、また首をふって、大声で言った。「わかんない！　こんなの大嫌《だいきら》いだよ！　どうせぼくには無理！」

パパはおだやかに答えた。「いや、そんなことはない、クリス。ちょっと深呼吸《しんこきゅう》して――」

「だめだ！　パパはなんにもわかってない。ぼくには、ちんぷんかんぷんなんだ！」

「だから説明しようとしてるんだぞ」

「ママに聞いてもいい？」

パパは老眼鏡をはずし、両目をこすった。「クリス、ママは寝《ね》ているんだ。今夜は休ませてあげなくちゃ。こんなの、ぜったいパパとクリスでできるはずだ」

ぼくがこぶしでむちゃくちゃに両目をこすりだすと、パパがやさしくぼくの両手を顔から離《はな》した。

「学校の友だちに電話したらどうなんだ？　ジョンはどうだい？」

「ジョンは四年生だよ！」ぼくは、いらついていた。

「そう、じゃあ、ほかの子は？」

ぼくは首を横にふった。「だめ！　電話で聞ける相手がいないんだ。今年はそんなふうに電話できる友だちがいない。だって、仲のいい子は同じ数学のクラスにならなかった。この数学のクラスの子たちはよく知らないんだ」

「なら、別の子に電話しなさい、クリス。イライジャとかバンドの子たちは？　みんな、その授業《じゅぎょう》を取っていたはずだろ？」パパは携帯《けいたい》に手をのばした。

「だめ！　パパ！　もうっ！　このテストは赤点だ！　わからないんだ。とにかく、わからない」ぼくは両手で顔をおおった。

「おい、落ちつきなさい。オギーはどうだ？　数学の天才なんだろ？」

「もういい！　自分でなんとかするから」ぼくは首を横にふり、教科書をパパからもぎとった。

「クリストファー」

「もういいよ、パパ。自分でやるか、だれかにメールするよ。大丈夫《だいじょうぶ》」ぼくは立ちあがった。

「そんなんですむのか？」

「いいんだ。ありがとう、パパ」ぼくは教科書を閉《と》じて立ちあがった。

「助けてやれなくて、ごめんよ」パパの言葉に、一瞬《いっしゅん》ぼくは申《もう》し訳《わけ》なく思った。ちょっとしょげているみたいに聞こえたんだ。「だけど、もう一度やらせてくれれば、きっと二人でできるぞ」

「もう、いいから！」ぼくはドアのほうへ歩きだした。

「おやすみ、クリス」

「おやすみなさい、パパ」

ぼくは自分の部屋へもどって机《つくえ》にむかい、教科書の百五十一ページをまた開いた。さっきの文章題を読みなおそうとしても、頭のなかで聞こえてくるのは『セヴン・ネイション・アーミー』の歌詞《かし》ばかり。で、その歌詞の意味だって、ぜんぜんわからない。

どんなにじっと問題を見つめても、どうしたらいいのか、いっこうにわからなかった。

冥王星《めいおうせい》

ぼくたちがブリッジポートへ引《ひ》っ越《こ》す数週間前、引っ越しの荷造《にづく》りをするパパとママを手伝いにオギーの両親が来てくれた。うちはどこもかしこもダンボールの箱だらけ。

リビングでは、オギーとぼくがスポンジ弾《だん》の出るおもちゃの銃《じゅう》で戦闘《せんとう》をくりひろげていた。たくさんの箱は、敵《てき》の冥王星人ってことにした。ときどき、ソファで読書しているヴィアに流《なが》れ弾《だま》が当たってしまった。っていうか、ちょっとは、わざと当ててたんだよね。へへっ。

「やめてよ！　ねえ、ママ！」ぼくの弾が本に当たってしまい、とうとうヴィアは大声を出した。

だけど、イザベルおばさんもネートおじさんも、ずっと離《はな》れたところにいた。ぼくの両親といっしょにキッチンでコーヒーを飲みながら休憩中《きゅうけいちゅう》だったんだ。

「お願いだから、やめてくれる?」ヴィアはマジだった。

ぼくはうなずいたのだけど、オギーは、またスポンジ弾《だん》をヴィアの本に当てた。

「おなら弾命中!」オギーのひとことに、オギーもぼくも大爆笑《だいばくしょう》。

ヴィアはブチギレて、首を横にふりながら言った。「あんたたちって、ほんとオタクなんだから!今どき『スター・ウォーズ』ごっこなんて、信じらんない」

「『スター・ウォーズ』じゃない。冥王星《めいおうせい》ごっこだ!」オギーはおもちゃの銃《じゅう》をヴィアにむけた。

「ほんとうの惑星《わくせい》でもないのに」ヴィアが本を開きながら言った。

その本にオギーがまたスポンジ弾を撃《う》った。「なに言ってるの? 冥王星は惑星だよ」

「オギー、やめないと、ひどい目に……」

オギーは銃口《じゅうこう》を下におろして、くりかえした。「惑星だよ」

「惑星じゃないの。前は惑星だったけどね。あんなに宇宙《うちゅう》のDVDばかり見ているのに、あんたたち天才二人が知らないなんて信じられないよ!」

オギーはすぐには答えなかった。ヴィアが言った意味を理解《りかい》しようと考えているみたいだった。「でも、水金地火木土天海冥《すいきんちかもくどてんかいめい》！　そう太陽系《たいようけい》の惑星を覚えるんだって、ママが教えてくれたよ」

「水金地火木土天海！　調べてみなよ。わたしの言うとおりだから」ヴィアは携帯《けいたい》で検索《けんさく》しはじめた。ぼくたちは、あんなに科学の本を読んで、ＤＶＤを見ていたんだ。きっとそのなかに、その説明もあったんだろう。でも、どういう意味なのか、ぼくたちにはわからなかったんだと思う。宇宙ブームのころのぼくらは、まだ小さかったんだ。ろくに星の読み方も知らなかった。

ヴィアが携帯を見ながら声に出して読みはじめた。「ネット上の百科事典からよ。『冥王星は、太陽系外縁部《がいえんぶ》にいくつかある、大きな氷でできた天体のひとつにすぎないという理解にもとづき、国際《こくさい》天文学連合は二〇〇六年、正式に「惑星」の定義《ていぎ》を定めた。これにより冥王星は惑星から除外《じょがい》され、あらたに定義された「準《じゅん》惑星」（さらに厳密《げんみつ》には、冥王星型天体）に分類された。』もっと続けて読む？　ようするに、冥王星はちっぽけすぎて本物の惑星には無理って思われたってこと。だから、わたしの言ったとおり」

オギーは、すっかりうろたえているみたいだった。

「ママ！」大声でどなった。

「そんな大ごとじゃないよ、オギー」ヴィアが、オギーのあわてぶりを見て言った。

「大ごとだよ！」オギーは廊下《ろうか》を走りだした。

ヴィアとぼくもオギーを追ってキッチンへ行った。親たちはテーブルで、ベーグルにクリームチーズを塗《ぬ》って食べていた。

「ママ言ったよね。水金地火木土天海冥《すいきんちかもくどてんかいめい》って！」オギーはイザベルおばさんにつめよった。

おばさんはコーヒーを噴《ふ》きそうになった。「なに――」

「そんな大ごとじゃないのに、なんでそんなに騒《さわ》ぐのよ、オギー？」ヴィアが口をはさんだ。

「みんな、どうしたの？」おばさんの目がオギーからヴィアへうつった。

「大ごとだよ！」オギーがすごい勢《いきお》いで声をはりあげた。とつぜんの大きなさけび声に、その場のだれもが顔を見合わせてしまった。

「まあまあ、オギー」ネートおじさんがオギーの肩《かた》に手をかけると、オギーははらいのけた。

「冥王星《めいおうせい》は九つある太陽系《たいようけい》の惑星《わくせい》のひとつだって教えてくれたよね！一番小さな惑星だって言ったよね！」オギーがおばさんにどなった。

「そうよ、オギー」おばさんはオギーを落ちつかせようとした。

「ちがうのよ、ママ。二〇〇六年に冥王星は惑星からはずされたの。もう太陽系の惑星のひとつとはみなされてないんだってば」ヴィアが言った。

おばさんは、きょとんとヴィアを見つめてから、おじさんを見た。「ほんとう？」

おじさんは、まじめな顔で答えた。「そうだよ。冥王星《プルート》だけじゃなくて、数年前グーフィーも同じ目にあった」大人たちは大笑い。プルートもグーフィーもディズニー・キャラクターの名前で、それにかけたってわけ。

「パパ、おかしくなんかない！」オギーがさけんだ。そして、いきなり泣きだしてしまった。大粒《おおつぶ》の涙《なみだ》。声をあげて泣きじゃくっている。

なにが起こったのか、みんなにはわかっていなかった。おばさんが両腕《りょううで》でオギーを抱《だ》きしめると、オギーはおばさんの肩に顔をうずめて泣き続けた。

「オギー・ドギー、いったいぜんたいどうしたんだよ？」おじさんがやさしくオギーの背中《せなか》をさすった。

「ヴィア、なにがあったの？」おばさんが聞きただそうとした。

「ぜんぜんわかんない！　なんにもしてないよ！」ヴィアが目を丸くして答えた。

「なにかあったはずよ！」と、おばさん。

「クリス、どうしてオギーが泣いてるのかわかる？」ママが聞いた。

「冥王星のせい」ぼくは答えた。

「どういうこと？」とママ。

ぼくは肩をすくめた。なぜこんなにオギーがあたふたしたのか、わかってたけど、うまく説明できなかった。

「ママは……冥王星《めいおうせい》が……惑星《わくせい》だって……」やっとオギーが、しゃくりあげながら話しだした。ふだんでも、オギーの言うことは聞きとりにくいことがある。こんなに勢《いきお》いよく泣いている最中じゃ、もっとむずかしい。

「えっ、なに？」おばさんがささやいた。

「ママは……冥王星が……惑星だって」オギーは、おばさんを見上げながら、くりかえした。

おばさんは、オギーの涙《なみだ》を指先でぬぐいながら答えた。「そうだと思ってたのよ、オギー。なんて言ったらいいの。ママは本物の理科の先生じゃないし、ママが子どものときは、太陽系《たいようけい》には九つ惑星があるとされていたの。それが変わっちゃうなんて、思いもしなかったわ」

おじさんがオギーのとなりにひざまずいた。「だけど、惑星だとみなされなくなったからって、なんでオギーがこんなに悲しむのか、パパにはわからないよ」

オギーはうつむいていた。冥王星のために流す涙なんて、オギーにもうまく説明できなかったんだ。

午後10時28分

十時半近くになり、ぼくは明日の数学のテストのことで、とほうにくれていた。同じ数学のクラスにいるジェイクにメールを送り、ほかにも何人かの子にフェイスブックでメッセージを送ってみた。携帯《けいたい》が鳴ったとき、そのうちのだれかからだと思ったんだけど、そうじゃなかった。オギーからのメールだったんだ。

――やあ、クリス。おばさんが病院に運ばれたんだって？　大変だったね。無事だといいんだけど。

オギーからなんて信じられなかった。だって、ちょうどオギーのことを考えていたんだよ。テレパシーみたい。

――やあ、オギー。アリガト。大丈夫《だいじょうぶ》。大腿骨《だいたいこつ》を折って、でかいギプスをしてるけど。

オギーが悲しい顔文字を送ってきた。

――パパがママを二階へ運ばなきゃならなくて、ドカドカ壁《かべ》にぶつかってたよ。

オギーから笑顔の顔文字つきのメールが来た。

――あはは！ 

――今日電話するつもりだった。デイジーは残念だったね 

――うん、アリガト。

それから、オギーは、泣いている顔文字をいっぱい送ってきた。

――ねえ、ダース・デイジーの銀河《ぎんが》の冒険《ぼうけん》を覚えてる？

Christopher

と、ぼく。それは、ぼくたちがいっしょに描《か》いていたマンガだった。二人の宇宙飛行士《うちゅうひこうし》グリーボとトムが、ダース・デイジーという犬といっしょに冥王星《めいおうせい》に住んでいる。

——ハハハ。うん、グリーボ少佐《しょうさ》。

——トム少佐。

——なつかしい、なつかしい。

オギーがメールに書いてくる。

——デイジーは、宇宙一《うちゅういち》の犬！

ぼくはポンと送信して、にっこりした。

オギーがデイジーの写真を送ってきた。なんて長いことデイジーに会ってなかったんだろう。写真のなかのデイジーは、顔がすっかり白くなり、目がどんよりくもっている。でも、鼻はピンクのままで、あいかわらず、うんと長い舌《した》を口からだらんとたらしている。

——ホントかわいい！　デイジー！！！！

と、ぼく。

——ダース・デイジー！！！！！！！！

——ハハハ。ヴィアに聞かせてやれ！

郵便はがき

料金受取人払郵便

神田局
承認

4104

差出有効期間
平成31年7月
9日まで

1 0 1 8 7 9 1

5 0 9

東京都千代田区神田神保町3-2-6

株式会社
ほるぷ出版 営業部 行

『もうひとつのwonder』『wonder』のご感想お待ちしております。

ふりがな お名前	男・女 歳
おところ 〒	
E-mail・TEL	お仕事
どちらでご購入されましたか？(書店名、WEBサイト名など)	
この本のことは、何でお知りになりましたか？ 1.書店 2.新聞広告 3.友達 4.ほるぷ出版HP 5.Facebook 6.その他（	

いただいたご感想は、匿名で書籍のPRなどに使わせていただくことがございます。
使用許可をいただけない場合は、右記にチェックをお願い致します。 □許可しない
※上記個人情報は、お問い合わせへのお返事、ご案内送付以外の目的には使用いたしません。
ご協力ありがとうございました。

もうひとつの
WONDER
ワンダー

あなたが好きなキャラクターや、ご意見・ご感想を
お聞かせください。

前

ニックネーム

と、ぼく。

――おなら弾《だん》覚えてる？

――ハハハハハ。まだ宇宙に夢中《むちゅう》だったころだね。

書きながらぼくは、にこにこしまくってたよ。正直、この日、一番楽しかった。

――もう『スター・ウオーズ』にもはまってた？

――はまりだしてたよ。フィギュアとか、まだみんな持ってるの？

――うん、でも、かたづけちゃったのもあるよ。じゃあ、グリーボ少佐、ママが、もう寝《ね》る時間だって言ってる。おばさんが無事でよかったよ。

ぼくはうなずいた。数学を助けてくれなんて、どうしても頼《たの》めなかった。かっこ悪すぎ。ベッドのはじにすわって、オギーへの返事を打ちだした。

でも、打ち終える前に、オギーからメールが来た。

――ママがクリスと話したがってる。ビデオ通話したいんだって。時間ある？

ぼくは立ちあがった。

――うん。

二秒後、ビデオ通話の着信が表示《ひょうじ》され、イザベルおばさんが出た。

「イザベルおばさん！」

おばさんはキッチンにいる。「こんにちは、クリス！　大丈夫《だいじょうぶ》？　さっきクリスのママと話したわ。みんな無事に帰れたかどうか、たしかめたくて」

「うん。ぼくら、家にもどったよ」

「ママは大丈夫？　寝《ね》ているだろうから起こしたくなくって」

「うん、ぐっすり眠《ねむ》ってる」

「よかったわ。体を休めないと。大きなギプスよね！」

「今夜はパパが泊《と》まっていくって」

「よかった！」おばさんは、とてもうれしそうだった。「それなら安心ね。ところでクリス、最近どうしてるの？」

「元気だよ」

「学校はどう？」

「楽しい」

おばさんは、にこっとした。「今日クリスがすごくきれいなお花をくれたって、リサが言ってたわ」

「うん」ぼくもにこっとして、うなずいた。

「じゃあね、クリス。どうしてるのか、ちょっと話してみたかったの。みんなクリスたちのことを気にかけているからね。うちでできることがあったら、なんでも――」

「デイジーは残念だったね」ぼくは思わず口にした。

おばさんはうなずいた。「ええ、ありがとう、クリス」

「みんなつらいよね」

「ええ、とっても悲しいわ。ほんとに大事な家族だったもの。クリスが知ってるとおり。そうそう、デイジーがはじめてうちに来たとき、クリスもいたわよね」

「ガリガリだったよね！」にこにこしていたのに、なぜかとつぜん、ぼくの声はふるえだした。

「あの長い舌《した》をベロンとたらしてね」おばさんは笑った。

ぼくはうなずいた。胸《むね》がしめつけられて、泣いちゃいそうな気分。

おばさんは、ぼくをじっと見て、静かに言った。「クリス、大丈夫よ」

オギーのママは、ぼくにとって、ずっと第二のママって感じだった。だって、ぼくの両親とおばあちゃんを別にしたら、イザベルおばさんはだれよりもぼくをよく知っている。

「うん」ぼくは小さな声で答えた。まだにこにこしていたけれど、あごがふるえていた。

「クリス、パパはどこにいるの？　電話に出てもらえる？」

ぼくは肩《かた》をすくめた。「たぶん……もう寝《ね》てるかも」

「起こしても、ぜったい怒《おこ》らないわ。呼《よ》びに行ってちょうだい。このまま待ってるから」おばさんがおだやかに言う。

オギーが画面に割《わ》りこんできた。

「どうしたの、クリス？」

ぼくは、なんとか涙《なみだ》をこらえながら、首を横にふった。しゃべれなかった。しゃべったら、ぜったいすぐ泣きだしちゃう。

「クリストファー、ママはすぐ治るのよ」おばさんは画面に近づきながら言った。

「わかってる」かすれ声で答えたら、思わず口をついて出た。「でも、ママはぼくのせいで車に乗ってたんだ！　ぼくがトロンボーンを忘《わす》れたから！　ぼくが忘れ物をしなかったら、事故《じこ》にあわないですんだんだよ！　ぼくが悪いんだ、おばさん！　死んでたかもしれないのに！」

次から次へと言いながら、取りみだして泣きじゃくっていた。

午後10時52分

イザベルおばさんは、オギーにビデオ通話をまかせると、パパの携帯《けいたい》に電話をかけて、ぼくが自分の部屋でわんわん泣いていると知らせた。一分後、パパが部屋にやってきたんで、ぼくはオギーとの電話を切った。パパは両腕《りょううで》でぎゅっとぼくを抱《だ》きしめた。

「クリス」

「ぼくが悪いんだ、パパ！　ぼくのせいでママは事故にあった」

パパは腕《うで》をほどくと、自分の顔をぼくの顔に近づけた。

「パパを見ろ、クリス。ママのことは、おまえのせいじゃない」

「ママは、ぼくの忘れ物を届《とど》けに学校へもどるとちゅうだったんだ。急いでって頼《たの》んじゃったから、スピード違反《いはん》してたのかも」ぼくは鼻をすすった。

「してなかったよ、クリス。ほんとうだ。今日のことは、ただの事故。だれのせいでもない。不慮《ふりょ》の事故だ。わかったかい？」

ぼくは顔をそむけた。

「わかったか？」パパがくりかえす。

ぼくはうなずいた。

「一番重要なのは、だれもひどいけがをしなかったことだ。ママは大丈夫《だいじょうぶ》。わかったかい、クリス？」

パパに涙をふいてもらいながら、ぼくはうなずいた。

「ママをリサって何度も呼《よ》んじゃったんだ。ママが大嫌《だいきら》いな呼び方。わかれるときに『大好きよ！』ってママが言ってくれたのに、ぼくは『じゃあね、リサ！』って答えただけ。ママのほうをふりむきもしなかった！」

パパは咳《せき》ばらいをすると、ゆっくり話しだした。「クリス、そんなに自分を責《せ》めるな。おまえがママを大好きだって、ママはよくわかってるよ。いいか。今日は、ほんとうにこわいことが起きた。クリスが動揺《どうよう》するのも当然だ。こういうこわいできごとっていうのは、人に警鐘《けいしょう》を鳴らしてくれる。警鐘って、わかるか？　人生にとって大切なものを、あらためて考えなおさせてくれるんだ。家族、友だち、大好きな人たちについてな」パパはぼくを見ながら話していたけれど、なんだか自分自身に言い聞かせているみたい。両目がうるんでいた。「とにかく、ママが無事だったことに感謝《かんしゃ》しよう。わかったかい、クリス？　いっしょにママをしっかり手伝ってあげよう。いいな？」

ぼくはうなずいた。でも、なにも言わなかった。もっと泣いちゃうってわかってたから。

パパはぼくをぎゅっと引《ひ》き寄《よ》せたけど、やっぱりなにも言わなかった。たぶん同じ理由。

午後10時59分

ぼくをいくらか落ちつかせると、パパはイザベルおばさんに電話をかけなおして、大丈夫《だいじょうぶ》だと知らせた。ちょっとおしゃべりして、パパは電話をぼくに渡《わた》した。

電話に出ているのはオギーだった。

「クリス、数学の助けがいるって、ママがおじさんから聞いたらしいんだけど」

「うん、まあね。でももう遅《おそ》いよ。寝《ね》なきゃいけないだろ?」ぼくは鼻をかみながら、おずおず答えた。

「手伝っても、ママはぜんぜんかまわないよ。ビデオ通話しよう」

二秒後、オギーが画面に現《あらわ》れた。

ぼくは教科書を開きながら言った。「あのね、文章題で困《こま》ってる。まず……どういうときに、何算を使うのかわからないんだ。いつかけ算で、いつ割《わ》り算なのか。ややっこしいよ」

オギーはうなずいた。「うん、そういうことか。たしかに、ぼくも同じところで苦労したよ。キーワードは覚えた? すごく役立ったよ」

なんのことだか、ぼくにはぜんぜんわからなかった。

「リストをメールで送るよ」

すぐにリストが届《とど》いたんで、プリントした。数学で出てくる、いろんな言葉のリストだった。

「文章題で見つけるべきキーワードを知っていれば、何算を使うのかわかるんだ。たとえば『○○あたり』、『○○ずつ分ける』、『等しく』とかは割り算。『○○ずつ増《ふ》える』『倍になった』とかはかけ算。

わかる?」

オギーがリストのキーワードをひとつひとつ全部ぼくに説明してくれて、ぼくもようやくわかりかけてきた。そして、いっしょに教科書の問題をひととおりおさらいした。例題からやってみたら、オギーの言ったとおり。それぞれの問題でキーワードを見つけちゃうと、なにをするべきかがわかるんだ。練習問題はほとんど自力でできたけど、ぼくがやり終えたあと、オギーはひとつずつ、ぼくがちゃんとわかっているかどうか、たしかめてくれた。

午後11時46分

ぼくが好きな本のジャンルは、いつもミステリー。はじめのほうでわからなかったことが、終わりのほうでやっとわかるような本。ずっと手がかりがあったのに、ぜんぜん読み取れていなかったりする。オギーと話したあと、まさにそんなふうだった。さっきまでわからなかった一大ミステリーが、とつぜんすっかり解決《かいけつ》したんだ。

最後の問題を終えて、ぼくはオギーに言った。「信じられない。できるようになっちゃったよ。ほんとうにありがとう、オギー。マジ、ありがとう」

オギーはにこにこして画面に近づいた。「やったね!」

「大きな借りができちゃったよ」

オギーは肩《かた》をすくめた。「気にするな。友だちだろ？」

ぼくはうなずく。「うん」

「おやすみ、クリス。またね！　ホントにありがとう！　バイバイ！」

オギーは通話を切り、ぼくは教科書を閉《と》じた。

すぐ、お客さん用の寝室《しんしつ》へ行った。オギーに助けてもらって数学がちゃんとわかるようになったって、パパに知らせようと思ったんだ。ところが、パパは部屋にいなかった。バスルームのドアもノックしてみたけれど、やっぱりいない。ぼくは、ママの寝室のドアが開いているのに気がついた。ドレッサーのとなりの椅子《いす》から、パパの両足がのびているのが見える。廊下《ろうか》から顔は見えなくて、オギーと話し終えたことを知らせようと、静かになかへ入った。

そしたら、パパは椅子にすわって眠《ねむ》っていた。頭が肩の上へ落ちている。老眼鏡《ろうがんきょう》は鼻の頭のほうまでずり落ち、ひざの上にはパソコンが置かれたまま。

ぼくは忍《しの》び足《あし》でクローゼットへ行き、毛布《もうふ》をつかんでパパにかけた。そっと、パパを起こさないように。そして、パパのひざからパソコンを取ってドレッサーの上に置いた。

それから、ママが眠《ねむ》っているベッドのそばへ行った。ぼくが小さかったころ、ママはおやすみの前に本を読んでくれながら、眠ってしまうことがよくあった。読み終える前に寝《ね》ちゃうと、ぼくはママをひじでつついて起こしたんだけど、ときには、どうしても起きてもらえないことがあった。ママが眠ってしまうと、ぼくは自分も眠るまで、ママのおだやかな寝息《ねいき》を聞いていた。

それにしても、ママが寝ているのを見るのは久《ひさ》しぶりだ。今のママは、なんだか小さく見える。ほおのそばかすを見た覚えはなかった。おでこの小さなしわも、今まで気づかなかった。

ちょっとだけ、ママの寝顔《ねがお》を見ていた。

「大好きだよ、ママ」

大きな声は出さなかった。起こしたくなかったから。

午後11時59分

自分の部屋へもどったら、もう夜中の十二時近かった。なにもかも、今朝出ていったときのまま。ぐちゃぐちゃのベッド。床《ゆか》の上に脱《ぬ》ぎすてたパジャマ。開けっぱなしのクローゼット。ふだんはママが朝ぼくを車で学校へ送ったあと、部屋をきれいにしてくれるのだけど、今日はもちろん、できるわけがなかった。

なんだか、今朝ママに起こしてもらってから、何日もたったような気がした。

クローゼットを閉《し》めたとき、トロンボーンが壁《かべ》に立てかけてあるのに気づいた。じゃあ、事故《じこ》が起きたのは、ママが忘《わす》れ物《もの》を届《とど》けに学校へ来るとちゅうじゃなかったんだ！　なぜだかわからないけど、ずっと気が楽になった。

トロンボーンを部屋のドアのすぐとなりに置いて、明日学校へ行くときに、また忘れないようにした。理科のレポートと体育用の短パンも、バックパックのなかに入れた。

それから、机《つくえ》にむかった。

もう、なにも迷《まよ》わないで、イライジャのメールに返事をした。

――やあ、イライジャ。そっちのバンドへ誘《さそ》ってくれてありがとう。でも、春コンはジョンと出る。『セヴン・ネイション・アーミー』がんばってね。

春のコンサートで、どれだけダサくてサイテーに見えようと、ジョンを見捨《みす》てるわけにはいかない。それが友だちってもんだろ？　最後の秒読み《イッツ・ザ・ファイナルカウントダウン》だ！

友情《ゆうじょう》ってのは、むずかしいときもある。

パジャマを着て、歯をみがき、ベッドに横たわった。そして、ベッドのわきの明かりを消した。天《てん》井《じょう》の星が蛍光《けいこう》グリーンに輝《かがや》きだす。電気を消すと、いつもそう。

ごろんと横むきになったら、床《ゆか》の上で小さな星が光っているのが目に入った。今朝ママがぼくのおでこに貼《は》りつけた星で、ぼくが部屋の反対側のすみまではじき飛ばしたんだ。
ぼくはベッドからおりて、星を拾っておでこに貼りつけた。それからベッドにもどり、目を閉《と》じた。

ぼくらはともに旅立つ
でも、今は別れのとき
いつか、もどってくるかもしれない
この地球へ
もどってこられるのかは、わからない
だれのせいでもないけれど
ぼくらは地球を去る
これからもずっと、変わらずにいられるのだろうか?
最後の秒読み《イッツ・ザ・ファイナルカウントダウン》だ……

もうひとつのWONDER

Charlotte

シャーロット

それでも、毎年
春がくるたびに世界は若返り、
妖精《ようせい》たちは歌う。
──『花の妖精たち《フラワー・フェアリーズ》 春』より

だれも、シンガリンを踊《おど》れない
わたしのようには。
──アイズレー・ブラザーズ『ノーバディ・バット・ミー』より

通学路でのこと

目の不自由なおじいさんが、メイン通りでアコーディオンを弾《ひ》いているのを、毎日学校へ行くときに見ていた。ムーア街との角にあるスーパーマーケットのひさしの下でスツールにすわり、その前では盲導犬《もうどうけん》が毛布《もうふ》の上に寝《ね》そべっていた。犬は首に赤いバンダナを巻《ま》いていた。黒いラブラドール犬。どうして知っているかというと、ベアトリクスお姉ちゃんが聞いたことがあるから。

「すみません、おじいさん。その犬はなんという種類ですか？」

「ジョニは黒ラブ。ラブラドールだよ、お嬢《じょう》ちゃん」

「とってもかわいい。なでてもいいですか？」

「いや、なでないほうがいい。この犬は仕事中だからね」

「わかりました。どうも。じゃあまた」

「さようなら、お嬢ちゃん」

お姉ちゃんはおじいさんに手をふった。だけど、もちろんわかりっこないから、おじいさんは手をふり返さなかった。

ベアトリクスお姉ちゃんが八歳《さい》のときのこと。わたしがビーチャー学園の幼稚部《ようちぶ》に通いだした年だ。

わたしが自分でアコーディオンのおじいさんに話しかけたことは一度もなかった。あんまり言いたくないけれど、そのころ、なんだかおじいさんがこわかった。おじいさんの両目はいつも開きっぱなしで、どんよりくもった感じ。クリームがかっていて、白と薄茶色《うすちゃいろ》のビー玉みたい。不気味だった。おじいさんの犬もこわかった。いつもなら大の犬好きなのに、わけわかんないよね。だいたい、自分でも犬を飼《か》っているのに。なのに、灰色《はいいろ》の口輪をはめて、目ヤニがついている、あの犬はこわかった。だけど、おじいさんも犬もすごくこわかったのに、おじいさんの前に開いて置いてあるアコーディオン・ケースに、わたしはいつだって一ドル札を入れてあげた。不思議なことに、アコーディオンを弾《ひ》いている最中でも、わたしがうんと静かに忍《しの》び足《あし》で近づいても、おじいさんは一ドル札がぱらっとケースに落ちる音を聞きつけていた。

「アメリカに神のお恵みを《ゴッド・ブレス・アメリカ》」おじいさんは、決まってわたしのほうへうなずきながら、そう言った。

いつも不思議でたまらなかった。どうして聞こえたんだろう？　どうしてうなずく方向がわかったんだろう？

ママが、目の不自由な人は失った感覚をおぎなうためにほかの感覚が発達するのだと教えてくれた。つまり、おじいさんは目が見えないから、人並《ひとな》みはずれた聴覚《ちょうかく》を持っているってわけ。

そう聞いたらなんとなく、おじいさんにはほかにも超人級《ちょうじんきゅう》の能力《のうりょく》があるように思えてきた。たとえば、冬の凍《こお》りつくような寒い日に、アコーディオンの鍵盤《けんばん》をたたく指をあたためておく魔法《まほう》のような力があるのかも？　指だけじゃなくて体をあたためる方法も……。そういうひどく寒い日、わたしなんか、凍《こご》えるような風にむかって数百メートル歩いただけでも、歯がガチガチ鳴りだしてしまう。なのに、どうしておじいさんは、アコーディオンを弾いていられるの？　おじいさんの口ひげやあごひげが、あちこち凍りついていることもあるし、犬の上に毛布《もうふ》がかかっているか、手をのばして、たしかめていることもある。だから、ぜったい寒さを感じているはずなのだけど、なぜ弾き続けられるんだろう？　あれはどう考えても、人並みはずれてる！

冬のあいだいつもわたしは、一ドルでなく二ドルをおじいさんのケースに入れさせてほしいと、ママに頼《たの》んだ。

ぱらっ　ぱらっ

「アメリカに神のお恵みを」。

おじいさんは、年中、八曲から十曲くらいの同じ曲を弾き続けていた。クリスマスのころだけは、『赤鼻のトナカイ』や『天《あめ》には栄え』を弾いた。ほかのときは、ずっと同じ曲ばかり。いくつかママがタイトルを知っている曲もあった。『デライラ』、『ララのテーマ』、『悲しき天使』。ママがタイトルを言えた曲を全部ダウンロードしてみたら、ママが言ったとおり、おじいさんが弾いている曲だった。

でも、どうして同じ曲ばかりなの？　これしか弾《ひ》けないの？　これしか覚えていないの？　それとも、ほかにたくさん弾けるのに、これだけ選んで弾いているの？

考えれば考えるほど、疑問《ぎもん》がわいてきた。いつアコーディオンを弾けるようになったんだろう？子どものころ？　そのころは目が見えていた？　もし見えていなかったとしたら、どうやって楽譜《がくふ》を読んだの？　どこで育ったの？　メイン通りとムーア街の角にいないときは、どこで暮《く》らしているの？　おじいさんが右手で犬のハーネスをつかみ、左手でアコーディオンを抱《かか》えながら、犬といっしょに歩いているのをたまに見かけた。すごくゆっくり！　あれじゃ、たいして遠くまで行けそうもない。なら、いったい、どこへ行くの？

おじいさんに聞きたいことは山ほどあったのに、こわくて一度も聞けなかった。ただ一ドル札をあげただけ。

ぱらっ

いつも同じ。

「アメリカに神のお恵みを」。

何年かして、それまでより少し大きくなったら、おじいさんをこわく感じなくなったけど、そのときにはもう、あんなに疑問に思っていたことも気にならなくなっていた。おじいさんの姿《すがた》を見慣《みな》れたんだろうね。くもった目のことも、人並《ひとな》みはずれた能力《のうりょく》があるのかどうかも、かまわなくなっていた。だからといって、おじいさんの前を通るときに、お金をあげなくなったわけじゃない。なんだかそれはもう、習慣《しゅうかん》みたいになっていた。地下鉄の自動改札機にメトロカードをタッチするみたいな感じ。

ぱらっ

「アメリカに神のお恵みを」。

そして五年生になったら、ぜんぜんおじいさんに会わなくなった。学校へ行くとき、おじいさんの前を通らなくなったからだ。ビーチャー学園の中等部は、初等部よりも数百メートルうちに近い。登校するときはベアトリクスお姉ちゃんと一番上のエイミーお姉ちゃんがいっしょで、帰りは親友のエリー、それから近所に住むマヤやリナと歩くようになった。学年がはじまったころは、スーパーマーケットに寄《よ》り道《みち》しておやつを買って家へ帰ることもあった。そのときアコーディオンのおじいさんを見かけると、一ドル札をあげて、「アメリカに神のお恵みを」って、おじいさんが言うのを聞いた。だけど、だんだん寒くなるにつれて、道草もあまりしなくなってしまった。そんなわけで、冬休みに入って数日たった日の午後、ママといっしょにスーパーマーケットへ行ってはじめて、アコーディオンのおじいさんがいなくなっていたことに気がついた。

おじいさんは消えてしまった。

冬休みのこと

わたしを知る人たちは、わたしのことを大げさすぎる子だって、いつも言う。なんでそう言われるのか、ぜんぜんわからない。だって、わたしは、ホントにホントに大げさになんてしてないんだもの。だけど、アコーディオンのおじいさんがいなくなったことを知ったら、どうしても気になってしかたがなくなった。理由は不明。おじいさんになにがあったのか気になって、頭から離《はな》れない。なにがなんでも解決《かいけつ》しなきゃいけないミステリーって感じ。いったいぜんたい、メイン通りでアコーディオンを弾《ひ》いていた目の見えないおじいさんに、なにが起きたの？

だれも知らないみたいだった。ママといっしょに、スーパーのレジ係や、クリーニング店の女の人や、通りのむかいのメガネ店の男の人に、おじいさんがどうしたのか知らないか、たずねてみた。このあたりで駐車違反《ちゅうしゃいはん》の取り締《とし》まりをしている警官《けいかん》にも聞いてみた。みんなおじいさんを知っていたけれど、どうしているのかまでは知らなかった。ただ、ある日ふっと消えて、いなくなってしまったんだ。その警官が言うには、すごく寒い日になると、ホームレスの人たちは凍《こご》え死なないように市のシェルターに連れていかれるそうだ。だから、もしかしたら、アコーディオンのおじいさんもそうなんじゃないかって。だけどクリーニング店の女の人は、おじいさんはぜったいホームレスじゃないと言っていた。朝早くに三番のバスから降《お》りてくるのを見たことがあるから、ニューヨーク郊外《こうがい》のリバーデイルかどこかに住んでいるのだろうと思ったそうだ。そして、メガネ店の男の人も、おじいさんは有名なジャズ・ミュージシャンだった人だからお金持ちのはずで、まったく心配することはない、と言っていた。

こんなことを聞いたら、わたしが少しはほっとしただろうと思うよね？　ところが、ぜんぜん！　かえっておじいさんに興味《きょうみ》を持ってしまい、どんどん疑問《ぎもん》がわいてきた。冬のあいだはホームレスのシェルターに行ったの？　それとも、リバーデイルのりっぱな家に住んでいるの？　ほんとうに有名なジャズ・ミュージシャンだったの？　お金持ちなの？　もしお金持ちなら、なぜアコーディオンを弾いてお金をもらっていたの？

そのころにはもう、うちの家族はみんな、わたしがおじいさんの話ばかりするのにうんざりしていた。

ベアトリクスお姉ちゃんに言われちゃったよ。「シャーロット、またその話したら、全身ゲロだらけにしちゃうからね！」

エイミーお姉ちゃんも言った。「シャーロット、もういいかげんにして」

ママは、わたしのそんな熱心さを、なんとかよい方向にむけようと、不要になったコートをご近所さんから集めてホームレスの人のために寄付《きふ》をする慈善《じぜん》活動をしたらどうかと提案《ていあん》してくれた。そして、いっしょにチラシを作り、まだ着られそうなのにいらなくなった冬物のコートがあったら、ビニール袋《ぶくろ》に入れてうちの前の寄付箱《きふばこ》に入れてくださいと呼《よ》びかけた。大きなゴミ袋が十袋もいっぱいになるほどコートが集まり、ママとパパとわたしは、ダウンタウンにある慈善団体バワリー・ミッションへ車で運んで寄付してきた。あんなにたくさんのコートを、必要としている人たちにあげられて、ほんとうにうれしかったよ！　両親といっしょに慈善団体の建物のなかに入ったとき、アコーディオンのおじいさんがいないかどうかキョロキョロ捜《さが》したんだけれど、いなかった。でも、どっちにしろ、あのおじいさんはずっと前からいい上着を着ていた。あざやかなオレンジ色の、カナダグースっていうブランドの防寒着《ぼうかんぎ》。ママは、おじいさんが噂《うわさ》どおりのお金持ちなのかもと思っていた。

「カナダグースの防寒着を着てるホームレスなんて、そうそう見ないわよ」というのが、ママの意見。

冬休みが終わって学校に行ったら、中等部の校長のトゥシュマン先生が、コートの慈善活動をはじめたことをほめてくれた。いったいどうやって知ったんだろう？　トゥシュマン先生は偵察用《ていさつよう》の無人航空機《ドローン》をこっそり飛ばして、ビーチャー学園のみんなを見張《みは》っているんだろうって、よく言われている。でなきゃ、あんなにいろいろ知っているわけがない。

「冬休みを利用して、すばらしいことをしたね、シャーロット」

「え、ええ、ありがとうございます、トゥシュマン先生！」

先生はいつも、ほんとうにやさしい。わたしはトゥシュマン先生が大好き。特に好きなのは、わたしたちをけっして小さい子扱《あつか》いしないところだ。わたしたちがちゃんと知っていて理解《りかい》できるはずだと信じて、むずかしい言葉をそのまま使うし、わたしたちが先生に話しているときはぜったい視線《しせん》をそらさない。それに、サスペンダーや蝶《ちょう》ネクタイをつけ、真っ赤なスニーカーをはいているのも大好き。

「ビーチャー学園でもコートの寄付活動をはじめたいんだが、手伝ってもらえるかな？　きみはすでにいろいろよく知っているだろうから、ぜひ意見を出してほしい」

「もちろんです！」

こうしてわたしは、その後、毎年行われることになるビーチャー学園コート寄付活動の第一回目に参加することになった。

とにかく、冬休みが終わって学校がはじまったとき、コート寄付活動だのほかの騒《さわ》ぎだのいろいろあって（くわしくはこのあと説明するからね！）、メイン通りでアコーディオンを弾《ひ》いていた盲目《もうもく》のおじいさんの謎《なぞ》を解《と》くどころではなくなってしまった。数か月前だったら、こういう謎はエリーがいっしょに考えてくれたんだろうけど、今はもうまったく興味《きょうみ》がないみたい。そしてマヤもリナも、おじいさんのことなんか、ちっとも覚えていないようだった。じつのところ、おじいさんになにがあったのか、だれもぜんぜん気にしていないから、とうとう、わたしもこの話をそのままにしてしまった。

それでも、アコーディオンのおじいさんのことを考えることが、今もときどきある。たまに、おじいさんがアコーディオンで弾《ひ》いていた曲を、ふと思い出す。そして、そのメロディーを一日中ハミングしていたりする。

男子の戦争がはじまる

冬休みがあけて学校にもどったら、だれもかれもが「戦争」――別名「男子の戦争」のことばかり話していた。そもそものはじまりは冬休み直前に起きた。休みに入る二、三日前、ジャック・ウィルがジュリアン・オールバンズをなぐって停学処分《しょぶん》になった。もう、大騒《おおさわ》ぎだった！　学校中この話でもちきり。でも、どうしてジャックがそんなことをしたのか、だれも知らなかった。ほとんどの子は、オーガストが関係しているんだろうと思った。オーガストっていうのは、うちの学校の生徒で、生まれつき顔に重度の問題がある。重度も重度、すごく深刻《しんこく》なんだ。目も鼻も口も、顔にあるもの全部、あるべきところについていない。はじめて見た人は、かなりショックを受ける。マスクでもかぶっているように見えるから。それで、オギーがビーチャー学園に入学したとき、学校のみんながじろじろ見た。オギーはどうしたって、めだっちゃう。

何人か、つまりジャックやサマーやわたしなんかは、最初からオギーにやさしくしていた。たとえばわたしは、廊下《ろうか》ですれちがうと「おはよう、オギー。元気?」とか、いつも声をかける。そりゃもちろん、学校がはじまる前にトゥシュマン先生から、オギーの案内役になってほしいと頼《たの》まれたせいもあった。でも、もし先生に頼まれていなかったとしても、やっぱりやさしくしていたはず。

だけど、ほとんどの子は――もちろんジュリアンやジュリアンの仲間たちも――オギーにまったくやさしくしなかった。特に最初のころはひどかった。みんな、必ずしも意地悪しようとしたわけじゃないと思う。オギーの顔をちょっと気味悪がった、ただそれだけじゃないかな。オギーがいないところで、ずいぶんバカにして、オギーのことを奇形《きけい》と呼《よ》んでいた。ペスト菌《きん》という、さわったらすぐに手を洗《あら》わないといけないっていうゲームまでやっていた。もちろん、わたしはやらなかったよ(といっても、わたしもオギーにさわったことは一度もない。でも、それはさわる理由がなかっただけ!)。だれも、オギーとおしゃべりしたり、授業《じゅぎょう》の課題にペアで取り組む相手になったりしたがらなかった。少なくとも、学年のはじめのころはそうだった。二、三か月すると、みんなだんだんオギーに慣《な》れてきた。べつに特別やさしくなったわけじゃないけれど、意地悪なんかはしなくなった。だけど、ジュリアンだけは例外!　ジュリアンはオギーのことで、あれこれ騒ぎ続けていた。まるで、オギーの外見は現実《げんじつ》だと、いつまでも信じられないみたい。オギーにはどうすることもできないっていうのに。

とにかく、きっとジュリアンがジャックに、オギーについてなにかひどいことを言ったにちがいないって、みんな思った。そして、ジャックはいい友だちだから、ジュリアンをなぐったんだろうって。うわあ！

それで、ジャックが停学処分《しょぶん》を受けた。うわあ！

やがて、学校にもどってきた。うわあ！

これはもう大騒《おおさわ》ぎ！

けど、これで終わりじゃなかった！

だって、聞いてよ。ジュリアンときたら、冬休み中に大きなパーティーをやって、ジャックを仲間はずれにするように五年生全員を言いくるめちゃったんだ。そして、ジャックが情緒《じょうちょ》不安定だとジュリアンのお母さんが学校のカウンセラーから聞いたという、おかしな噂《うわさ》をばらまいた。ジャックはオギーの友だちでいるプレッシャーに耐《た》えかねてキレてしまい、暴力行為《ぼうりょくこうい》に出たんだろうっていうの。とんでもない！　もちろん、どれもほんとうのことじゃない。ほとんどの子はわかっていたけれど、ジュリアンがうそを広めるのを止められなかった。

そして今、男子はみんな戦争中。こうやってはじまった。バカみたいよね！

中立を保《たも》ったこと

みんながわたしのことをいい子ぶりっ子の優等生《ゆうとうせい》だと言っている。どうしてそう言われるのかは、わからない。だって、そんなにいい子ぶっているわけじゃないもの。だけど、わたしは意地悪しろと人に言われても、特定のだれかに意地悪なんかしない。だれかがそういうことをしていると、すごくいや。

だから男子がそろってジャックに冷たくして、ジャックがその理由さえわからなかったとき、せめて、なにが起きているのかだけでもジャックに教えてあげようと思った。ジャックのことは幼稚部《ようちぶ》のときから知っているもの。いい子なんだよ！

だけどぜったい、ジャックと話しているところを人に見られたくなかった。女子にもサバンナのグループみたいにジュリアンの味方につきはじめた子がいたから、その子たちに嫌《きら》われないように中立でいたかった。もしかして、いつかそのうちサバンナたちのグループに入れてもらえないかなって、まだ思ってたんだ。その望みが消えるようなことは、どうしてもいやだった。

それである日、ジャックのロッカーに、放課後三〇一号室へ来てって書いたメモを入れた。ジャックはちゃんと来た。わたしはなにが起きているのか、みんな教えてあげた。そのときのジャックの顔ったら、すごかったよ。もう真っ赤！　ホント！　かわいそうに！　二人の意見が一致《いっち》したんだけど、こんなむちゃくちゃな話ないよね！　これじゃ、ほんとうにジャックがかわいそう。

わたしは話し終えてから、だれにも見られないまま、そっと教室から出ていった。

ジャックと話したことと、エリーに伝えたかったこと

次の日のランチのとき、エリーに、ジャックと話したことを言うつもりだった。エリーは四年生のとき、ちょっとジャックが好きだったことがある。去年学校でやったミュージカル『オリバー！』でアートフル・ドジャー役を演《えん》じたジャックは、シルクハットをかぶって、すっごくカワイかったんだ。

わたしは、エリーがランチのトレイをかたづけているときに近づいた。エリーはハロウィーンのころにサバンナたちのテーブルに移《うつ》ったから、もう同じテーブルで食べてなかった。でもわたしは、まだエリーを信頼《しんらい》していた。そりゃそうだよ、一年生のときからずっと一番の仲良しだったんだもの！

それって、すごく大きいよ！

「エリー！」わたしは肩《かた》でエリーをつついた。

「シャーロット！」エリーもつつき返してきた。

「昨日のコーラス、なんで来なかったの？」

「えっ、言わなかったっけ？　冬休みのあとから選択《せんたく》科目を変えたの。ブラスバンドやってるんだ」とエリー。

「ブラスバンド？　まじ？」

「クラリネットを吹《ふ》いてるの」

「わあっ、すてきだね」わたしはうなずきながら言った。

それっぽっちのことに、わたしはすごくびっくりした。いろんな意味で。

「それはともかく、最近どうしてるのよ、シャーロット？　冬休みのあと学校がはじまってから、あなたをほとんど見かけないんだもの！」エリーは、わたしの新しいバングルに気づき、手首をつかんでしげしげと見た。

「うん、だよね」放課後に会う約束を、エリーがみんなキャンセルしたせいなのにってつっこむのは、やめておいた。

「マヤの点つなぎ大会はどうなってるの？」

マヤは、点をつないで四角をたくさん作るゲームが大好き。世界一大きな点つなぎゲームを作ろうと、ランチタイムはいつも夢中《むちゅう》。マヤがいないと、わたしたちはそのことを笑っている。

わたしは、にこっとしながら答えた。「うまくいってるよ。あのね、ずっとエリーに男子の戦争のことを聞こうと思ってたんだ。バカみたいだよね？」

エリーも、あきれたような顔をした。「まったく、どうしようもないよ！」

「でしょ？　ジャックがかわいそう。ジュリアンったら、いいかげんやめるべきだと思わない？」

エリーは髪《かみ》を指に巻《ま》きつけはじめた。それから、カウンターの上の紙パックジュースをつかんでストローを穴《あな》にさしている。

「でもさあ、シャーロット。ジャックは、ジュリアンをなぐったんだよ。ジュリアンが怒《おこ》るのもあたりまえじゃん」エリーは、チューッとジュースを飲んだ。「マジ、このごろ思うんだけど、ジャックってアンガー・マネジメントがうまくできないんじゃないかな」

ちょっとちょっと、なに？　今なんて言った？　アンガー・マネジメント——怒《いか》りをコントロールするって意味の、あれ⁉　わたしが昔からずっと知っているエリーは、ぜったいそんな言葉を使うような子じゃなかった。べつに頭が悪いわけじゃないけど、そんなにいいわけでもないんだ。なのに、「アンガー・マネジメント」？　いかにもヒメナ・チンが、お得意の皮肉っぽい言い方で使いそうな言葉だ。エリーったら、ヒメナやサバンナとつきあいだしてから、言うこともやることも、どんどんヘンになってる！

あっ、そういえば！　今思い出したよ。ヒメナはクラリネットを吹《ふ》いている！　だからエリーは選《せん》択《たく》科目を変えたんだ！　やっとわかったよ！

「どっちにしろ、かかわらないほうがいいよ。男子のことなんだから」

「うん、まあね」ジャックと話したことは、言わないほうがいいみたい。

「今日のダンスのオーディション、準備《じゅんび》はばっちり？」エリーは明るく聞いた。

わたしは、わくわくしているふりをした。「うん、たぶんアタナビ先生は――」

「エリー、行ける？」いきなりヒメナ・チンが現《あらわ》れて言った。ろくにわたしの顔も見ないで、ぱっとこちらにうなずいただけのあいさつ。そして、くるっとむきを変えて、食堂の出口へむかっていった。

エリーは、飲みかけの紙パックジュースをゴミ箱へ放り、もたもたとバックパックを右肩《みぎかた》にかけると、小走りでヒメナを追った。そして、だいぶ離《はな》れてから、ぼそっと言った。「またあとでね、シャーロット！」

「うん、またね」わたしは、エリーがヒメナに追いつくのを見ながら答えた。二人とも出口へ行き、そこで待っていたサバンナと六年生のグレッチェンとおしゃべりをはじめた。

四人とも身長が同じくらいで、毛先のほうだけふんわり巻き髪《がみ》のスーパーロング。でも、髪の色はちがう。サバンナは金髪《きんぱつ》、ヒメナは黒髪《くろかみ》、グレッチェンは赤毛で、エリーは茶色の髪。じつのところ、エリーが人気者のグループに入れたのは、あの髪の毛のせいかもって、ときどき思っちゃう。グループにぴったりの色と長さ。

わたしの髪《かみ》は白っぽい金髪《きんぱつ》で、すごくまっすぐのぺたんこ髪。うんといっぱいヘアスプレーを使わないと、巻《ま》き髪なんてぜったい無理。それに、髪の長さも足りないね。身長も。

ベン図の使い方（その1）

ルービン先生の理科の時間で、ベン図について習った。異《こと》なるグループのものの関係を知るのに便利なんだって。たとえば、ほ乳《にゅう》類、は虫類、魚類に共通の特徴《とくちょう》を知りたいと思ったら、ベン図を書いて、それぞれの特徴を丸のなかに書き入れていく。丸と丸が重なっているところは共通の特徴。ほ乳類とは虫類と魚類の場合だと、みんな背骨《せぼね》があるっていう

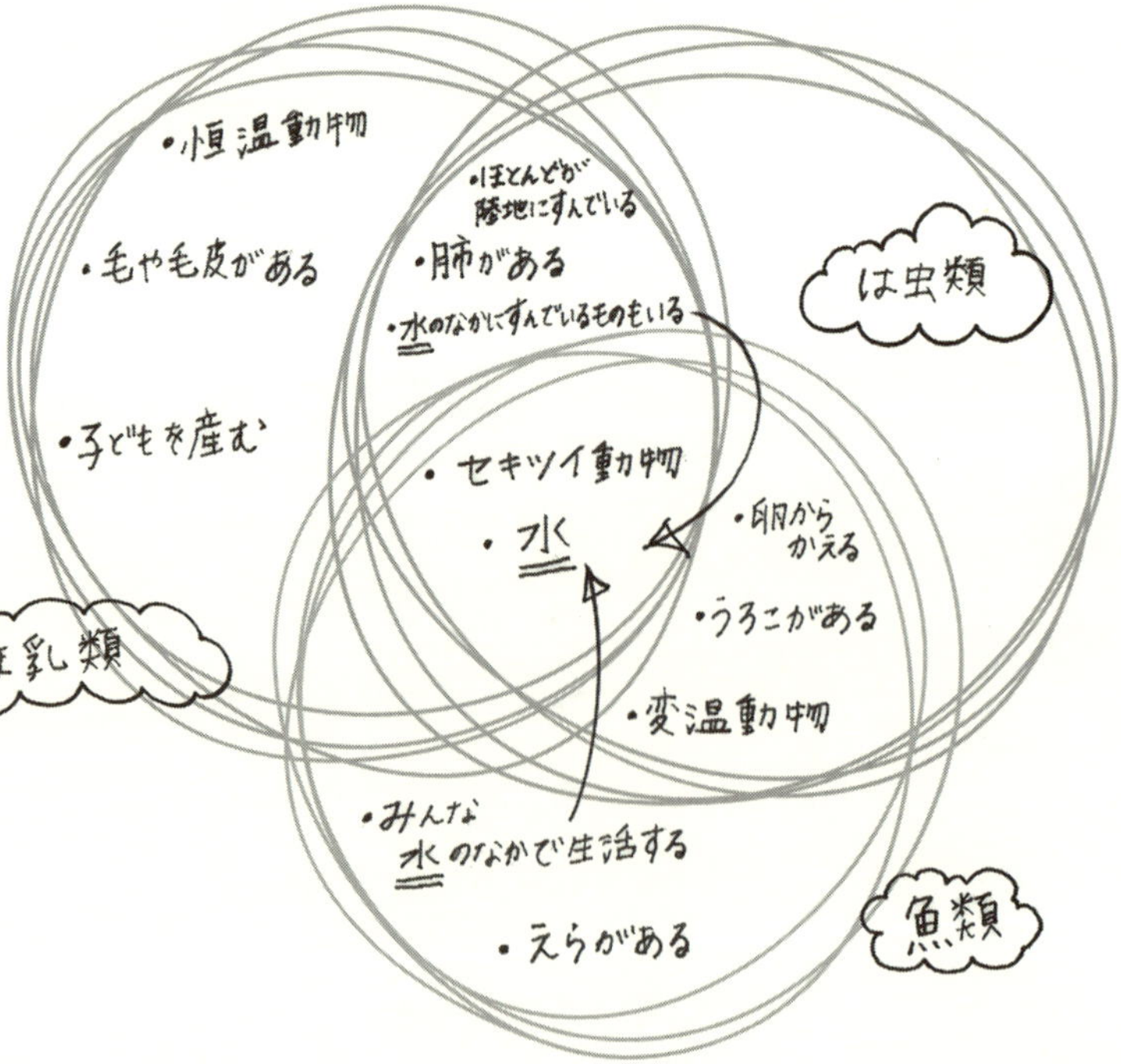

ことが共通になる。

とにかく、わたしはベン図が好き。いろんなことをはっきりさせるのに、とても役に立つ。友だちとの関係をはっきりさせるベン図を書くことだってある。

見てのとおり、一年生のときのエリーとわたしには、共通することがいっぱいあった。最初の授業《じゅぎょう》の日に、ダイアモンド先生がわたしたちを同じ机《つくえ》の席に決めたときから、ずっと友だち。あの日のことは、はっきり覚えている。わたしが何度話しかけても、エリーは恥《は》ずかしがって話したがらなかった。そして、おやつの時間に、わたしは机の上で指のアイススケートをはじめた。なんのことだかわかる？　ピースサインした指をさかさまにして、ツルツルの机の上でスケートみたいにすべらせるの。エリーはち

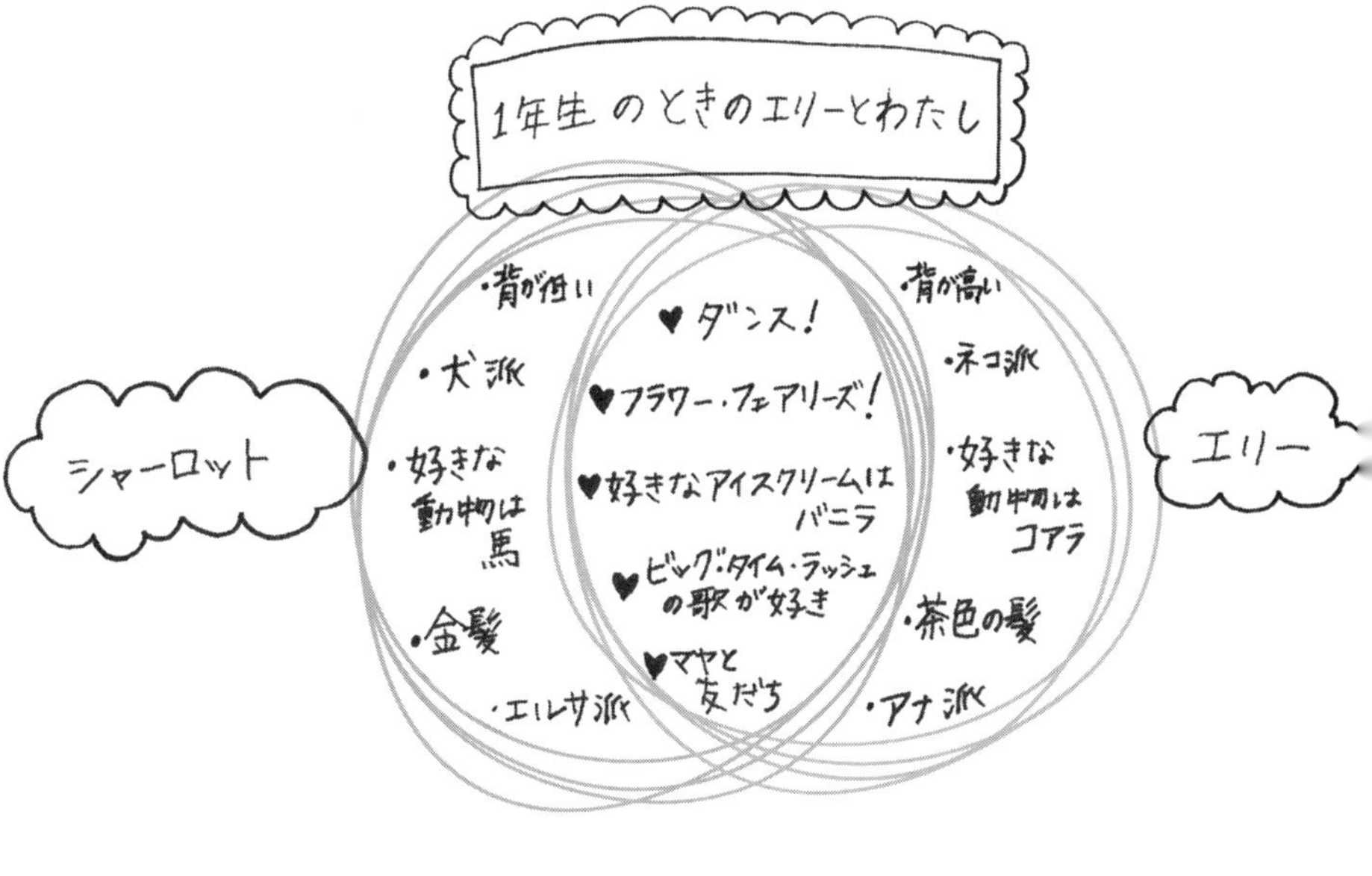

ょっとのあいだそれを見てから、自分の指でいっしょにスケートをはじめたんだ。あっというまに、二人とも机中《つくえじゅう》に〝8〟の字をいくつも描《えが》いていた。それ以来ずっと、切っても切れない大の仲良しだった。

引き続き中立を保《たも》ったこと

放課後、オーディションに行ったら、エリーとサバンナとヒメナが演劇《えんげき》ホールの外のロッカーの前でしゃべっていた。三人がわたしを見た瞬間《しゅんかん》、わたしの噂《うわさ》をしていたんだって、すぐわかった。

「シャーロットったら、まさか、男子の戦争のジャック側についたんじゃないよね？」サバンナが不満そうに口をとがらせた。

わたしはちらっとエリーを見た。ランチのときにわたしたちが話したことを、サバンナとヒメナに言

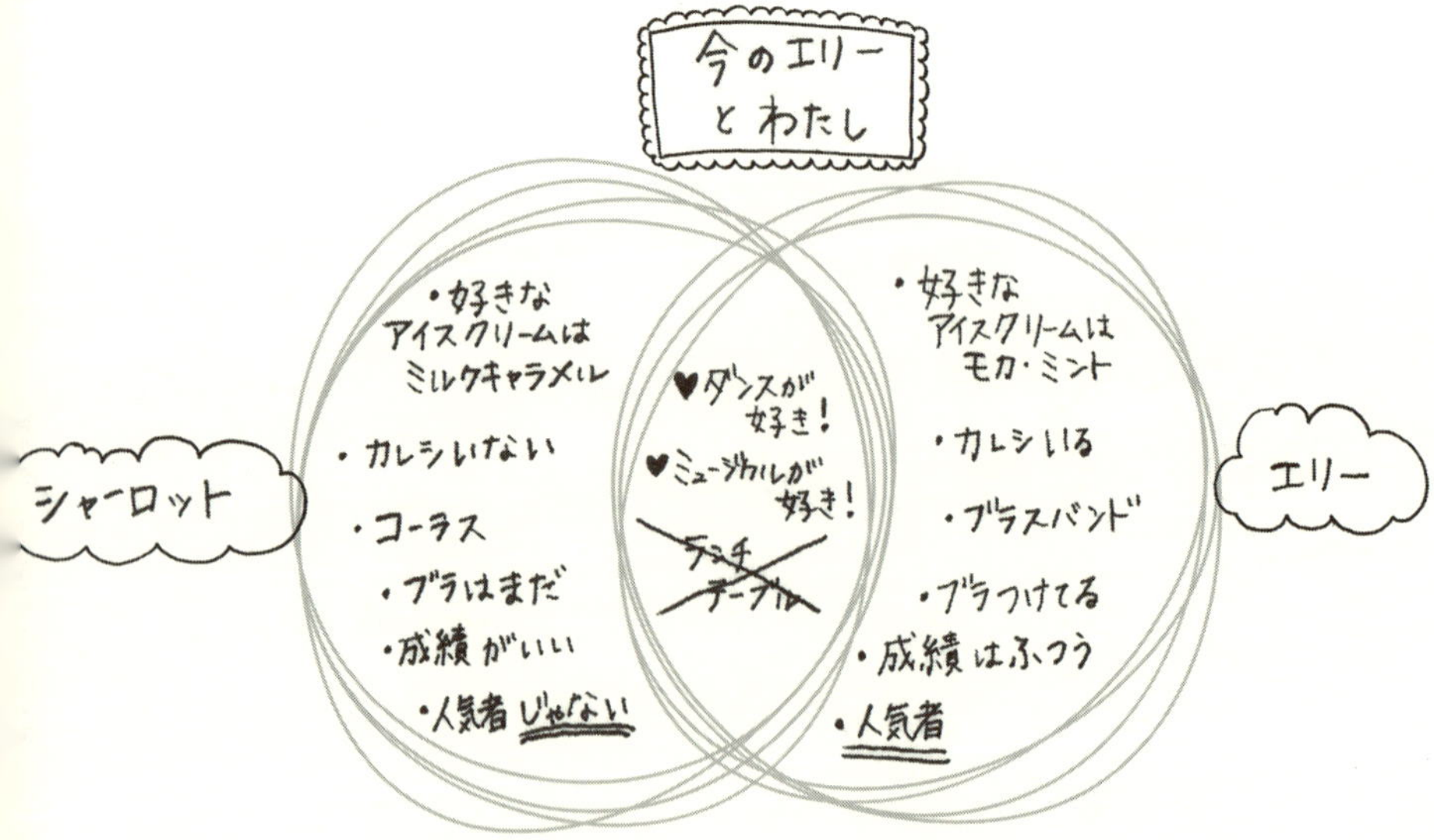

っちゃったなんて。エリーは髪《かみ》の束を口に入れ、顔をそらした。

「ついてないよ」わたしはおだやかに言った。ロッカーを開いて、バックパックを押《お》しこむ。「そもそも男子の戦争なんて、ばかげてるって言っただけ。とにかく、男子みんな、ばかみたい」

「だよね。でも、ジャックがはじめたんだよ。ジャックがジュリアンをなぐっても、かまわないって思ってるの？」

「まさか。ジャックがしたのは、ぜったいいけないこと」わたしはダンスの服や靴《くつ》を引っぱりだしながら答えた。

「じゃ、どうしてジャックの味方なのよ？」サバンナがすぐつっこんできた。まだ口をとがらせている。

「ジャックが好きだから？」ヒメナが、にやっとしながら言った。

ヒメナは、たぶんこの一年間、たいしてわたしと話したことがないはずだよ。なのに、わたしがジャックを好きかだなんて聞く？

「ちがうよ」そう答えたけど、耳がほてってくるのがわかった。すわってダンスシューズをはきながら、ちらりとエリーを見上げると、エリーはまたほかの髪の毛をねじって口にくわえようとしている。

ジャックのことをばらしちゃうなんて、信じられない！　裏切《うらぎ》り者！

ちょうどそのとき、アタナビ先生が部屋に入ってきた。いつもどおり芝居《しばい》っぽく、パンパン手をたたいて、みんなを注目させようとしながらだ。「さあ、みんな、オーディションの申《もう》し込《こ》み用紙にまだ名前を書いていない人は、今書いてちょうだい」と言いながら、机《つくえ》の上のクリップボードを指さした。八人ぐらいの女子が名前を書こうと並《なら》んでいる。「じゃあ、もう名前を書いた人は、ダンスフロアに行ってストレッチをはじめましょう」

「サバンナの名前も書いてあげる」ヒメナがサバンナに言いながら、机のほうへ行った。

「シャーロットの名前も書いといてほしい？」エリーがわたしに聞いた。わたしが怒《おこ》っているのかどうか、たしかめようとしてるんだ。もちろん、怒っていたよ！

わたしはエリーを見もしないで、つぶやいた。「もう書いたよ」

「書いたに決まってるじゃん。シャーロットは、いつだって真っ先に申し込むんだから」すかさずサバンナが、あきれたように言った。

どんなに（そして、どうして）ダンスが好きかということ

わたしは、四歳《さい》のときからダンスを習っている。バレエ、タップダンス、ジャズダンス。将来《しょうらい》プリマ・バレリーナになりたいからじゃなく、いつかブロードウェイ・ミュージカルのスターになるつもりだからだ。そのためには、歌もダンスも演技《えんぎ》もうまくならなきゃいけない。それで、ダンスのレッスンをいっしょうけんめいやっている。歌のレッスンもだ。うんと真剣《しんけん》にやってるよ。いつか大きなチャンスがやってきたら、ぜったいそれをつかむ準備《じゅんび》ができているはず。どうしてそんな自信があるのかって？　そりゃ、努力を続けてきたからよ——小さいころからずっと。ブロードウェイのスターは、いきなりパッと現《あらわ》れると思われがちだけど、そんなのウソ！　みんな、足が痛《いた》くなるまで練習してる！　とりつかれたみたいに練習をくりかえしてる！　スターになりたかったら、目標や夢《ゆめ》をかなえるために人よりがんばらなきゃ。だって、夢っていうのは、頭のなかで描《えが》いたものを実現《じつげん》させていくことだと思うんだ。まずはイメージする。それから、実現するためにがむしゃらにがんばる。

だから、「シャーロットは、いつだって真っ先に申し込むんだから」っていう言葉は、取り方によっては、ほめ言葉。「シャーロットは、いつだってしっかりしてる。それで努力が結果につながるんだね」っていう意味にもなるでしょ。だけど、サバンナが口をとがらせて「シャーロットは、いつだって真っ先に申し込むんだから」って言うと、意味はだいぶちがってくる。「シャーロットは、いつも真っ先に申し込むから、ほしいものを手に入れられるんだよね」って言っているみたい。少なくとも、わたしにはイヤミに聞こえた。

サバンナは、こういう相手をこきおろすことについては、ほんとうにお手のものなんだ。目や口元をちょっとひねって見せて本音は逆《ぎゃく》だって、みんなにわかるようにうまく人をこきおろす。前はそんなじゃなかったのに、残念だよ。初等部のときは、サバンナもエリーもわたしもマヤもサマーも、みんな友だちだった。放課後いっしょに遊んで、ティー・パーティーもした。変わっちゃったのは、中等部にあがってから。つまり、サバンナが人気者になってからのこと。サバンナは、前みたいにやさしい子でなくなっちゃった。

アタナビ先生のダンスのこと

「さあ、みんな」アタナビ先生は手をたたくと、みんなを手招《てまね》きした。「全員ダンスフロアへいらっしゃい！　踊《おど》れる位置についいて！　広がって！　今日は、みんなに試してもらいたい六十年代のダンスをいくつか紹介《しょうかい》します。ツイスト、ハリー・ガリー、それからマンボ。この三つよ。いい？」

わたしはサマーの後ろに立った。サマーが、にこっとして手をふってくれる。いつもながら、ホントにかわいくてイケてるあいさつだ。わたしは、まだ小さくて、絵本の『花の妖精たち《フラワー・フェアリーズ》』に夢中《むちゅう》だったころ、サマー・ドーソンはラベンダーの妖精《ようせい》そっくりだと思っていた。サマーには、生まれつき紫《むらさき》の羽がついているはずって思っていたほど。

「いつからダンスやってるの？」今までダンスの発表会でサマーを見たことがなかったから、聞いてみた。

するとサマーは恥《は》ずかしそうに肩《かた》をすくめた。「夏休みに習いだしたの」

「すてき！」わたしは応援《おうえん》したくて、にっこりした。

そのとき、ヒメナが手をあげた。「アタナビ先生、そもそもなんのオーディションなんですか？」

「あら、ごめんなさい！　そうそう、なんのためなのか説明するのを、すっかり忘《わす》れてました」先生は、指でひたいをたたきながら言った。

わたしは、アタナビ先生が大好き。流れるようなラインのロングドレスとスカーフに、大きなおだんごヘア。いつも大旅行から帰ってきたみたいに息を切らして登場するところまで気に入っていた。ほんとうに好き。だけど、先生のことを妙《みょう》な変わり者だと思っている人も多かった。頭をのけぞらせて笑うし、一人言をつぶやいていることもあるからね。『スポンジ・ボブ』に出てくるパフ先生そっくりだって言う子たちもいる。陰《かげ》で、先生のことをデブナビ先生なんて呼《よ》んでるんだから、あんまりだよ。

先生は説明しはじめた。「ビーチャー学園の資金集《しきんあつ》めをするイベントで、生徒のダンスを披露《ひろう》することになりました。イベントは三月のなかごろ。ほかの生徒たちが観ることはありません。保護者《ほごしゃ》や教職員《きょうしょくいん》や卒業生むけです。でも、なかなかすごいのよ。今年の会場は、なんとカーネギー・ホールなの！」

みんな、キャーと歓声《かんせい》をあげた。

アタナビ先生が笑った。「みなさん喜んでくれると思ってた！　わたしがずいぶん昔にふりつけをした作品に、手を加えるつもりです。自分で言うのもなんだけど、発表したときはかなり注目を集めた作品なのよ。すごくおもしろいものになるはず。だけど、とことん練習するわよ！　そうそう、今回のダンサーに選ばれたら、うんと練習しなくちゃならないと覚悟《かくご》してね！　はじめから、はっきり言っておきますよ。毎週三回、放課後一時間半練習よ。今から三月までずっと。それができないのなら、オーディションには参加しないこと。わかった？」

「でも、サッカーの練習があるんですけど」ルビーが、バレエのポーズをしながら言った。

「だれでも、人生には選ばないといけないときがあるの。サッカーの練習と、このダンスを両方やるのは無理です。ぜったいだめ。宿題だのテストだのの言《い》い訳《わけ》もだめ。一度だって練習を欠席されたら困《こま》ります！　このダンスは学校の授業《じゅぎょう》じゃありませんし、成績《せいせき》のプラスにもなりません。世界的に有名な舞台《ぶたい》で踊《おど》れるということに、それほど魅力《みりょく》を感じない人は、オーディションを受けないでください。だからといって、そのことを悪くとったりしません」先生は、ぐっと腕《うで》をのばして出口を指さした。

わたしたち全員、顔を見合わせた。ルビーとジャクリーンは、先生に申し訳なさそうに笑いかけ、手をふって出ていった。そんなことする人がいるなんて、信じられない！　世界的な音楽の殿堂《でんどう》のカーネギー・ホールで踊れるっていうのに、あきらめるの？　ブロードウェイと同じくらい有名なのに！

先生はまばたきをしただけで、だまっていた。それから、まるで頭痛《ずつう》をやわらげるみたいに、頭をもんだ。「最後にもうひとつ。もしこのダンスに選ばれなくても、まだ春の学芸会での公演《こうえん》もあって、そっちは全員踊ることができます。だから、選ばれなかったからといって、お母さんに頼《たの》んで先生に苦情《くじょう》メールを送らせたりしないでくださいね。今回は三人しか選べませんから」

「たったの三人?」エリーが片手《かたて》を口にあててさけんだ。

「そう、三人だけ」アタナビ先生の答え方ときたら、アニメに出てくるパフ先生が「まあ、スポンジ・ボブ」と言うときの感じにそっくり。

エリーはきっと思っていたはず。自分とヒメナとサバンナが選ばれますようにってね。だけど、たとえどんなに願っても、そうはいかないって、わかっていただろう。たしかに、みんな知っているように、ヒメナは学校で一番のダンサーだ。名門スクール・オブ・アメリカン・バレエの夏期集中講座《サマー・インテンシブ》参加者に選ばれたんだよ。すごいハイレベルなの。だから、ヒメナはまずまちがいなく選ばれる。

それから、これもみんな知っているように、去年サバンナは、ふたつの地区大会で最終予選まで残り、もうちょっとで全国大会へ行けるところだった。だから、サバンナも、まず選ばれるだろう。

そしてあと一人、やっぱりみんな知っているように……うん、自慢《じまん》じゃないけど、ダンスといえば、わたし。その証拠《しょうこ》に、わたしの部屋の棚《たな》には、大きなトロフィーがずらりと並《なら》んでいる。

エリーはというと、悪いけど、とてもヒメナやサバンナのレベルじゃない。わたしのレベルでさえない。そりゃあ、ここ数年、エリーはダンスに夢中《むちゅう》だったよ。だけど、あんまり努力してこなかった。もし四人選んでもらえるっていうなら、わかんないよ。でも、三人だけなら無理。

しかたないよ。このオーディションのメンバーを見たら、もう歴然としているようなもの。最後に選ばれるのは、ヒメナ、サバンナ、それから、わたし！　ごめんね、エリー！

それにもしかしたら――ホントにもしかしたらだけど、これは待ちに待った、サバンナのグループに入れる絶好《ぜっこう》のチャンスかもしれない。エリーと親友にもどれるかも。サバンナはヒメナとくっつけばいいんだし。きっと、すべてうまくいく。

課題は、ツイスト、ハリー・ガリー、それからマンボ。

まかせて。

ベン図の使い方（その２）

中等部では、ランチをいっしょに食べるグループが仲良しグループとはかぎらない。友だちといえば友だちだけど、ものすごい仲良しじゃない子たちと、同じテーブルで食べることになるかもしれない――っていうよりも、そうなることがほとんどかも！　どのテーブルにすわるかって、けっこう行きあたりばったりで決まっちゃう。たとえば、ほんとうはいっしょにすわりたかった子たちのテーブルが、いっぱいになることもある。それから、たまたまランチの前に同じ授業《じゅぎょう》だった子たちとすわることもある。じつは、わたしの場合もそう。新学年の最初の日、わたしは、マヤ、メーガン、リナ、ランド、サマー、エリーといっしょにペトーサ先生の数学の上級クラスの授業を受けていた。ランチのベルが鳴ったから、食堂がどこなのかよく知らなかったけど、みんなそろって階段《かいだん》を駆《か》けおりた。やっとたどりついたら、そのままかたまってひとつのテーブルにすわってしまった。まるで椅子取《いすと》りゲームみたいに、どの子もすごい勢《いきお》いで席を取ろうとしていた。ほんとうは六人用のテーブルなのに、わたしたちはつめて、七人まとまってすわった。

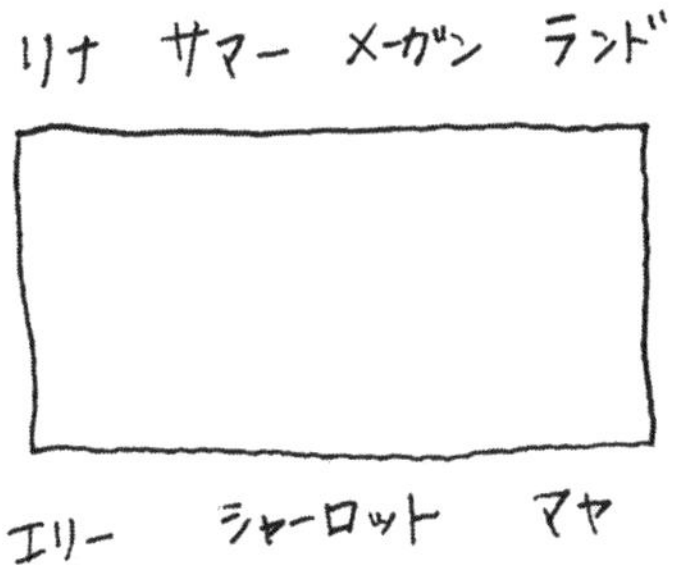

Charlotte

最初は思ったんだ。食堂中で最高のテーブル！　一年生から仲良しのエリーと、初等部から仲良しのマヤにはさまれてすわっているんだもの。わたしの真むかいにすわったのはサマーとメーガン。二人とも初等部から知っていたけど、べつに仲良しっていうほどじゃなかった。リナは、ビーチャー学園のサマーキャンプで会ったばかり。ランドだけは、それまで会ったことなかったけれど、いい子みたいだった。だから結局、もう完ぺきにすごいランチの席だと思ったんだ。

ところが初日そうそう、サマーがオギー・プルマンとすわろうとテーブルを移《うつ》った。大ショック！　だってわたしたち、みんなでオギーが食べるのを見ながら噂《うわさ》してたんだよ。リナが言った意地悪なことなんて、とてもわたしの口からは言えない。で、いきなりサマーが、わたしたちになにも言わないまま、ぱっと自分のトレイを持ちあげてオギーのほうへ行ってしまった。思いもよらなかった！　リナなんて、交通事故《じこ》でも見ているみたいだったよ。

「じろじろ見ちゃだめ！」わたしはリナに言った。

「オギーと食べるなんて、信じらんない！」リナは、ぞっとしたように小さな声で言った。

「そんな、たいしたことじゃないでしょ」わたしはあきれ顔で言った。

「じゃあ、なんでシャーロットもオギーと食べないの？　オギーの案内役じゃなかったっけ？」

「だからって、オギーとランチを食べなくてもいいんだよ」思わずそう答え、トゥシュマン先生にオギーの案内役として選ばれたことを人に言うんじゃなかったと後悔《こうかい》した。たしかに、ジュリアンやジャックといっしょに選んでもらえたのは名誉《めいよ》なこと——だけど、そのせいでイヤミを言われるなんて！

食堂中のだれもが、うちのテーブルとまったく同じように、オギーとサマーの二人をじろじろ見つめていた。まだ中等部がはじまってからほんの数時間しかたっていないっていうのに、もうオギーは「ゾンビっ子」とか「奇形児《きけいじ》」とか呼《よ》ばれはじめていた。

美女と野獣《やじゅう》。サマーとオギーのことを、そうささやく声が聞こえた。

あんなふうに陰口《かげぐち》を言われるなんて、自分だったらゆるせない！

「それに、このテーブルが好きだもん。よそへなんて行かないよ」わたしはシーザーサラダを口に入れながら、リナに言った。

ほんとうだよ！　このテーブルが大好きだったの！

少なくとも、最初は好きだった。

でも、しばらくして、みんなのことがだんだんわかってきたら、思ったほど共通点がないのかもと思うようになった。リナとメーガンとランドは、そろってスポーツに夢中《むちゅう》（マヤもサッカーはするけど、そこまでハマっているわけじゃない）。となると、サッカーの試合とか水泳大会とか遠征《えんせい》試合なんかで話が盛《も》りあがって、エリーとわたしは〝アウェイ〟、つまりすっかり取り残されていた。それから、みんなはオーケストラの授業《じゅぎょう》を選択《せんたく》していたけれど、エリーとわたしはコーラス。そのうえ、ざっくり言っちゃうと、わたしとエリーが夢中《むちゅう》になっているいろんなことに、みんなはぜんぜん興味《きょうみ》なし！　テレビでやってる『ザ・ヴォイス』も『アメリカン・アイドル』も観たことないんだよ。映画《えいが》スターや古い映画にも興味なし。『レ・ミゼラブル』も観たことないなんて、ウソみたい！　ねえ、レミゼを観ようとも思わない子と、いったいどうしたらマジな友だちになれるっていうの？

でも、エリーと話せて、そのうえマヤまでいてくれたら、問題なし。テーブルのこっち側では三人で自分たちの好きなことを話して、むこう側ではメーガンとリナとランドで好きなことを話せばいい。そして、全員共通の話題——たとえば授業のこと、宿題のこと、先生のこと、テストのこと、まずい給食のことなんかになったら、テーブルをはさんでみんなで話せばよかった。

そんなふうに、すべてうまくいっていた。なのに、エリーが別のテーブルへ移《うつ》ったんだ！

わたしは置いてきぼり。マヤも。

エリーが同じテーブルにいたときなら、マヤは楽しい話し相手だった。あるいは、点つなぎゲームをやりたい気分のときなら。

あのね、テーブルを移ったからって、エリーに怒《おこ》っているわけじゃないんだよ。誓《ちか》って、エリーを責《せ》めてない。エイモスがエリーを好きだって聞いてから、エリーはすぐ人気者グループに入れるだろうってわかっていた。サバンナが、ランチをいっしょに食べようってエリーを誘《さそ》い、エイモスとエリーがとなりあってすわれるようにした。うちの学年にできた「カップル」は、みんなそんなふう。ヒメナとマイルズ、サバンナとヘンリー、そして今度は、エイモスとエリー。グループでくっついている。人気者の男子と人気者の女子。いっしょにいたいのも当然だ。うちの学年にはほかに男女でつきあっている子なんていないし、つきあいそうって子もいない。実際《じっさい》、うちのテーブルの子たちなんか、まだ男子のことをバイキン扱《あつか》いしているもん！　それにわたしが知るかぎり、たいていの男子は、女子がどこにいても知らんぷりしてる。

うん、エリーが移ったのもよくわかる。ホントだよ。だから、マヤみたいにすごく怒る気になんてならないよ。あんなにいいテーブルへ誘われたら無理ないもん。断《ことわ》るなんてありえない。

わたしはしかたなくそのまま同じ席にすわって、マヤと話し、いつかサバンナが人気者のテーブルへ誘ってくれますようにと願って待っている。

そのあいだ、ベン図を書く。そして、何度も何度も点つなぎゲームをする。

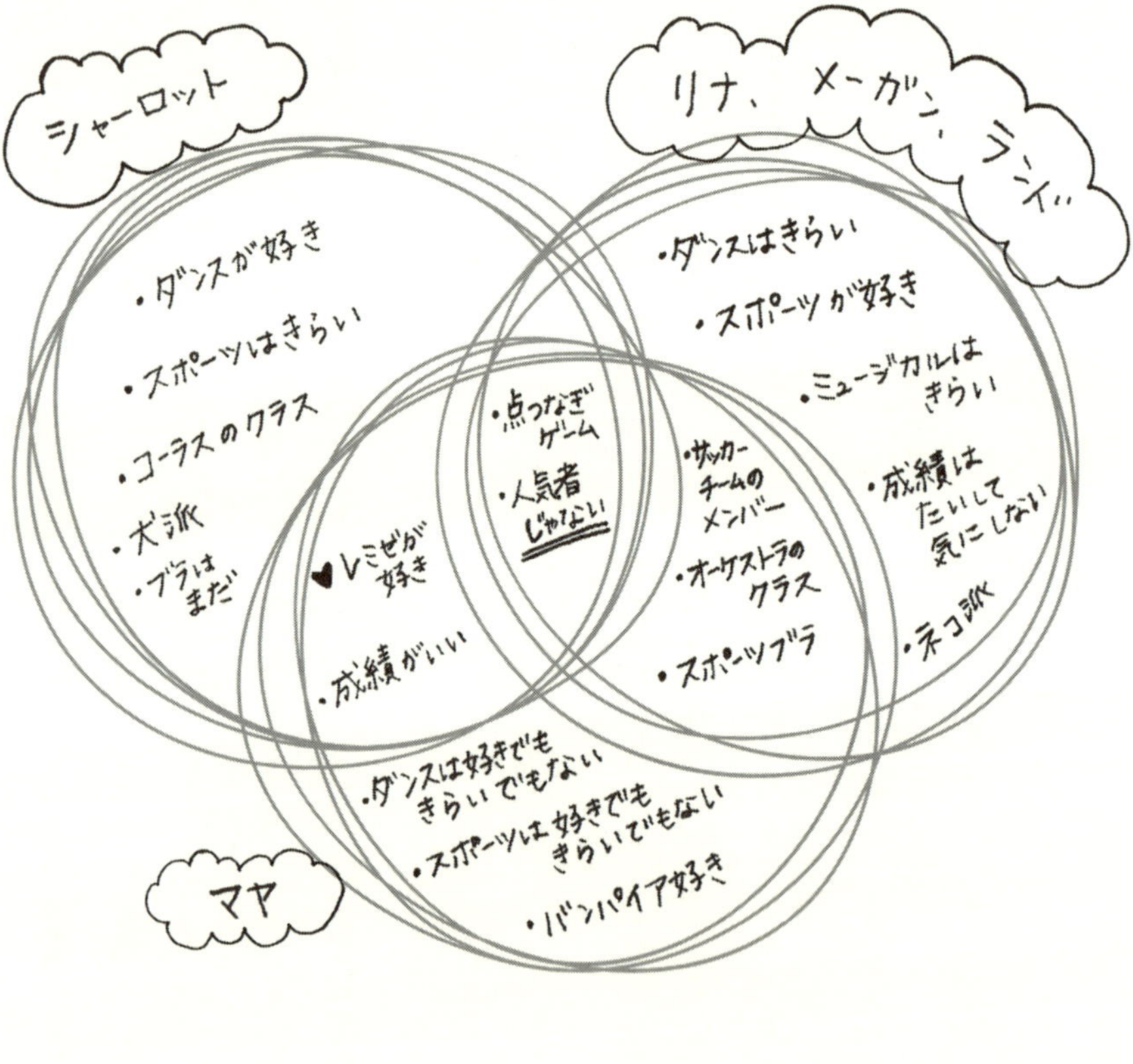
シャーロット
・ダンスが好き
・スポーツはきらい
・コーラスのクラス
・犬派
・ブラはまだ
リナ、メーガン、ランディ
・ダンスはきらい
・スポーツが好き
・ミュージカルはきらい
・成績はたいして気にしない
・ネコ派
・点つなぎゲーム
・人気者じゃない
♥レミゼが好き
・成績がいい
・サッカーチームのメンバー
・オーケストラのクラス
・スポーツブラ
マヤ
・ダンスは好きでもきらいでもない
・スポーツは好きでもきらいでもない
・バンパイア好き

新しい小グループができたこと

次の日、ランチの直前に、図書室前の掲示板《けいじばん》にこんな紙が貼《は》りだされた。

オーディション合格者《ごうかくしゃ》発表！　左の生徒は、イベントで披露《ひろう》するダンスの出演者《しゅつえんしゃ》に選ばれました。練習スケジュールはウェブサイトを見るように。各自のスケジュール帳に書きこみ、必ず出席すること。どのような理由でも、欠席は認《みと》めません。第一回目の練習日は、明日の四時に演劇《えんげき》ホールにて。遅刻厳禁《ちこくげんきん》！

ダンス指導《しどう》　アタナビ

ヒメナ・チン
シャーロット・コーディ
サマー・ドーソン

受かった！　やったあ！！！！！！　自分の名前を見つけて、もう、うれしくてたまんない！　サイコー！　すごいっ！　わーい！

わたしとヒメナと——あと、サマー？

ええっ？　サマー？　すごくびっくり！　ぜったいサバンナだと思ってたのに！　だって、サマーはダンスをはじめたばかりなんだよ！　ホントにサバンナじゃなくてサマーが選ばれたの？

あーあ、サバンナはきっとカンカンだよ。このリストを見たら、口をとがらせるだけじゃなくて、顔全体をしかめちゃう！　で、エリーは？　実際《じっさい》のところ、エリーはほっとするんじゃないかな。ヒメナやサバンナとやることになったら、かなり苦労するとわかっていただろうし、もともとエリーはそこまでダンスが好きじゃない。もしかしたら、わたしが夢中《むちゅう》なんで、いっしょにやってきただけじゃないかと思うくらいだよ。だから、エリーにとっては、これでよかったんじゃないかな。わたしは、エリーのほっとした顔を思い浮かべて安心した。だって、わたしにとってエリーは、今でもずっと親友だもん。エリーはそう思ってないかもしれないけど。

それに、わたしにとっても、よかった！　サバンナのグループに近づけたらとは思っていたけど、サバンナとヒメナがべったりだと、わたしは仲間はずれにされちゃうかもって、ちょっと心配だったんだ。だけど、ヒメナといっしょにサマーがいたらどう？　そりゃスゴイよ！　やさしいサマーと、温和なわたしがいっしょなら、ヒメナもやさしくなるかもしれない。少なくとも、みんなが言うような冷たい子って感じではなくなるかも。べつに意地悪な子だとは思ってないけど、ほとんどよく知らないんだもの。

とにかく、サマーが入ってくれて、ほんとうによかった。わたし、その日はなんだかずっと、にこにこしちゃってたよ。

サバンナを見たこと

ランチのとき、マヤとランドのとなりにつめてすわった。二人ともまたマヤの巨大《きょだい》な点つなぎゲームの上に身を乗りだして、夢中になっている。ますます手のこんだゲームだ。

「ねえ！　聞いて聞いて！　アタナビ先生のダンスの出演者《しゅつえんしゃ》に選ばれたんだよ。三月の支援《しえん》イベントで踊《おど》るの。やった！」わたしはうれしそうに言った。

「やったね！　すごいよ、シャーロット」マヤはゲームから顔もあげないで言った。

「やったね！　おめでとう」ランドも言った。

「サマーも選ばれたんだよ」

「わあ、よかったね。サマー大好きだよ。いつもやさしいもん」と、マヤもうなずく。

ランドはちょうど四角をいくつか作ったところで、自分のイニシャルを書きこむと、マヤを見上げてにっこりして言った。「十五個《こ》！」

「あっ！」マヤが歯ぎしりした。最近歯の矯正装置《きょうせいそうち》を入れたばかりで、やたらと口を変なふうに動かす。

わたしは二人のほうに消しゴムをはじきながら、いやみっぽく言った。「なんだかすごい、世紀の一戦だね」

「ハハハ！　そりゃおっかしい。笑えるよ」マヤは肩《かた》でわたしにもたれかかりながら答えた。

「意地悪テーブルの女子に見られてるよ」ランドが言った。

「えっ？」わたしとマヤは、ランドが見ているほうをふりかえった。

でも、サバンナもヒメナもグレッチェンもエリーも、わたしが見ると、すぐそっぽをむいた。

「シャーロットのことを話してたんだね！」マヤは、黒縁《くろぶち》のメガネをかけたまま、じろっとにらみつけた。

「やめなよ、マヤ」わたしは言った。

「なんで？　むこうににらまれたって、わたしはかまわないよ」

マヤときたら、サバンナたちにむかって、怒《おこ》ったイタチみたいに歯をむきだした。

「にらむのやめなよ、マヤ」わたしも悔《くや》しかったけど、小さな声で言った。

「わかったよ」とマヤ。

マヤは、またランドといっしょに巨大《きょだい》な点つなぎゲームにもどり、わたしはラビオリを食べるのに集中した。だけど、しばらくしたら、またまだれかにじっと見られているような気がしたんで、ちらっとサバンナのテーブルのほうをふりかえってみた。すると、もうヒメナもグレッチェンもエリーも、わたしのことなんかぜんぜん気にしないで、おしゃべりをしていた。だけど、サバンナだけはまっすぐわたしをにらんでいる！　わたしと目が合っても、目をそらさない。じっとそのままにらみつけてくる。そしてとうとう、わたしにむかって舌《した》をつきだしてから、ぷいと横をむいた。あっというまのことだったから、だれも見ていなかったと思うけど、あんな幼稚《ようち》なことをするなんて、信じられないよ！

そのときはじめて、はっと気がついた。かんちがいしちゃってた——アタナビ先生のダンスでサマーが選ばれたこと。サバンナのかわりにサマーが選ばれたのだと思ってしまっていた。だけど、サバンナから見たら、かわりに選ばれちゃったのはわたしなんだ！　「シャーロットは、いつだって真っ先に申《もう》し込《こ》むんだから」って言ってたよね。

サバンナが選ばれるべきだったのを、わたしが横取りしたと思っているんだ！

ぎこちなくはじまったこと

次の日は一日中、大雪になるかもしれないと、みんなドキドキわくわく落ちつかなかった。もし予《よ》報《ほう》どおり大雪になったら、下校時間が早まるかもしれないという噂《うわさ》だったからだ。けど、運よく――だってわたしは、最初のダンスの練習が雪で中止になるなんてイヤだったもの――降《ふ》りだしたのは午後遅《おそ》くになってから。それもぜんぜん大雪なんかじゃない。それで、終了《しゅうりょう》ベルが鳴るなり、わたしは大急ぎで演劇《えんげき》ホールへ行った。アタナビ先生があんなにはっきり遅刻厳禁《ちこくげんきん》って書いたんだから、サマーとヒメナが先に来てても、べつに驚《おどろ》かなかった。

わたしたちは、おたがいにあいさつをしてから、ダンスウェアに着替《きが》えた。最初はちょっともじもじして、ぎこちない感じ。今まで、三人でいっしょになにかをしたことなんか、なかったんだもの。それぞれ別のグループにいたから、動物でいえばほ乳《にゅう》類とは虫類と魚類みたい。サマーとわたしは同じ授業《じゅぎょう》がひとつだけしかないし、前にも言ったとおり、ヒメナのことはほとんど知らなかった。今までで一番長いヒメナとの会話といったら、十二月のルービン先生の授業で、ヒメナが少しも悪びれずに、わたしに頼《たの》んだときだ。サバンナとパートナーになりたいから、かわってくれないかって。それで、わたしはレモと組んで理科研究大会の課題《かだい》に取り組むことになったんだけど、それはまた別の話で、今くわしく説明するほどのことじゃない。

わたしたちは準備体操《じゅんびたいそう》やストレッチをして待っていた。アタナビ先生はもう三十分近くも遅刻！

「これから、ずっとこうなのかな？　アタナビ先生の遅刻」ヒメナが、足をふりあげてバレエのポーズをしながら言った。

「演劇の授業でもぜったい時間どおりに来ないよ」わたしは首を横にふった。

「やっぱり？　心配したとおりだ」

「もしかしたら、雪のせいで来られないんじゃないの？　けっこうひどい降りになってきたみたいだし」サマーが、そう願っているように言った。

ヒメナは顔をしかめて、すぐ言い返した。「うん、先生には犬ぞりが要るのかもね」

「ハハハ！」わたしは笑った。

でも、ダサい反応《はんのう》だった気がした。

お願い、神様。どうかヒメナ・チンの前でダサく見えませんように。

ここだけの話、ヒメナ・チンのせいで、わたしはちょっと緊張《きんちょう》していた。なんでだかわからない。ただヒメナは、かっこよくて、きれいで、なにからなにまで完ぺき。マフラーの巻《ま》き方も、ジーンズのぴたっとした感じも、きれいなねじり髪《がみ》の留《と》め方も、とにかく、まったくスキがない！

五年生になってビーチャー学園へヒメナが転入してきたとき、みんな友だちになりたがった。もちろん、わたしも！　ヒメナはぜったい覚えてないだろうけど、最初の日にロッカーを見つけるのを手伝ってあげたのは、わたし。三時間目に鉛筆《えんぴつ》を貸《か》してあげたのも、わたし（考えてみたら、そのまま返してもらっていない)。だけど、ヒメナと仲良しになったのはサバンナだった。学校がはじまって十億分の一秒のうちに急接近《きゅうせっきん》。そうなったら、しかたがない。まるで友情《ゆうじょう》の大爆発《ビッグバン》。爆発《ばくはつ》した瞬間《しゅんかん》、目つきもクスクス笑いも服も秘密《ひみつ》もいっしょの宇宙《うちゅう》が誕生《たんじょう》しちゃったんだ。

それからはもう、ヒメナと仲良くなるチャンスなんてぜんぜんなかった。それに、ヒメナは、サバンナのグループ以外の子と特に友だちになろうともしなかった。たぶん、ならなくてもいいと思ったんだろう。そんなわけで、お高くとまってるって、みんなに思われている。

ヒメナについてわたしが知っていることといったら、見たことないほど高く足をあげられて、成績《せいせき》が学年トップで、皮肉っぽいこと。どういうふうにかっていうと、ヒメナは「鋭《するど》い観察眼《かんさつがん》」でほかの子について気づいたことを、その子がいないところで言っちゃうんだ。だから、ヒメナにはがまんできないっていう子がいっぱいいて、マヤもその一人。でも、わたしはヒメナともっと親しくなりたくて、うずうずしていた。もしかしたら友だちになれるかも！　きつい皮肉も笑っちゃえばいい。それよりなにより、ただもうホントにホントにホントに、ヒメナに気に入られたかった！

「時間のムダに終わらないといいんだけど。だって、今月はやらなきゃいけないことがいっぱいあるんだよ。理科研究大会の準備《じゅんび》もだよね？」ヒメナが言った。

「ああ、まだはじめてもいないよ」とサマー。

「わたしも！」と言っちゃったけど、じつはぜんぜんホントじゃない。レモとわたしは、冬休みの最初の一週間で細胞《さいぼう》の立体模型《もけい》を完成させていた。

「ちゃんと時間をかけて練習したいだけよ。時間がなくて下手くそなままカーネギー・ホールの舞台《ぶたい》に立つなんて、ぜったいいや。そうなったら、アタナビ先生が時間にルーズなせいだよ」ヒメナが携《けい》帯《たい》を見ながら言った。

「ねえ、もし学校以外で練習したかったら、うちに来ればいいよ。地下室の壁《かべ》に鏡があるし、バーも付いてるの。そこでママがバレエを教えていたことがあるから」わたしは、できるだけさりげなく言った。

「その地下室覚えてる！　『花の妖精たち』の誕生会《たんじょうかい》やったことあるよね」サマーが元気よく言った。

「二年生のときだよ」わたしは、ヒメナの前で『花の妖精たち』なんて言われて、ちょっと恥《は》ずかしかった。

「学校から遠い？」ヒメナは携帯メールをチェックしながら聞いた。

「歩いて十分くらい」

「じゃ、住所をメールで送って」とヒメナ。

「オッケー！」ヒメナ・チンにメールをするってことに、バカみたいに頭をいっぱいにしながら、わたしは急いで携帯《けいたい》を出した。「えっと、ごめん。電話番号は?」

ヒメナは携帯から顔をあげなかったけど、わたしの顔の真ん前に、交通指導員《しどういん》みたいにパッと手をつきだした。なんと手のひらには、ヒメナの電話番号が書いてある。濃《こ》いめの青ペンできれいな活字体。わたしはヒメナの番号を登録して、うちの住所のメールを打ちはじめた。

「ねえねえ、よかったら、二人とも明日おいでよ。練習はじめよう」メールを送りながら言った。

「いいよ」ヒメナが気軽そうにつぶやいたんで、わたしは息をのんだ。ヒメナ・チンが、明日わたしのうちに来る!

「あっ、あたしはだめ。明日はオギーと約束してるから」サマーは申《もう》し訳《わけ》なさそうに目を細めた。

「じゃあ、金曜は?」わたしは聞いた。

「だめ」ヒメナは、やっとメールを送り終えたみたいで顔をあげた。

「それじゃ、来週?」

「またいつかにしよう」ヒメナはそっけなく答えると、指で髪《かみ》をとかしはじめた。そして、にやっとしながらサマーに言った。「奇形児《きけいじ》と友だちだって忘《わす》れてたよ。どんなふう?」

べつに意地悪で言っているつもりじゃなかったんだと思う。たくさんの子が、なんの気なしにオギー・プルマンのことをそう呼《よ》んでるんだから。

わたしはサマーを見た。なにも言い返さないで、と思った。

だけど、サマーはぜったいなにか言う。

だれもラベンダーの妖精《ようせい》にはムカつかないってこと

サマーはため息をついた。そして「お願いだから、その呼び方やめてくれる?」と、静かに頼《たの》んだ。

ヒメナはわけがわからなさそうだ。「なんで? どうせここにいないんだよ。ただのあだ名でしょ」

髪をポニーテールにたばねながら言う。

「あんまりなあだ名だよ。すごくイヤな気分」サマーが言った。

これこそサマー・ドーソンならでは。こういうことを言っても、人にむっとされないんだよ。もしわたしが同じことを言ったらどうなると思う? もう大変。いい子ぶりっ子だって、さんざん言われるに決まってる! ところが、ラベンダーの妖精は、かわいいちっちゃな眉《まゆ》をキュッとあげ、まるでほほえんでいるかのようにも見える顔で言うから、ぜんぜんお説教じみてこない。ただただ思いやりがあふれている感じになる。

「うん、わかった。ごめんね。意地悪のつもりじゃなかったのよ、サマー。もうそう呼ばない。約束するね」ヒメナが、目を丸くして、申し訳なさそうに言った。

心から悪かったと思っているみたいだ。だけどヒメナの表情《ひょうじょう》を見ると、本心なのかどうか、いつも疑《うたが》いたくなっちゃう。たぶん左ほっぺのえくぼのせい。どうしても、いたずらっぽく見えちゃうんだ。

サマーが疑わしそうにヒメナを見た。「ならいいよ」

「ほんとうに、ごめんなさい」ヒメナが、えくぼを消そうとしているような顔で言った。

今度はサマーもにっこりした。「わかってくれたんだね。よかった！」

「前にも言ったことあるけど、また言っちゃうよ。マジ、サマーったら天使だね」ヒメナは、サマーを軽く抱《だ》きしめた。

ほんの一瞬《いっしゅん》、ねたんじゃったよ。サマーがすごくヒメナに気に入られたみたいなんだもの。

「だれだって、オギーのことを奇形児《きけいじ》なんて呼《よ》んじゃいけないのよ」わたしは、よく考えもしないで言っちゃった。

ちょっと待って。どうしてこんなこと言ったんだろう――どうかしてる！　なんで言っちゃったのか、ぜんぜんわからない。ただ、うっかり口から出ちゃったんだ。まるで吐《は》き気《け》がおさえられないときみたいに、言葉を口から吐きだしちゃった！　言ってすぐ、気にさわる言い方だったたって気づいたよ。

「じゃあ、シャーロットはそういうふうに呼んだことないんだ」ヒメナが眉《まゆ》を片方《かたほう》ぴくっとあげた。目をそらせたほうが負けだとでもいうように、じっと見つめてくる。

「えっと、わたしは……」きっと耳まで赤くなっている。

ううん、ごめん。呼んだことあるよ。でもお願いヒメナ、わたしを嫌《きら》いにならないで！

「じゃあ聞くけど、オギーとデートする？」ヒメナがすぐわたしに聞いた。

あんまり予想外のことだったんで、なんと言っていいのか、わからない。

「えっ？　まさか！」とっさに口から出た。

「ほらね」ヒメナは、やっぱり自分の思ったとおり、とでもいうようだ。

「でも、外見のせいじゃない。ただなんにも共通点がないから！」わたしは、うろたえながら言った。

「まったくもう！　よく言うよ」ヒメナは笑った。

ヒメナのねらいがなんなのか、わたしにはわからなかった。

「ヒメナならデートするの？」わたしは聞いた。

「そんなわけないでしょ。でも、口だけいいこと言おうとも思わない」

サマーが目で言ってるよ。あいたっ！　キッツイ！

ヒメナはたんたんと話し続ける。「あのね、意地悪言いたくはないんだよ。だけどシャーロットが、『奇形児なんて呼んじゃいけない』って言ったら、そう呼んじゃったわたしが、なんだかすごく悪者みたいじゃないの。ちょっとムカつくんだよね。だってシャーロットは、トゥシュマン先生からオギーの案内役になってほしいって頼《たの》まれたから、みんなみたいに奇形児《きけいじ》って呼《よ》ばないんでしょ。サマーは、案内役になれって押《お》しつけられなかったのに友だちになったんだから、天使だけど」

「天使じゃないよ」すかさずサマーが言った。「それに、トゥシュマン先生に案内役になってくれと頼まれてなくても、シャーロットなら、奇形児なんて呼ばないよ」

「ほらね？　やっぱり天使だよ」ヒメナが言った。

「頼まれなくても、奇形児って呼ばないよ」わたしも静かに言った。

ヒメナは腕《うで》を組み、にやにや意味ありげにわたしを見ている。

「あのさ、シャーロットって、先生の前だとオギーにやさしいんだよね。バレてるよ」ヒメナがすごくマジな顔で言った。

そのとき、わたしが答える前に――なんと答えればいいのか、思いつきもしなかったけど――アタナビ先生が、観客席の一番後ろにある両開きのドアから飛びこんできた。

「ごめんごめん！　遅刻《ちこく》してごめん！」先生は雪だらけで、息を切らしている。やたらパンパンの手さげ袋《ぶくろ》を四つも持って階段《かいだん》をおりてくる姿《すがた》は、小さな雪だるまみたい。

ヒメナとサマーは先生を手伝おうと階段を駆《か》けあがったのだけど、わたしはむきを変えて廊下《ろうか》に出た。水飲み場で水を飲むふりをしたけれど、ほんとうに飲みこみたかったのは空気だった。凍《こお》りつくほど冷たい空気。だって、ほっぺが燃《も》えてるみたいに熱かったんだ。ぴしゃりと顔をたたかれたような感じ。窓《まど》の外を見ると、かなり大雪になってきていた。心のどこかで、外に飛びだし、スケートでどこかへすべって行ってしまいたいような気がしてた。

わたしって、そんなふうにほかの子たちに見られてるの？　口先だけのウソつきだっていうの？　それとも、ヒメナがいつものように皮肉っぽいだけ？

シャーロットって、先生の前だとオギーにやさしいんだよね。バレてるよ。

ほんとう？　そう言われているの？　そういえば、わたしがいい案内役だとトゥシュマン先生に思ってもらえるように、オギーにとりわけやさしくしてあげたことは何度かあったかも。もしかしたら。でも、そんな、わかんないよ。

だけど、もしそのとおりだったとしても、わたしは少なくともオギーにやさしくしてきたって言える！　ほかのたいていの子たちよりも！　ヒメナよりも！　ダンスの授業《じゅぎょう》でヒメナがオギーと組まされて吐《は》きそうになったときのことは、まだよく覚えている。わたしは、オギーにあんなことをしたことない！

たしかに、もしかしたら、わたしは先生が近くにいるときのほうがオギーにやさしいかもしれない。それって、そんなに悪いこと？

バレてる？　いったいどういう意味？　だれに気づかれてるの？　サバンナ？　エリー？　二人がそう言っているの？　昨日食堂でしゃべっていたのは、そのこと？　人間関係のことには、いつもちんぷんかんぷんのマヤでさえ、わたしが噂《うわさ》されているとわかって、気の毒がってたんだよ。

今までずっと、ヒメナ・チンはわたしのことなんて興味《きょうみ》ないんだと思ってた。だけど、それどころか、わたしは見られていた。わたしが願っていたよりも。

その日、最初にびっくりしたこと

演劇《えんげき》ホールのなかにもどると、ちょうどアタナビ先生が着こんでいたものをすっかり脱《ぬ》ぎ終えたところだった。コートやマフラーやセーターが先生のまわりの床《ゆか》に散らばっていて、床も先生にくっついてきた雪でぬれている。

「やだやだ、やだやだ！」先生は両手で顔をあおぎながら、何度もくりかえした。「すごい大雪になってきたわ」

そして、舞台《ぶたい》の前のピアノの椅子《いす》にドスンとすわり、一息ついた。「やだやだ。遅《おく》れるのは嫌《きら》いなのに！」

ヒメナとサマーが、それにしてはずいぶん遅れたねと言いたそうに顔を見合わせた。

アタナビ先生は、いつものようにポンポンしゃべりまくった。こういうタイプが好きな人もいるけれど、変だと思う人もいる。

「わたしが子どものころはね、姉とわたしが遅れたら、そのたびに必ず一ドルの罰金《ばっきん》を母に払《はら》わなきゃいけなかったのよ。例外は無し。夕食に遅れただけでも、母に一ドル！」先生は笑って、歯でヘアピンをくわえながらしゃべり、頭のおだんごを直しはじめた。「おこづかいが毎週三ドルぽっちだったから、ちゃんと時間を守るようになったのよ！　そういうわけで、遅刻《ちこく》は大嫌い！」

「なのに、先生は今日、遅れたんですよ。今度また遅れたら、わたしたちに一ドルずつ払ってもらいましょうか？」ヒメナときたら、お得意のずるそうな笑いを浮《う》かべている。

「ハハハ！　そう、遅刻しちゃったわね、ヒメナ。だから、悪くない考えかも。一ドルずつみんなに払ったほうがよさそうね！」先生は怒《おこ》りもしないで笑いながら、足をふってブーツを脱いだ。

ヒメナも、てっきり先生のじょうだんだと思って、ちょっと笑った。

「ほんとうに、練習に遅れたらそのたびみんなに一ドルずつ払うことにしましょう。今からずっと！　そしたら、時間どおりに来なくちゃって思うようになるから！」先生はバッグに手をのばした。

サマーがとまどったように、わたしのほうをちらっと見た。先生はお財布《さいふ》を出して、どうやらマジみたいだ。

「えっ、まさか、先生、そんなことしなくていいんです」サマーが首を横にふりながら言った。

「わかってるわ！　でも、そうしましょう！　ただし条件《じょうけん》つき。わたしが練習に遅刻《ちこく》したら、一ドルずつみんなに払《はら》うけど、みんなも遅刻したら一ドル先生に払うっていうことにしましょう」

「そんなことしても大丈夫《だいじょうぶ》なんですか？　生徒からお金を取るなんて？」ヒメナが、あきれたように聞いた。

わたしも同じことを思ったよ。

「いいんじゃない？　私立校《しりつこう》なんだもの。みんな払える！　みんな先生よりお金持ちかも」最後のほうは小さな声だったけど、先生はげらげら笑いだした。

先生は、よく自分のジョークにうけて大笑いするので有名だった。これには慣《な》れなきゃね。

先生は、お財布《さいふ》からピンピンの一ドル札を三枚《まい》出して、わたしたちに見えるようにさしだした。

「さあ、みんな、どうする？　やる？」

ヒメナがわたしとサマーを見て言った。「わたしはぜったいに遅刻しないよ」

「あたしも遅《おく》れない」とサマー。

わたしは、まだヒメナと目を合わせられないまま、肩《かた》をすくめた。「わたしも」

「なら、決まりね！」先生は言いながら、わたしたちのほうに近寄《ちかよ》った。

「はいどうぞ、マドモアゼル」先生は真新しい一ドル札をヒメナに手渡《てわた》した。

「メルシー《ありがとう》！」ヒメナはわたしたちにニコッとしたのだけど、わたしは見なかったふりをした。

それから先生は、わたしとサマーのほうにやってきた。

「はい、どうぞ。こっちも、はい」先生はそれぞれに一ドルずつくれた。

「アメリカに神のお恵みを」わたしとサマーは同時に言った。

ちょっと待って。今なんて？

わたしたちは顔を見合わせた。きょとんと目を丸くして、口も開けたまま。一瞬《いっしゅん》にして、この三十分間に起きたことなんて、たいしたことじゃなくなった——今わたしの頭に浮《う》かんだことが、そのとおりなら。

「アコーディオンのおじいさん？」わたしはドキドキしながら小声で言った。

サマーが息をのみ、うれしそうにうなずく。「アコーディオンのおじいさん！」

ナルニア国へ行ったこと

小さいころからずっと知りあいなのに、その正体をぜんぜん知らなかったっていうのは、すごくおかしいよね。だけど、ホントにそんな感じ。今まで長いあいだ、わたしはサマー・ドーソンとはパラレル・ワールドですごしてきた。幼稚園《ようちえん》のときから知っている、ラベンダーの妖精《ようせい》みたいなやさしい子。でも、親しい友だちになったことは一度もない！　特に理由があったわけじゃない。ただ、そうなっちゃっただけ。エリーとわたしが友だちになる運命だったのと同じ。学校最初の日にダイアモンド先生がエリーとわたしをとなり同士の席にした。サマーとわたしは親しくなれる運命じゃなかった。いっしょの授業《じゅぎょう》になることがなかったから。体育や水泳や朝礼やコンサートなんかのとき以外、初等部ではほとんど会うこともなかった。ママ同士もあまり親しくなかったから、おたがいの家に遊びに行ったりすることもなかった。たしかに一度、『花の妖精たち』の誕生会《たんじょうかい》に招待《しょうたい》したことはあるよ。でもそれは、サマーがラベンダーの妖精みたいだって、わたしとエリーが思ったから！　あと、ほかの子の開いたボウリング・パーティーやお泊《と》まり会なんかで、ちょっと遊んだこともある。フェイスブックでも友だちになっているし、共通の友だちもいっぱいいる。まあ、ふつうの友だちづきあい。

でも、仲良しになったことは一度もなかった。

そういうわけで、サマーが「アメリカに神のお恵みを」って言ったとき、まるでサマーに生まれてはじめて会ったような気分だった。自分だけしか知らない秘密《ひみつ》をすっかり知っている子が、世界のどこかにいたなんて、想像《そうぞう》してみてよ！　目に見えない橋が、いきなり二人をつないじゃったような感じ。じゃなかったら、衣装《いしょう》だんすを見つけてなかに入って奥《おく》へ進んだら、アコーディオンを弾《ひ》くフォーンがナルニア国へ迎《むか》えてくれたって感じかな。

その日、二度目にびっくりしたこと

サマーとわたしがアコーディオンのおじいさんのことを話しだす前に、アタナビ先生が両手をパタパタとはらいながら、いよいよ本題に入ると言った。けれども、練習時間は残りわずか三十分。先生はざっとダンスの説明をしただけで、そのあいだもしょっちゅう携帯《けいたい》で天気をチェックしていた。実《じっ》際《さい》に踊《おど》ることもなく、基本《きほん》のステップいくつかと、舞台《ぶたい》での大まかな位置決めをしただけ。

「次回はダンスの練習をはじめますよ！　遅《おく》れないって約束するから！　じゃあ、金曜日！　寒いから、ちゃんとあたたかくしてね！　気をつけて帰るのよ！」

「さようなら、アタナビ先生！」

「さようなら！」

先生が行ってしまうと、すぐにサマーとわたしは磁石《じしゃく》みたいにひっつき、まったく同時に興奮《こうふん》して話しだした。

「だれのことだかわかるなんて、信じらんない！」わたしは言った。

「アメリカに神のお恵みを！」とサマー。

「おじいさんがどうしてるか、知ってるの？」

「わかんない！　何人もに聞きまわったんだけど」

「わたしも！　だれも知らなかったよ」

「なんだか、いきなり地球から消えちゃったみたい」

「だれが地球から消えちゃったみたいなの？」ヒメナは興味《きょうみ》しんしんって感じでわたしたちを見ている。二人して、あんなにさけんで騒《さわ》いじゃったから、よっぽどすごいことだと思うよね。

まだヒメナとはさっきのことが引っかかっていたから、答えはサマーにまかせることにした。

「メイン通りでアコーディオンを弾《ひ》いていた男の人のことなんだ。ムーア街との角のスーパーマーケットの前だっけ？　いつも盲導犬《もうどうけん》がいっしょだったよね？　きっと見たことあるよ。アコーディオン・ケースにお金を入れてあげると、『アメリカに神のお恵みを』って言ってた」

「アメリカに神のお恵みを」わたしもサマーと声をそろえて言った。

「とにかく、おじいさんは、もうずーっと長いことそこにいたんだけど、二か月ぐらい前から、いなくなっちゃったの」

「で、いったいどうしたのか、だれも知らないの！　ちょっとしたミステリーみたい」わたしは言い足した。

「ちょっとちょっと、ホームレスの人のことなの？」と、ヒメナが聞いた。サバンナが不満なときそっくりに口をとがらせている。

「ゴーディがホームレスなのかどうか、わかんないよ」サマーが言った。

「おじいさんの名前を知ってるの？」わたしはすごく驚《おどろ》いた。

「うん、ゴーディ・ジョンソン」サマーが、こともなげに言った。

「なんで知ってるの？」

「なんでかなあ。よくパパとおじいさんが話してたんだ。ゴーディは元軍人。パパは海軍だったから、いつも『あの人は英雄《えいゆう》だぞ、サマー。国に尽《つ》くしたんだ』なんて言ってたよ。学校へ行くとき、パパといっしょに、ときどきコーヒーやベーグルを持っていってあげたんだよ。ママは、パパの古い防寒《ぼうかん》着《ぎ》をあげたんだ」

「えっ、それって、オレンジ色のカナダグースの防寒着？」わたしはサマーを指さしながら言った。

「そう！」サマーがうれしそうに答えた。

「あの防寒着、覚えてるよ！」わたしはサマーの両手をつかみながらさけんだ。

「いやだ。すっかりハマってるじゃん。オレンジ色の防寒着を着た、ただのホームレスのことなのに？」ヒメナが笑った。

サマーとわたしは顔を見合わせた。

「どう説明したらいいのかなあ」サマーが言った。でも、サマーもきっと感じていたはず。これでわたしたちがつながったって。わたしたちの絆《きずな》。わたしとサマーの大爆発《ビッグバン》。

わたしはサマーの腕《うで》をつかんだ。「ねえねえ、サマー！　もしかして、いっしょに捜《さが》せるかも！　居場所《いばしょ》を見つけて、無事かどうか、たしかめられるかも！　名前がわかっているんだから、きっとできるよ！」

「できると思う？　わかったらサイコーだよ！」サマーは、とびきりうれしいと、いつも目がくるくるっと踊《おど》りだす。

「ちょっと待ってよ。二人ともマジ？　ろくに知らない、どっかのホームレスのことを調べるっていうの？」ヒメナは、そんな話、ぜんぜん信じられないというそぶりを見せた。

「うん」わたしとサマーは顔を見合わせて答えた。

「むこうは二人のこと、ほとんど知らないのに？」

「わたしのことは知ってるよ！　ドーソン軍曹《ぐんそう》の娘《むすめ》だって言ったら、ぜったいだよ」サマーが自信たっぷりに言った。

「その人、シャーロットもわかるの？」ヒメナは疑《うたが》わしげに目を細めている。

「無理に決まってるでしょ！　目が見えないんだよ、おばかさん！」わたしは、ヒメナをだまらせたくて、思わず言っちゃった。

その瞬間《しゅんかん》、すべてがシーンと静まりかえった。なぜかヒーターのラジエーターまで、さっきまではカンカンうるさくホールに響《ひび》いていたのに、とつぜん静かになった。まるでホールが、わたしの声にエコーを効《き》かせようとしたみたい。

目が見えないんだよ、おばかさん！　目が見えないんだよ、おばかさん！　目が見えないんだよ、おばかさん！

また、うっかり口をすべらしちゃった。これじゃヒメナ・チンに、わたしを嫌《きら》ってくれって言ってるようなものじゃん！

わたしは、ヒメナが思いっきりキツい皮肉で言い返してくると思って身がまえた。わたしの横っ面を、見えない手でパシっと引っぱたくようなやつ。

ところが、びっくりぎょうてん。ヒメナときたら、けらけら笑いだしたんだ。

サマーも笑いだし、わたしの言い方そっくりに真似《まね》た。「目が見えないんだよ、おばかさん！」

「目が見えないんだよ、おばかさん！」ヒメナも真似る。

二人そろって大爆笑《だいばくしょう》。そのうえ、あぜんとしているわたしの顔が、なおさらおかしかったみたい。

わたしの顔を見ては、ますます大笑いしている。

「変なこと言って、ごめん、ヒメナ」わたしは、あわててささやいた。

ヒメナは、手のひらで目をぬぐい、首を横にふった。

「いいってば。なんか言われそうな気がしてたんだ」やっとヒメナの息が落ちついてきたみたい。

ヒメナは、もう、ぜんぜん皮肉っぽくなかった。にこにこ笑っている。

「ねえ、さっきは、けなすつもりじゃなかったんだよ、オギーのこと。シャーロットが親切なのは、先生の前だけじゃないよね。あんなこと言って、ごめんなさい」

ヒメナがあやまるなんて、信じられなかった。

「もういいよ」わたしは、ぼそっと言った。

「ホント？　わたしのこと怒《おこ》ってたらイヤなんだけど」

「怒ってないよ！」

「わたし、ときどきすっごく失礼なこと言っちゃうんだよね。でも、ほんとうは友だちになりたいと思っているんだよ」ヒメナが申《もう》し訳《わけ》なさそうに言った。

「わかった」

「やったあ！　ねえねえ、三人でハグしよう」サマーが両腕《りょううで》をわたしたちにさしだした。

まるでサマーの妖精《ようせい》の翼《つばさ》に守られるようにして、ほんのちょっとのあいだだったけれど、三人はぎこちなく抱《だ》きあってひとつになった。でも、気持ち長すぎたせいか、また大爆笑《だいばくしょう》になっちゃったよ。今度はわたしもいっしょに大笑い。

結局これこそが、この日一番びっくりしたことだった。わたしが人に見られていたことよりも、サマーがアコーディオンのおじいさんの名前を知っていたことよりも。

ヒメナは、皮肉を言ったり、人をからかったりするくせに、心の奥《おく》の奥の奥はとってもやさしい。意地悪な気分のときじゃなければね。

三人が親しくなったこと

それからの数週間は、あっというま！　いろんなことが、目にもとまらぬ勢《いきお》いですぎていった。大雪、ダンスの練習、理科研究大会、試験勉強、そしてゴーディ・ジョンソンの謎《なぞ》に満ちた消息調査《ちょうさ》（くわしくは、あとで）。

アタナビ先生は、けっこう、しごき魔《ま》だった！　独特《どくとく》のかわいらしいよたよた歩きで、愛きょうはあるんだけど、ホントに厳《きび》しい。わたしたちがどれだけ練習しても、先生には物足りない。練習は、くりかえし、くりかえし、くりかえし。アンポワント！　シミー！　ヒップロール！　クラシックバレエ！　モダンダンス！　ちょっとジャズも！　タップなし！　ダウンビート！　ハーフトゥ！　先生ならではのやり方で、すごく個性的《こせいてき》。いろんなことにこだわりがある。ダンス自体はたいしてむずかしくない。ツイスト、モンキー、ワトゥーシ、ポニー、ヒッチハイク、スイム、ハックルバック、そしてシンガリン。だけど、先生が思うとおりに踊《おど》るのは、むずかしい。全体のふりつけを意識《いしき》して踊ることと、三人の動きをぴったり合わせること。ほとんどの時間は、そのふたつのために使った。腕《うで》の動かし方、指の鳴らし方、ターンアウト、ジャンプ。三人そっくりに踊れるよう、必死に練習しなきゃならなかった。ただいっしょに踊るだけじゃダメ！

特に時間をかけたのは、シンガリンだ。六十年代、ダンスフロアで流行していたダンススタイル。今回のアタナビ先生の作品の山場になっている。バリエーションがいろいろあって、ラテン系《けい》シンガリン、R&B系シンガリン、ファンク系シンガリンと、ごちゃ混《ま》ぜにしないのは一苦労。もちろん先生は、そのひとつひとつの踊り方にやたら細かくうるさい。ふだんは、いろんなことにすごく大らかなのに――だって、先生が時間どおりに練習へ来たことなんて一度もないんだから――そのくせ、ダンスのことには、とことん厳《きび》しい！　たとえば、シャッセで足を横へ出すかわりにななめに出しちゃったりしたら、もう大変！　この世の終わりだよ。気をつけないと！

とはいえ、アタナビ先生がやさしくないと言ってるわけじゃない。公平に見て、先生はものすごくやさしい。わたしたちが新しいふりつけにまごつくと、「一歩ずつよ、みんな！　なんでも一歩ずつからはじまるの！」と、励《はげ》ましてくれる。とりわけしんどい練習のあとに、ブラウニーをごちそうしてくれたこともあるし、練習が長引いたときは、家まで車で送ってくれた。ほかの先生たちの、おかしな話も教えてくれた。それから、自分の身の上話もしてくれた。スペイン語でエル・バリオと呼《よ》ばれる貧《まず》しい地区、イースト・ハーレムで育ったこと。道を踏《ふ》みはずしてしまった友だちもいること。テレビ番組の『アメリカン・バンドスタンド』が心のよりどころだったこと。カナダのケベックで、サーカスのようなショーをやるシルク・ドゥ・ソレイユに出演《しゅつえん》していたときに、ダンサー仲間の男性《だんせい》と出会って結婚《けっこん》したこと。「高さ十メートルのロープの上で、アラベスクをしながら恋《こい》に落ちたの」。

それにしても、猛特訓《もうとっくん》だった。夜眠《ねむ》ろうとすると、いろんなことが頭のなかに次つぎと浮《う》かんできちゃう！　音楽の一部、暗記すべきこと、数学の方程式《ほうていしき》、やらなくてはいけないことのリスト、アタナビ先生が生粋《きっすい》のイースト・ハーレムなまりで言う「シンガリンだよ《イッツ・ザ・シンガリン》、みんな《ベイビー》！」ってかけ声。頭のなかのやかましい声をかき消したくて、ヘッドホンをつけてみたこともある。

それでも、すごく楽しくて、なにひとつ変えたいことはなかった。無我夢中《むがむちゅう》で踊ったり、アタナビ先生のハードな特訓を受けたりするなかで、一番うれしかったのは、やっぱりヒメナとサマーとほんとうに仲良くなれたこと。いい子ぶってるように聞こえても、事実は事実なんだ。べつに、親友になったとか言ってるわけじゃない。サマーはやっぱりオギーといっしょにいるし、ヒメナもサバンナといっしょだ。そして、わたしもマヤと点つなぎゲームを続けている。だけど、わたしたちはもう友だちだ。知りあいじゃなくて、友だち。

ところで、ヒメナが皮肉っぽいのは、うわべだけだった。まるで、おしゃれのために首に巻《ま》くスカーフみたい。首がかゆくなるまではつけているけど、いつでも取りはずし可能《かのう》。サバンナといるときはスカーフを巻き、わたしたちといるときはスカーフをはずす。とはいっても、やっぱりヒメナの近くにいると、わたしは緊張《きんちょう》しがち！　ああ、だめなの！　ヒメナがはじめてうちに来たときなんて、わたし、もう、しっちゃかめっちゃか！　ママが恥《は》ずかしいことでも言うんじゃないかと心配して、ベッドの上のぬいぐるみがピンクだらけじゃないかと心配して、部屋のドアに貼《は》ってある大好きな四人組のイケメンバンド、ビッグ・タイム・ラッシュのポスターがダサいんじゃないかと心配して、犬のスーキーがヒメナにおしっこをかけないかと心配してた。

だけど、もちろん、すべてうまくいった！　ヒメナはとてもやさしくて、わたしの部屋がすてきだとほめてくれた。夕食のあとは、自分から皿を洗《あら》うと言いだした。わたしが三歳《さい》のときのおかしな写真を見て、わたしをからかった。無理ないよ。写真のなかのわたしときたら、サルのぬいぐるみみたいな顔してるんだから！　でも、その日の午後のいつからか、わたしは「ヒメナ・チンがうちにいる！

ヒメナ・チンがうちにいる！」って意識《いしき》しないで、ただ楽しめるようになっていた。それって、わたしには大きなことだ。だって、そのときから、ヒメナのそばでバカなことをしなくなった変わり目なんだもの。もう変な言葉を吐《は》きだしちゃったりしない。きっとわたしも、自分の「スカーフ」をはずせたんだね。

とにかく、二月はとびきり忙《いそが》しかったけれど、最高だった。そして二月も終わるころ、わたしたち三人は、毎日のように放課後わたしの家に集まり、鏡の前で踊《おど》り、うまくできないところを直し、三人の動きを合わせる練習をした。疲《つか》れたり、へたばりそうになると、いつもだれかがアタナビ先生の真似《まね》をして言った――「シンガリンだよ、みんな！」。すると、バッチリ続けられる。

練習をしない日も、ときどきあった。うちのリビングの暖炉《だんろ》の前で、のんびり宿題をいっしょにやるときもあれば、ただおしゃべりをすることもあったし、たまにはゴーディ・ジョンソンを捜《さが》すこともあった。

ハッピーエンドが好きなこと

ちっちゃいころって、観る映画《えいが》、観る映画、どれもこれもハッピーエンドだった。『オズの魔法使《まほうつか》い』のドロシーはカンザスに帰れるし、『チャーリーとチョコレート工場』のチャーリーはチョコレート工場を手に入れる。『ナルニア国物語』のエドマンドも、汚名返上《おめいへんじょう》する。わたしはそういうのが好き。ハッピーエンドが好き。

だけど、大きくなると、ハッピーエンドじゃない映画《えいが》も観るようになる。悲しい結末のときだってある。もちろん、そのほうが映画の筋《すじ》としてはおもしろいよね。だって、なにが起きるかわからないわけだから。でも、ちょっとこわくもなる。

なんでこんな話をしたかっていうと、ゴーディ・ジョンソンを捜《さが》せば捜すほど、この調査《ちょうさ》はハッピーエンドにならないかもしれないって思えてきたからだ。

わたしたちは、まず単純《たんじゅん》にグーグルで名前を検索《けんさく》した。でも、やってみたら、ゴーディ・ジョンソンって名前の人は、うじゃうじゃいる。そのうえ、ゴードンって名前の人だって、ゴーディと呼《よ》ばれることがある。同姓同名《どうせいどうめい》のゴーディ・ジョンソンという有名なジャズ・ミュージシャンもいた（きっと、メガネ店の男の人が聞いた噂《うわさ》の原因《げんいん》だね）。政治家《せいじか》のゴードン・ジョンソンもいっぱいいるし、建設《けんせつ》作業員のゴードン・ジョンソンもいっぱいいる。退役軍人《たいえき》も。そして、新聞のお悔《く》やみ欄《らん》にもたくさん。インターネットは、生きている人の名前と死んだ人の名前を区別してくれない。訃報《ふほう》記事をひとつひとつクリックしては、わたしたちのゴーディ・ジョンソンじゃなくてホッとしたのだけど、だれかほかのゴーディ・ジョンソンなんだというのも悲しかった。

最初のうち、ヒメナはいっしょに調べようとしなかった。サマーとわたしがパソコンにひっつき、いろんなウェブサイトを見まくって行きづまっていても、ヒメナは部屋の反対側のすみで宿題をしていたり、マイルズに携帯《けいたい》メールを打っていたりした。ところがある日、椅子《いす》を引っぱってきて、わたしたちの肩越《かたご》しにのぞきこみはじめた。

そして、言ったんだ。「画像《がぞう》検索を試したらどう？」

試してみたら、やっぱり行きづまった。でも、それからというもの、ヒメナもわたしたちと同じくらいゴーディ・ジョンソンの消息調査に興味《きょうみ》を持つようになった。

マヤの気持ちに気づいたこと

そうこうしているあいだも、学校では、すべていつもどおり。理科研究大会があった。レモとわたしは細胞構造《さいぼうこうぞう》の立体模型《もけい》でBプラスをもらった。できるかぎり少ない時間でやったのに、思ったよりいい成績《せいせき》。ヒメナとサバンナは日時計を作った。でも、たぶん、一番おもしろかったのはオギーとジャックのジャガイモ電池。ジャガイモで発電して明かりがつくランプなんだ。きっとオギーがほとんどやったんだろうね。だって、言っちゃあなんだけど、ジャックが、いわゆる優秀《ゆうしゅう》な生徒だったことなんて一度もない。だけど今回Aをもらえたんで、ものすごく喜んでた。かわいかった！！！　ジャ

ックったら、なんかわけがわからないけど、とにかくうれしいって感じ。☺

で、そんなジャックを見たわたしは、こんな感じ。😍

だけど、二月の終わりごろには、男子の戦争はますますひどくなっていた。なにが起きているのかはサマーが教えてくれた。オギーやジャックしか知らない特ダネも全部知っていたからだ。どうやら――ぜったいないしょの約束なんだけど――ジュリアンはすごい意地悪なことを書いた黄色い紙切れを、ジャックとオギーのロッカーに入れはじめたらしい。

二人がかわいそう！

マヤも、二人がかわいそうだと思っていた。このところマヤは、男子の戦争のことをやたら気にしている。最初はなぜだかわからなかった。マヤは、オギーと友だちになろうとしたことなんて一度もない！　それにジャックのことだって、いつも天然キャラ扱《あつか》いだ。エリーとわたしが、ミュージカル『オリバー！』の役で、シルクハットをかぶったジャックにキャーキャー言ってたときだって、マヤは、もうジャックの話はうんざりっていうように、両耳に指をつっこんで寄り目《よめ》をしてたんだよ。そんなわけで、この戦争に興味《きょうみ》を持つなんて、変わり者のマヤもほんとうはやさしいからなんだなって思っていた。

だけど、ある日ランチのとき、マヤがいっしょうけんめいなにかのリストを作っているのを見て、やっと、マヤがこれほど気にかけている理由がわかった。点つなぎゲームを作るノートに、たくさんの小さなふせんが三列に貼《は》ってある。それぞれのふせんには、学年の男子全員の名が一人ずつ書かれていた。それを、三つのグループに分類していたんだ。ジャック側、ジュリアン側、中立。

「この戦争で一人ぼっちじゃないってわかったら、ジャックは助かると思うんだ」マヤが言った。

そのとき気づいたよ。マヤはジャックが好きなんだ！　もうマヤったら、かっわいい！

「いいじゃん」わたしはマヤを気まずくさせないように答えて、リスト作りを手伝うことにした。だれが中立かは意見のちがうところもあったけれど、結局マヤはわたしが言ったとおりにした。そして、リストをルーズリーフに写すと、それをふたつに折り、また半分に、また半分に、また半分にと、折り続けた。

「それ、どうするの？」

「わかんない。見られたくない人に渡《わた》っちゃったら、いやだな」マヤは、ずり落ちてきたメガネを押《お》しあげながら答えた。

「サマーに渡してほしい？」

「うん」

そういうわけで、わたしはそのリストを、ジャックとオギーにあげてくれと、サマーに手渡した。

サマーは、わたしが作ったリストだと思ったんじゃないかな。でも、わたしもマヤを手伝ったんだから、べつにいいかと、特に説明はしなかった。

「ダンスはどう?」その日、マヤが、あんまり気持ちがこもってなさそうな声で言った。ほんとうは興味《きょうみ》がないのに、わたしに気をつかったんだろうね。でも、それがマヤのいいところ。少なくとも、興味があるようにふるまおうとしてくれる。

「大変だよ!!! アタナビ先生ってカンペキぶっとんでる!」わたしはサンドイッチをかじりながら答えた。

「じゃ、ア、タ、マ、ブ、ッ、ト、ビ、先生だね」マヤが言った。

「そうそう、うまいこと言うね」

「まったくシャーロットったら、二月のあいだずっと冬眠《とうみん》していたみたいだよ! めったに会わないし、一度もいっしょに帰らなかったじゃない」

わたしはうなずいた。「だよね。このごろ、ランチの時間も練習してるんだ。でも、あと少しでおしまい。あと二週間ちょっと。学園支援《しえん》イベントは三月十五日だから」

「三月十五日に気をつけよ」

「えっ、そう! そうだね!」と答えたけれど、なんのことだか、さっぱりわからなかった。たぶんシェークスピアかなにかのセリフ。

「ね、新しい巨大《きょだい》点つなぎゲームの下書き、見たい？」

「もちろん」わたしは大きく息を吸《す》った。

マヤはノートを引っぱりだし、マス目状《じょう》に点を並《なら》べるのをやめて「チョークアート風の図案」を使うことにしたのだと、くわしく説明しはじめた。点がつながって塗《ぬ》りつぶされると、「ダイナミックなフローパターン」ができる、とか言っている。正直言って、なにを言っているんだか、よくわからなかった。ただひとつわかったのは、「新しい点つなぎゲームは、まだ学校に持ってきてないんだ。シャーロットがいっしょにできるときに、持ってきたいからね」っていうところだけ。

「わあ、ありがとう」わたしは頭をかきながら答えたけど、信じられないほど興味がわかなかった。

マヤが、点つなぎゲームについてなにか別のことを話しだしたので、わたしは気をまぎらわせようと、サマーのテーブルをちらっと見た。サマーとジャックとオギーが笑っている。これだけはぜったいに言える。あの三人は、点つなぎゲームのことなんて話していない！　あそこでいっしょにすわる勇気があったなら……って、何度思ったことか。

それから、サバンナたちのテーブルを見た。そっちも、みんな笑って楽しそうだ。サバンナとエリーとグレッチェンとヒメナ。四人ともむかいの席の男の子たちとしゃべっている。ジュリアンとマイルズとヘンリーとエイモス。

「ひどい子だよね?」マヤが、わたしの視線《しせん》をたどって言った。

「エリーのこと?」わたしは、ちょうどそのときエリーを見ていた。

「ちがう。ヒメナ・チン」

わたしはふりむいて、マヤを見た。マヤがヒメナを嫌《きら》っているのは前から知っていた。でも、なんだか怒《いか》りをむきだしにしたような口調に、わたしはびっくりした。「ねえ、なんでそんなにヒメナが気に入らないの? わたしたちから離《はな》れていったのはエリーでしょ? それに、意地悪なのはサバンナなんだよ」

「そんなことないよ。サバンナは、いつもわたしにやさしいもん。初等部のときは、しょっちゅうだれかの家でいっしょに遊んでたでしょ」

わたしは首を横にふった。「うん、でもね、マヤ、そういうのはあんまり関係ないよ。だって、半分はママたちが勝手に決めてたもの。でも今は、みんな自分でつきあう友だちを選ぶようになったんだよ。サバンナは、わたしたちじゃない子を選んだ。エリーも、わたしたちじゃない子を選んだ。わたしたちだって遊ぶ相手を選んでる。それだけのこと。ぜったいヒメナのせいなんかじゃない」

メガネの奥《おく》のマヤの目が、サバンナたちのテーブルをじっと見つめている。そういう姿《すがた》のマヤ、幼《よう》稚園《ちえん》のころからぜんぜん変わらないよ。運動場でボール遊びをしたり、夕暮《ゆうぐ》れの公園で妖精探《ようせいさが》しをしたころのマヤそのもの。

いろんな意味で、マヤは昔から変わっていない。顔、メガネ、髪型《かみがた》——どれも、あのころとまったく同じ。当然、背《せ》は高くなったよ。だけど、それ以外は、ほとんど変わってない。特に顔の表情《ひょうじょう》なんか、そっくりそのまま。

「ちがうね。エリーはすごくやさしかった。サバンナもそう。みんなヒメナ・チンのせいだよ」

二月にお金がもうかったこと

二月の終わりまでに、わたしたちは三十六ドルもかせいだ！

アタナビ先生が、いつもどの日も必ず練習に遅刻《ちこく》したからだ。

いつも。

どの日も。

必ず。

やがて先生は、わたしたちへ渡《わた》す一ドルの新札を手に持って練習へ来るようになった。ホントに、到着《とうちゃく》するなり話しだし、なんの説明もなしにお金をくれて、ダンスのレッスン開始！　まるで入場料でも払《はら》ってるみたい。練習場への入場料。笑っちゃうよ！

そして、二月の半ばのある日、先生は自分から、遅刻《ちこく》したときに払う罰金《ばっきん》を一ドルから五ドルに値《ね》あげしようと言いだした。そうすればぜったい、もっと気をつけて遅刻しなくなるからって。

だけど、もちろん効果《こうか》なし。今や先生は一ドルでなく五ドルの新札を手にして練習にやってくる。

そして、だまったまま、ドアのわきに並《なら》んでいるわたしたちのバックパックの上にお金を置く。入場料だよ。

ぱらっ　ぱらっ　ぱらっ
「アメリカに神のお恵みを」。

とうとうヒメナも言うようになった。

ヒメナが発見したこと

卓越《たくえつ》したダンス、『上昇《じょうしょう》』
ニューヨーク・タイムズ紙
メリッサ・クロッツ、一九七八年二月

ネリー・レジーナ劇場《げきじょう》で初演《しょえん》されたダンス『上昇』は、全米最高峰《さいこうほう》の音楽学校ジュリアード音楽院を卒業したばかりでプリンセス・グレース財団賞《ざいだんしょう》を受賞した振付師《ふりつけし》、ペトラ・エチェバリのみごとなデビュー作である。ニューヨークのエル・バリオ地区で育ったエチェバリがあらたな解釈《かいしゃく》を加えた、六十年代に大流行したダンスの再演《さいえん》は、非常《ひじょう》に魅力的《みりょくてき》で、当時の革新的《かくしんてき》カメラ・レンズを通して見ているかのようだ。それは瞬時《しゅんじ》に人の心をつかんでは、じきに忘《わす》れられていく流行音楽やダンスへの、心おどるオマージュである。クラシックダンスを専攻《せんこう》した振付師とは思えぬほど、息をのむようなジャンプと斬新《ざんしん》なステップに満ちたこの作品は、〝シンガリン〟というダンスが中心となって他のダンスパートと紡《つむ》ぎあい、みごとな視覚的《しかくてき》物語を作りあげている。

エチェバリは次のように語った。「シンガリンをこの作品の中心に選んだ理由は、シンガリンこそ、当時のダンス・ブームのなかで唯一《ゆいいつ》、ミュージシャンやダンサーがそれぞれの音楽的スタイルのなかで行《おこな》った解釈によって、進化していったダンスだからです。じつにさまざまなシンガリンが生まれました。ラテン、ソウル、R&B、ファンク、サイケデリック、そしてロックンロール。シンガリンは、あらゆるジャンルと交わったダンスなのです。まるで共通のテーマのように。

六十年代、子どものころのわたしと、わたしの仲間たちにとって、音楽はすべてでした。ダンスのレッスンを受けるお金はなく、テレビ番組『アメリカン・バンドスタンド』がわたしのダンスの先生でした。あのダンスブームが、わたしの学びの場になったのです」

エチェバリは十二歳《さい》になるまで、正式なダンスのレッスンを受けていなかった。だが、いったんはじめると、まっしぐらにその道をつき進んだ。「ダンスを習いだし、ジュリアード音楽院に入り、自分の可能性《かのうせい》に気づきました。不可能を可能にすることができる。同郷《どうきょう》の友人たちには、だれもできなかったことです。あの界隈《かいわい》から出ていくのは、むずかしいのです」

さらに、エチェバリは悲しげに続けた。「二年ほど前、ちょうどジュリアードを卒業する一か月ほど前に、幼《おさな》なじみの葬儀《そうぎ》に参列しました。わたしの家でいっしょに『アメリカン・バンドスタンド』を観ていた女の子の一人です。もう何年も会っていませんでしたが、不良仲間とつきあい、道を踏《ふ》みはずしたと聞いていました。葬儀で彼女《かのじょ》の母親に会うと、彼女がわたしに卒業プレゼントを作っていたと言うではありませんか。いったいなんなのか、想像《そうぞう》もつきませんでした」

エチェバリはカセットテープを掲《かか》げた。「彼女は、わたしたちが子どものころに流行したシンガリンの曲をすべて、このテープに集めてくれたのです。残らずすべてです。フスティ・バレートの『チャイナタウン』、カコ・アンド・ヒズ・オーケストラの『シンガリン、シンガリン』、シャーリー・エリスの『シュガー、レッツ・シンガリン』、ルー・コートニーの『アイヴ・ゴット・ジャスト・ザ・シング』、リバティ・ベルズの『シンガリン・タイム、ベイビー』、ラット・ティーンズの『エル・

シンガリン』、アーサー・コンリーの『シンガリン！』、オードリー・ウィンターズの『シンガリン！』、ヒューマン・ベインズの『ノーバディ・バット・ミー』。信じがたいコレクションです。いったいどうやって録音できたのか、見当もつかないものすら何曲かあります。けれど、このテープを聴《き》き、この音楽を織《お》りこんだダンス作品を創《つく》りあげようと思いつきました」

作品を踊《おど》る三人も近年のジュリアード卒業者であり、モンタージュのようなこの作品に独特《どくとく》の表現《ひょうげん》を与《あた》え、人生に前むきな喜びに満ちた経験《けいけん》へと観客を引きこんでくれる。けして浮《う》わついた懐古趣味《かいこしゅみ》などではない。力強いアレンジがなされた曲は、ダンスを技巧《ぎこう》だけに走らせず、エチェバリの胸《むね》うつ物語と完璧《かんぺき》に一体化している。まさに、モダンダンスの最高傑作《けっさく》と言えよう。

わたしたちがメールしあったこと

木曜日　9：18 PM

ヒメナ・チン

メールした記事、見た？

シャーロット・コーディ

ウッソ――!!!　ホントにアタナビ先生？

ヒメナ・チン

スゴイよね！

シャーロット・コーディ

ホントにホント？　ペトラ・エチェバリバリバリ～って、だれ？

ヒメナ・チン

先生の旧姓《きゅうせい》。先生だよ！　ホント。さっきゴーディ・ジョンソンをググってたんだけど、あきちゃって、ペトラ・アタナビをググったの。

サマー・ドーソン

今、読んだ。信じらんない！　わたしたちのダンスだよ!!!　『上昇《じょうしょう》』って！

ヒメナ・チン
だよね！　すっごーーーーい！

シャーロット・コーディ
写真の先生、とっても若《わか》くてキレイ。

サマー・ドーソン
わあっ、ヒメナったら最高！

ヒメナ・チン
なに？？？？？

サマー・ドーソン
ゴーディ・ジョンソンをググってたって。

ヒメナ・チン

うん、だって、気になっちゃって。どうなったのか知りたいよ。

シャーロット・コーディ

言いたくないけど、ママがもしかしたらって……

サマー・ドーソン

やだやだ!!!　うちのママも同じ。

ヒメナ・チン

ごめんね。でも、たぶん、もしかしたら、そうかも……??????

シャーロット・コーディ

ゴーディ・ジョンソンのご冥福《めいふく》をお祈《いの》りします??????☹

サマー・ドーソン
イヤ――!!!
シャーロット・コーディ
信じないもん。
サマー・ドーソン
あたしも。
ヒメナ・チン
わかったよ。さっき言ったこと忘《わす》れて。
サマー・ドーソン
なんか言ったっけ？

シャーロット・コーディ

☺☺☺☺☺

ヒメナ・チン

ところでさ、二人とも、明日うちに泊《と》まりにこない？

シャーロット・コーディ

わーい！　ママに聞いてくる。ちょっと待って。

サマー・ドーソン

やったね。三人だけ？

ヒメナ・チン

うん、六時に来れる？

サマー・ドーソン

うん。

シャーロット・コーディ

ヒメナのママとパパも家にいる？　いるんなら、いいって。

ヒメナ・チン

もち、いるよ。

シャーロット・コーディ

ただいま、親一名侵入《しんにゅう》。後ろから盗《ぬす》み読み中。とっとと宿題しなさいってウルサイから、もうやめなきゃ。じゃあ、明日ね！　おやすみ！

サマー・ドーソン

おやすみ！

Charlotte

ヒメナ・チン

また明日！　ドキドキわくわく！

ヒメナ・チンの家へ行ったこと

サマーもわたしも、ヒメナの家へ行くのははじめてだった。いつも、わたしのうちかサマーのうちで集まってたから。

ヒメナは、セントラル・パークのむこう側にある豪華《ごうか》な高層《こうそう》ビルに住んでいた。ガードマンがいるビルで、わたしが見慣《みな》れたノース・リバー・ハイツとは大ちがい。ノース・リバー・ハイツにあるのは、たいてい築《ちく》百年以上の茶色いレンガ造《づく》りの建物か小さなマンションだ。ヒメナのマンションは超《ちょう》モダン。エレベーターのドアが開いたら、そこはもうヒメナの家の玄関《げんかん》なんだよ。

「シャーロット！　サマー！」ヒメナは玄関で待っていた。

「ヒメナ！」わたしとサマーが言った。

「わあ、きれいなおうちね。靴《くつ》、脱《ぬ》いだほうがいいのね？」サマーは、きょろきょろしながら寝袋《ねぶくろ》を廊下《ろうか》に置いた。

「うん、ありがとう。また雪だなんてウソみたい」ヒメナはわたしたちのコートを受け取りながら言った。

わたしも自分の寝袋をサマーの寝袋のとなりに置いて、ムートンブーツを脱いだ。リビングから、見たことのない女の人がやってきた。

「ルイサよ。こっちはサマーとシャーロット。ルイサはわたしのベビーシッターなの」ヒメナが言った。

「はじめまして」と、わたしとサマー。

ルイサはにこっとすると、たどたどしく「ハジメマシテ！」と言った。それから、べらべらすごい早口のスペイン語でなにかヒメナに話すと、ヒメナがうなずいて、グラシアス《ありがとう》と答えた。

「スペイン語できるの？」わたしはびっくり。サマーといっしょにヒメナのあとからキッチンカウンターへむかいながら、たずねた。

ヒメナが笑って答える。「知らなかったの？　ヒメナって、ぜったいスペイン系《けい》の名前でしょ。なにか飲む？」

わたしは正直に言った。「中国の名前かと思ってたよ！　お水もらえる？」

「わたしも」サマーが言った。

「パパは中国人なの。ママはスペイン人。マドリード出身で、わたしもそこで生まれたんだ」ヒメナは給水器から、コップに冷水を注いだ。

「ええっ！　かっこいい」と、わたし。

ヒメナが水の入ったコップをわたしたちの前に置き、ルイサがおやつのいっぱい載《の》ったトレイを持ってきた。

「ムーチャス・グラシアス！」サマーがルイサにスペイン語でお礼を言った。

「ムーチャス・グラシアス」ひどい英語なまりだけど、わたしも、どうもありがとうと言った。

「二人の発音、かわいいね」ヒメナが、にんじんスティックを小皿のディップにつけながら言った。

「じゃ、マドリードで育ったの？」わたしはたずねた。ダンスと馬と『レ・ミゼラブル』は別として、わたしが大好きなのは旅行。といっても、べつにあちこち旅行したことがあるわけじゃない——今のところはね。これまで行った場所といったら、バハマっていう国へ一度だけと、あとはフロリダと、カナダのモントリオールぐらい。でも、パパとママは、そのうちヨーロッパへ連れていってあげると、いつも言っている。それに、わたしはブロードウェイのスターになったら、その次はプロの旅行家になろうと思っている。

「ううん、ちがう。でも、毎年夏休みはマドリードへ行ってるんだ。去年はニューヨークでバレエの夏期集中講座《サマー・インテンシブ》があったから行けなかったけどね。とにかく、育ったのは別のところ。パパもママも国連で働いているから、あちこちいろんなところで育ったの」ヒメナは、にんじんスティックを一口かじった。カリッ。「ローマに二年。その前はブリュッセル。四歳《さい》のころはドバイに一年いたんだけど、ぜんぜん覚えてないよ」

「わあっ」とサマー。

「かっこいい」とわたし。

ヒメナは、にんじんスティックで自分のコップを、とんとんとたたいた。「そんなことないよ。苦労することもあるんだ。引《ひ》っ越《こ》しばかり。だから、いつだって転校生だよ」

「うん、そうだよね」サマーが、同情《どうじょう》するように言った。

「だけど、なんとか生きのびてきたよ。愚痴《ぐち》を言うつもりはないけどね」皮肉っぽく言い、ヒメナは、またにんじんをかじった。

「それじゃ、ほかの言葉もしゃべれるの？」わたしは聞いた。

口に食べものがいっぱいのヒメナは、答えるかわりに指を四本立て、そのうち一本だけちょっと折った。やっと飲みこむと、くわしく説明してくれた。

「英語は、いつもアメリカン・スクールに行ってたからできるんだ。それからスペイン語とイタリア語。あと、ほんのちょっと中国語をおばあちゃんから教えてもらったの」

「わあ、かっこいい！」とわたし。

「シャーロットったら、かっこいいって言ってばかり」とヒメナ。

「かっこよくないね」わたしの答えにヒメナが笑った。

ルイサがやってきて、なにかヒメナに聞いた。

「夕食に二人がなにを食べたいか、知りたいんだって」ヒメナが通訳《つうやく》してくれた。

サマーとわたしは顔を見合わせた。

「なんでも大丈夫《だいじょうぶ》です。どうかお気づかいなく」サマーが、とても礼儀《れいぎ》正しくルイサに答えた。

ヒメナが通訳すると、ルイサは眉《まゆ》をあげて、にっこりした。それから手をのばし、サマーのほっぺを愛おしそうにつねる。

「ケ・ムチャチータ・エルモサ！」それからわたしのほうを見て「イ・エスタ・セ・パレセ・ア・ウナ・ムニェキータ」

ヒメナが笑った。「サマーがとってもきれいだって。それから、シャーロットはお人形さんみたいだって」

ルイサを見ると、にこにこしてうなずいている。

「うわあっ！　ありがとうございます！」と、わたし。

ルイサは、夕食のしたくをしに行った。

「パパとママは八時ごろに帰ってくるの」ヒメナは、ついてくるようにと、わたしたちを手招《てまね》きした。それから、家のなかをひととおり見せてもらった。まるでインテリア雑誌《ざっし》からそのまま抜《ぬ》けだしてきたみたい。なにもかも白。ソファも敷物《しきもの》も。リビングにあったのは白い卓球台《たっきゅうだい》！　ちょっと緊張《きんちょう》しちゃう。だって、けっこうみんな気づいていると思うけど、わたしはかなりのドジ。うっかりなにかこぼしちゃったら、大変だよ。

廊下《ろうか》を通ってヒメナの部屋に行ったんだけど、あんなに大きな子ども部屋って、今まで見たことがない。しかもお父さんとお母さんの寝室《しんしつ》はもっと大きいんだって。わたしの部屋なんて、ベアトリクスお姉ちゃんといっしょなのに、ヒメナの部屋の四分の一もないんじゃないかな。

サマーが部屋のまんなかで、ゆっくり三百六十度まわり、部屋中じっくり見た。「あのさ、この部屋、うちのリビングとキッチン全部合わせたのと同じくらい大きいよ」

「わあっ！　エンパイア・ステート・ビルが見える！」わたしは、床《ゆか》から天井《てんじょう》まで届《とど》く大きな窓《まど》に近《ちか》寄《よ》った。

「ホントに、こんなすてきなお部屋見たことないよ！」サマーが机《つくえ》の前の椅子《いす》にすわって言った。

「ありがとう」ヒメナはうなずきながら部屋を見まわした。ちょっと照れているみたい。「去年の夏に引《ひ》っ越《こ》してきたばかりだから、まだなんだか自分の家って感じがしないんだけど……」ヒメナは、ドスンとベッドにすわった。

サマーが、キャスター付きの椅子《いす》にすわったまま、机《つくえ》の後ろのすごく大きな掲示板《けいじばん》へ近づいた。小さな写真、絵、なにかの引用やことわざが、ぎっしり貼《は》りつけてある。

「あっ、これ、ブラウン先生の格言《かくげん》！」サマーが、ブラウン先生の九月の格言が書かれた紙を指さした。

「ブラウン先生って、今までで一番好きな先生だよ」ヒメナが言った。

「おんなじ！」とわたし。

「このサバンナと写っている写真、すごくすてきだね」サマーが言った。

わたしもその写真を見に近づいた。ヒメナが出会ったいろんな人たちの小さな写真が何十枚《まい》もある。ほとんどわたしたちが知らない人ばかり。そのなかに、ヒメナとサバンナがプリクラで撮《と》ったツーショットがあった。それから、ヒメナとマイルズのと、サバンナとヘンリーのと、エリーとエイモスのも。こんなところでエリーの写真を見るなんて、正直、なんだか変な感じだった。ぜんぜんちがう角度でエリーを見ている感じ。エリーはほんとうに、がらっとちがう新しい毎日をすごしてるんだね。

「サマーとシャーロットの写真も壁《かべ》に貼らなきゃ」ヒメナが言った。

「えっ、やだ、ヒメナ！」サマーが、いつもの妖精《ようせい》みたいなかわいらしい感じで言い、掲示板の写真を指さした。

一瞬《いっしゅん》、ヒメナが言ったことに、サマーが「えっ、やだ」と答えたのかと思ったけれど、そうじゃなかった。

「あっ、ごめん」ヒメナは、後ろめたそうな顔をした。

最初、なにがまずいのか、わたしにはわからなかった。だって、ただのクラス写真だったから。だけど、オギーの顔の上に小さな黄色いふせんが貼ってある。ふせんには悲しい顔の絵が書いてあった。

ヒメナは写真からふせんをはがし、申《もう》し訳《わけ》なさそうに言った。「サバンナと男の子たちが、ふざけて貼ったんだ」

「ジュリアンのお母さんが学年写真を画像編集《がぞうへんしゅう》したのと同じくらい、ひどいよ」とサマー。

「すごく前のことなの。だから、ずっと忘《わす》れてたよ」そのころには、もうわたしもヒメナの左ほおのえくぼに慣《な》れていたから、ヒメナが真剣《しんけん》なのかじょうだんを言っているのかを、まちがえることはなかった。顔を見れば、ぜったい深く反省しているってわかる。「ほんとうはね、オギーってすごいと思ってるんだ」とヒメナが言った。

「だけど、オギーに話しかけたことないよね」とサマー。

「そばにいたくはないけれど、だからって、すごいと思ってないわけじゃないよ」

ちょうどそのとき、開けっぱなしにしてあったドアをノックする音が聞こえた。ルイサが小さな男の子を抱《だ》きかかえている。昼寝《ひるね》から起きたばかりみたい。三歳《さい》か四歳くらいで、ヒメナそっくりなのだけど、どう見てもダウン症《しょう》だとはっきりわかる。

「オラ、エドゥアルディート！」ヒメナがにこにこして言った。そして、両腕《りょううで》をさしだして、ルイサから弟を抱きあげた。「お姉ちゃんの友だちよ。ミス・アミーガス。こっちがシャーロットで、あっちがサマー。こんにちはって言ってごらん。ディ・オラ」ヒメナがエドゥアルディートの手を持って、わたしたちのほうにふったので、わたしたちも手をふり返した。エドゥアルディートはまだ寝《ね》ぼけまなこで、ヒメナに顔中キスされながら、眠《ねむ》そうにわたしたちを見ていた。

『真実か挑戦《ちょうせん》か？』っていうゲームをしたこと

「パパが死んだってわかった日」とサマーが言った。

三人とも、ヒメナの部屋の床《ゆか》に並《なら》べた寝袋《ねぶくろ》に横になっていた。天井《てんじょう》の明かりは消して暗くしていたけれど、部屋中ぐるりとクリスマス飾《かざ》りの赤唐辛子《あかとうがらし》みたいな形の電球がぶらさがっていて、壁《かべ》がほんのりピンクに染《そ》まっている。三人のパジャマもピンク、三人の顔もピンク。秘密《ひみつ》を打ち明けたり、昼間はぜったいに話せないことを話すのには、ぴったりの照明だよ。わたしたちは『真実か挑戦か？』っていうゲームの真っ最中で、サマーが引いた「真実」のカードには、「人生最悪の日はいつでしたか？」という質問《しつもん》が書いてあった。

とっさに、そのカードをもどしてほかのカードを引くように言わなきゃって思った。だけど、サマーはかまわないみたいで、すぐ答えた。

「ボブ先生の授業《じゅぎょう》を受けていたら、ママとおばあちゃんがわたしを迎《むか》えにきたんだ」サマーは静かな声で話し続けた。「歯医者さんに連れていかれるのかと思った。だってその日の朝、歯が抜《ぬ》けたからね。だけど、車に乗ったらすぐ、おばあちゃんが泣きだした。そして、ママが教えてくれたんだ。パパが戦死した知らせが来たって。パパは天国に行ったんだって。それから、三人いっしょに車のなかでずっと泣いてたよ。ぼろぼろ大粒《おおつぶ》の涙《なみだ》が止まらなかった。とにかく、それが人生最悪の日」

サマーは、わたしたちのほうを見ないで自分の寝袋のファスナーをいじっていた。

ヒメナが首を横にふり、おさえた声で言った。「どんなにつらかったか、想像《そうぞう》もつかないよ」

「そうだよね」とわたし。

サマーが、まだ寝袋のファスナーを引っぱりながら言った。「でも、今はもう、ぼんやりとしか覚えてないの。正直言って、お葬式《そうしき》のことはまったく記憶《きおく》にない。ぜんぜん。あの日のことで覚えているのって、恐竜《きょうりゅう》の絵本を読んでいたことだけ。たくさんのトリケラトプスがいて、空を隕石《いんせき》が横切っている絵があった。パパが死んじゃったのも、そんな感じだと思ったのを覚えてるんだ。恐竜が滅《ほろ》びたのと似《に》ているなって。心臓《しんぞう》に隕石《いんせき》がぶち当たったら、永遠《えいえん》になにもかも変わっちゃう。なのに、わたしはまだここにいて、なんとかやっている」

サマーは、やっと引っかかっていたファスナーが動かせるようになり、寝袋《ねぶくろ》を上まで閉《と》じた。「まあ、とにかく……」

「サマーのパパ、覚えてるよ」わたしは言った。

「そう？」サマーがにこっとする。

「背《せ》が高くて、とっても低い声だったよね」

サマーがうれしそうにうなずく。

「うちのママが言ってた。学年中のママたちが、サマーのパパはすごいイケメンだと思ってたって」

「ええっ！」サマーは目を丸くした。

わたしたちは、またしばらくだまっていた。サマーがカードの山をそろえはじめる。

「じゃあ、今度はだれの番？」サマーが聞いた。

「わたしだと思う」わたしはルーレットをまわした。

ルーレットの矢が「真実」に止まったので、わたしは「真実」のカードの山から一枚《まい》引いた。

「えっ、これ、つまんない。『もし超能力《ちょうのうりょく》を持てるとしたら、どんな超能力がほしい？　それはなぜ?』だって」わたしはカードを読みあげた。

「おもしろいじゃん」サマーが言った。

「もち、空を飛びたい。好きなところどこでも行けるもん。世界中どんどん飛びまわって、ヒメナが住んだところ全部行っちゃうんだ」わたしは言った。

「へえ、わたしは透明《とうめい》人間になりたいなあ」とヒメナ。

「わたしはなりたくないよ。だって、なんで透明人間? みんながわたしの陰口《かげぐち》言ってるのを聞けるから? 偽善者《ぎぜんしゃ》だと思われてるのが、わかるから?」わたしは言った。

「まったくもう! いいかげんにしなよ」ヒメナが笑った。

「じょうだんだってば」

「わかってるよ! でも、これだけははっきりさせておくけど、シャーロットが偽善者だなんて、だれも思ってないよ」とヒメナ。

「ありがとう」

「ただのいい子ぶりっ子だよね」

「もうっ!」

「でも、人にどう思われてるのか、気にしすぎるところがあるよね」ヒメナが、ちょっとマジに言った。

「そうなの」わたしもマジに答えた。

「ねえ、今度はヒメナの番だよ」サマーが言った。

ヒメナがルーレットをまわすと、矢は「真実」を指して止まった。ヒメナは、カードを引いて読むと、ええっと、いやそうに声をあげた。

「『学校のどの男の子とでもデートできるとしたら、だれを選ぶ？』」ヒメナが声に出して読んだ。片《かた》手《て》で顔をかくしている。

「えっ？　マイルズだよね？」

ヒメナは笑いだし、恥《は》ずかしそうに首を横にふった。

「うわっ！！！　だれ？　だれ？　だれ？」サマーもわたしもヒメナを指さしながら言った。

ヒメナは笑っていた。薄明《うすあ》かりのなかでよく見えなかったけれど、赤くなっているみたい。

「わたしが教えたら、二人も、好きな人を教えるんだよ！」

「ずるい！　ずるい！」とわたし。

「ずるくないよ！」とヒメナ。

「わかったよ！」

「エイモス」ヒメナがため息をついて言った。

「うっそー！　エリーは知ってるの？」サマーは口をぽかんと開けたままだ。

「知るわけないじゃん。ただの片想《かたおも》い。べつになにもしないよ。それに、エイモスはわたしのことなんて、なんとも思ってないもん。エリーに夢中《むちゅう》なんだから」

思い出しちゃったよ。ほんの数か月前、エリーとわたしはジャックのことを話してたんだ。あのころは、男の子とつきあうなんて、まだまだずっと先のことみたいに思ってた。

ヒメナがわたしを見た。「シャーロットが好きな人は知ってるよ」たんたんと、まるでわかりきったことって感じで言う。

わたしは顔をおおった。「みんな知ってるよ。エリーのせいで」

「サマーは？」ヒメナがサマーの手をつつきながら聞いた。

「そうそう、サマーはどうなの？」わたしも聞いた。

サマーは、にこにこしているけれど、首を横にふった。

「もう！　だれかいるでしょ」ヒメナはサマーの小指を引っぱった。

「わかったよ。リード」サマーが、ためらいながら言った。

「リード？　リードってだれ？」ヒメナが聞いた。

「ブラウン先生の授業《じゅぎょう》でいっしょだよ！　すごくおとなしい子。サメの絵を描《か》いてる」とわたしが教えた。

「人気者ってわけじゃないよ。だけど、すごくやさしい。それに、けっこうカッコイイと思うんだ」とサマー。

「わあっ！　もちろん、リードのこと知ってるよ。ひっかかったね。すごくカッコイイ子だよね」ヒメナが言った。

「でしょ？」とサマー。

「お似合《にあ》いのカップルになれるよ」

「もしかしたら、いつかね。でも、まだカップルになんてなりたくないんだ」

「だから、ジュリアンとつきあいたくなかったの？」

「やなヤツだから、つきあいたくなかったの」すぐにサマーが答えた。

「ハロウィーンのとき、ほんとうは具合悪くなかったでしょ？　サバンナのパーティーで」

「うん」

ヒメナがうなずいた。「そうだと思った」

「ねえ、ちょっと質問《しつもん》。カードからじゃないけど」わたしはヒメナに言った。

「えっ！」ヒメナは眉《まゆ》をあげて、にこっとした。「いいよ」

わたしは、ためらいながら聞いた。「あのね、マイルズと『つきあう』って、実際《じっさい》どういうことなの？　なにをするの？」

「シャーロット！」サマーがわたしの腕《うで》を、手の甲《こう》でポンとたたいた。

ヒメナが笑いだした。

「そんな、わたしが言ってるのは……」

「わかってるってば！」ヒメナが、わたしの指を握《にぎ》りながら言った。「マイルズとは毎日放課後にロッカーのところで会うだけだよ。ときどきバス停まで送ってくれる。手をつなぐ」

「キスしたことある？」とわたし。

ヒメナは、レモンでもかじったように顔をしかめた。もうコンタクトレンズははずしている。べっ甲柄《がら》の大きなメガネをかけて、夜だけつけることになっている歯の矯正装置《きょうせいそうち》をはめている。学校で見《み》慣《な》れているヒメナ・チンとは、ぜんぜんちがって見えた。「一度だけ。ハロウィーン・パーティーで」

「どうだった？」

「わかんない！　なんだか自分の腕にキスしてるみたいだったよ。やったことある？　自分の腕にキスしてごらんよ」

サマーとわたしは、言われたとおり自分の腕にキスをした。そして、わたしたちは、くすくす笑いだしてしまった。

「ああ、ジャック！」と言って、わたしは自分の手首のあちこちにブチュブチュ音を立ててキスをした。

「ああ、リード！」サマーも同じことをする。

ヒメナも手首にキスをしながら言った。「ああ、マイルズ！　じゃなくて、エイモス！」

また三人で大爆笑《だいばくしょう》。

そのとき、ヒメナのお母さんがドアをノックして、顔をのぞかせた。「かわいい娘《むすめ》さんたち、おちびちゃんが目を覚まさないように、少し静かにしてくれる？」

「ごめんなさい、ママ《おかあさん》」ヒメナが答えた。

「みんな、おやすみなさい」ヒメナのお母さんがやさしく言った。

「おやすみなさい！　ごめんなさい！」わたしたちは小さな声で言った。

「もう寝《ね》る？」わたしは、そっと聞いた。

「ううん。もっと静かにおしゃべりすればいいよ。ね、今度はサマーの番。真実か挑戦《ちょうせん》か」

「あたしも、カードにない質問《しつもん》がある。ヒメナにだよ」サマーがヒメナを指さした。

「もうっ、二人して寄《よ》ってたかって！」ヒメナが笑った。

「まだひとつも『挑戦』をやってないね」とわたし。

「うん、じゃあ、『挑戦』にするね。ヒメナは、月曜日のランチのとき、だれにも理由を言わないで、あたしたちのテーブルにすわること」サマーがいった。

「ええっ！　わけも言わないで、いつものテーブルから離《はな》れられないよ」とヒメナ。

「そのとおり！　なら、『真実』を選びなよ」サマーが言った。

「わかったよ。で、どんな『真実』？」

サマーはヒメナを見た。「うん、じゃあ『真実』を教えてね。もしこの週末、サバンナとエリーとグレッチェンがスキーに行かなかったとしたら、それでもシャーロットとわたしをお泊《と》まりに呼《よ》んだ？」

ヒメナが目を丸くした。「えええっ！」ほっぺをフグみたいにふくらませている。

「ヒメナったら、アタナビ先生そっくり」わたしが言った。

「ほらほら、『真実か挑戦か？』だよ」サマーがヒメナに催促《さいそく》した。

とうとうヒメナは、両手で顔をかくしながら言った。「わかった。言うよ。真実だよ！　たぶん呼ばなかった、ごめん」ヒメナは、指のすきまからわたしたちを見ている。「この週末いっしょにスキーへ行くことになってたの。でも、もうすぐダンス公演《こうえん》なのに、ねんざかなんかしちゃったら、まずいでしょ。だから、ぎりぎりになって行くのをやめて、二人を呼ぶことにしたんだ」

「やっぱり！　わかってたよ。この週末、あたしたちは予備《よび》の補欠《ほけつ》選手だったんだ」サマーがヒメナの肩《かた》をつつきながら言った。

わたしも、ヒメナの肩をつつきだした。

「ごめんなさい！　でも、二人といいたくないわけじゃないってば！」ヒメナは、サマーとわたしにくすぐられて、笑いながら言った。

「先月もだれかをお泊《と》まりに呼《よ》んだ？」サマーが聞いた。

わたしとサマーは、ヒメナをコチョコチョくすぐり続けていた。

ヒメナはくすくす笑って言った。「うん！　ごめん！　呼んであげなかったよね。別べつのグループをうまくまとめるのは得意じゃなくて！　でも、次の学年ではもっとうまくやるよ。約束する」

わたしは、もう一度だけヒメナをつつきながら聞いた。「ほんとうに、サバンナが好きなの？」

ヒメナが顔をしかめた。サバンナが口をとがらせている感じそっくり。

今度は、わたしとサマーが笑いだした。

「しいっ！」ヒメナが、声を小さくするようにと、手で合図した。

「しいっ！」とサマー。

「しいっ！」とわたし。

やっと三人とも落ちついた。

「あのね、正直言っちゃうと、わたしがみんなと練習するようになってから、サバンナはかなりウザイんだ。自分が選ばれなくて、すごく怒《おこ》ってた」ヒメナが静かに言った。

「たぶん、サバンナじゃなくて、あたしが選ばれたのを怒ってるんだよね」とサマー。

「そうじゃなくて、シャーロットに怒ってたの」ヒメナは、わたしを親指でさした。

「やっぱり！」とわたし。

ヒメナが首をかしげた。「こんなこと言ってた――サバンナが言ったんだよ、わたしじゃなく――シャーロットは、ビーチャー学園の行事で、決まっていい役をもらえる。小さいころテレビのコマーシャルに出てたことを、先生たちみんなが知ってるからだって。それから、いつも先生に気に入られるように必死だからだって」

「えっ、なにそれ？　ひどいめちゃくちゃ」わたしはびっくりした。

すると、ヒメナは肩をすくめた。「サバンナがわたしとエリーにそう言ったんだよ」

「でも、エリーなら、そんなのウソだって知ってるよ」わたしは言った。

「エリーが、サバンナに逆《さか》らうことを言うわけないじゃん」ヒメナが答えた。

「なんでサバンナはわたしが嫌《きら》いなんだろ。ぜんぜんわかんないよ」わたしは首を横にふった。

「サバンナはシャーロットを嫌《きら》ってなんかないよ」サマーは言いながら手をのばして、ヒメナのかけていたメガネをはずした。「もしなにかあるとしたら、たぶん、シャーロットとエリーが仲良しだったのを、ちょっとねたんでるのかもね」

「ほんと？　なんで？」わたしは聞いた。

サマーが肩《かた》をすくめ、ヒメナのメガネをかけてみた。「だってさ、シャーロットとエリーって、いつも二人だけで引っついてたじゃないの。サバンナにしてみたら、取り残された気がしてたのかも」

そんなこと、一度だって考えたことなかった。

「そんなふうに思われてたなんて、気づきもしなかったよ。マジ、ぜんぜん。ホントにそうだと思う？　ほかの子もそう感じてた？　サマーも？」

サマーは、鼻のてっぺんまでメガネがずり落ちるのを押《お》さえもしない。「ちょっとね。だけど、同じ授業《じゅぎょう》がひとつもなかったから、かまわなかった。サバンナは、どの授業も全部二人といっしょだったでしょ」

「そっか」わたしは、ほっぺの内側をかんでいた。心配なときのわたしの癖《くせ》。

サマーが、ヒメナのメガネをわたしにかけようとしながら言う。「でも、気にすることないよ。もう関係ないもの。このメガネ、シャーロットにけっこう似合《にあ》うね」

「だけど、サバンナに嫌われたくない！」わたしは言った。

「サバンナの思ってることなんか、どうしてそんなに気にするの？」ヒメナが聞いた。

「ヒメナだって、サバンナの思ってることが気になるでしょ？　はっきり言って、サバンナといるときのヒメナって、今とぜんぜんちがうよ」

「そうだね」と言うと、サマーはわたしの顔からメガネをはずし、パジャマでメガネをふきだした。

「サバンナがいないときは、ずっとやさしくなるよね」とわたし。

ヒメナが髪《かみ》を指に巻《ま》きつけながら言う。「わたしたちくらいの年の子って、みんな少し意地悪なんだと思わない？」

「ぜんぜん！」サマーが、メガネをヒメナにかけながら言った。

「少しも？」ヒメナが右眉《みぎまゆ》をあげながら聞いた。

「ぜんぜん！」サマーは、ヒメナのメガネをまっすぐに直しながら、くりかえした。「だれだって、意地悪になっちゃいけない。ぜったいだめ」うしろに体を反らして、メガネがまっすぐか、たしかめている。

「サマーはそう思うんだ。さすが天使だよ」ヒメナがサマーをからかった。

「まったくもう、もう一度そんなこと言ったら！」サマーが笑いながら、ヒメナに枕《まくら》を投げつけた。

「ちょっとサマー・ドーソン、まさか今、わたしの大事な最高級ヨーロッパ製《せい》ホワイトグース・ダウンの枕《まくら》を、ぶつけてきたんじゃないよね？」ヒメナが、ゆっくり立ちあがった。それから、自分のふかふかの枕をつかんで、高くかかげた。

「けしかけてるの？」サマーが、自分の枕を盾《たて》のように持って立っている。

わたしも、わくわくして立ちあがり、枕を持って構《かま》えた。

「枕投げ！」思わず、興奮《こうふん》してちょっと大きすぎる声を出しちゃった。

「しいっ！」ヒメナが人さし指を口にあてた。

「音なし枕投げ！」わたしは声をおさえて言った。

三人とも、だれが最初に投げるかと、じいっとにらみあい、それから、すぐはじまった。ヒメナがサマーを上からたたき、サマーが下からぶつけ返す。わたしは、横から大きく枕をふりまわしてヒメナに当てた。すると、ヒメナが近づいてきて、左から枕をふりあげてわたしをたたいた。ところが、今度はサマーに、わたしもヒメナも上からたたかれた。しばらくすると、わたしたちは枕じゃない物も投げあっていた。ヒメナのベッドの上のぬいぐるみ、タオル、丸めた服。まったく音を立てないでやろうとしてたのに、ううん、もしかしたら、静かにしようとしたせいなのか、これって今までで最高の枕投げ！　だって、笑いたいのに笑っちゃいけないことほど、おかしいことってないでしょ？

とつぜん、トランペットのような不思議な音が響《ひび》きわたった。だれかのおなら！　いつまでも続きそうだった枕投げも、それでおしまい。三人ともその場で止まり、目を丸くして顔を見合わせると、げらげら大笑いしだした。もちろん、だれも自分のだとは認《みと》めない。

それからすぐ、またヒメナのお母さんがドアをノックした。がまんしてくれているけれど、どうやらちょっとイライラしているみたい。もう十二時をすぎていた。

わたしたちは、すぐ寝《ね》るし、もう音は立てないと約束した。

三人とも大笑いしすぎて息を切らしていた。わたしなんか、ちょっとお腹《なか》が痛《いた》くなったほど。しばらくのあいだ、寝袋《ねぶくろ》を並《なら》べなおしたり、ぬいぐるみを元の場所にもどしたりしていた。自分の服をたたみなおし、タオルをクローゼットにもどした。

枕を整えて寝袋に入り、ファスナーを閉《し》めて、おたがいにおやすみを言った。だけど、わたしは眠《ねむ》れなかった。眠いのに、わたしのなかで夜がうずまいている。まぶたが重くて目をつむりたいのに、いろいろ気になってつむれない。わたしがくすくす笑いだしてしまうと、サマーとヒメナも笑いはじめた。みんな手をのばしてほかの子の口にあてて、おたがい静かにさせようとする。

やっと、どうにか笑いがおさまると、また静かになった。真っ暗ななかでヒメナが静かに歌いはじめた。最初は、なんの歌だかぜんぜんわからなかった。すごく小さな声だったから。

ノーノー、ノー、ノーノー、ノーノーノー

サマーもいっしょに歌いだした。

ノー、ノーノー、ノー、ノー、ノーノー、ノーノー、ノーノー

さすがにわたしもなんの歌だか気づき、いっしょに歌いだした。

ノーノーノー、ノーノー、ノー、ノーノー、ノー！

そして、三人そろって、ささやき声で歌い続けた。

だれも、シンガリンを踊《おど》れない

わたしのようには……

だれも、スケートができない

わたしのようには……

だれも、ブーガルーが踊れない

わたしのようには……

わたしたちは、ごろんと並《なら》んであおむけのまま歌い、頭の上にあげた両手だけで、ぴったりそろったダンスを踊った。最初から最後まで全部歌った。教会でお祈《いの》りするときと同じくらい小さな声で。

わたしたちのベン図

わかってるってば。こんなのを考えるのに、
時間を使いすぎだよね。

ぜんぜん話さなかったこと

月曜日、お泊《と》まり会のことはまったく話さなかった。三人みんな、口に出さなくてもちゃんとカンが働いて、学校に行ったらすべていつもどおりにもどるんだって、わかってた。ヒメナはサバンナのグループといっしょ。サマーは自分のちっちゃなグループ。わたしはランチのテーブルでマヤと点つなぎゲームをしている。

サマーとヒメナとわたしが仲良しになったなんて、思いつく子すらいないだろう。ましてや、ほんの二、三日前、ヒメナの部屋でいっしょに音なし枕《まくら》投《な》げをしたり、赤唐辛子《あかとうがらし》みたいな電球のピンク色の光に染《そ》まって秘密《ひみつ》を打ち明けあったりしたなんて。

人間関係めちゃめちゃを止められなかったこと

本番前日の夕方、その日は練習をしないで体を休めるようにと、アタナビ先生が言った。必ず栄養のある夕食を食べて、よく眠《ねむ》ってほしいそうだ。それから、わたしたちの衣装《いしょう》をくれた。先生が、いっしょうけんめい縫《ぬ》ってくれた衣装。前の週に試着して、わたしたちの体にぴったり合わせてある。早く家に帰って着てみたくて、わくわくした。このコーラス・グループ「リバティ・ベルズ」の写真をヒントにしたデザインだ。

それで、その日はマヤやリナといっしょに家へ帰ることにした。サマーやヒメナと仲良くなる前、いつもしていたのと同じように。

三月に入ってはじめての、いい天気の日だった。とっても寒かった長い冬のあと、やっと春の気配がおとずれた感じだ。リナが、アイスクリーム屋のカーベルに寄《よ》ってから帰ろうと言いだした。春っぽくていい思いつきなんで、わたしたちはエイムスフォート通りをいつもの道とは逆《ぎゃく》へ、公園のほうにむかった。歩きながら、わたしはサバンナのことを話した。小さいころテレビのコマーシャルに出たってことだけでわたしがアタナビ先生に選ばれたんだと、サバンナが言いふらしているらしいって。

「そんなの真《ま》に受ける子いないよ」リナがわたしをいたわるように言い、自分のサッカーボールを前に蹴《け》った。

「ひどいっ！」マヤが怒《おこ》ってくれて、わたしはうれしかった。「サバンナったら信じらんない！　初等部のときは、あんなにやさしかったのに」

「サバンナがわたしにやさしかったことなんて、一度もないよ」とわたし。

すると、マヤはメガネを押《お》しあげながら言いはった。「わたしにはやさしかったよ。でも、今は悪者。あのグループみんな悪者だよ」

わたしはうなずいてしまったけれど、すぐ首を横にふった。「えっ、それはどうかなあ」

「そのうえ、エリーまでわたしたちから離《はな》れていっちゃったし。あのね、エリーったら、このごろ、あいさつもめったにしてくれないの。もうエリーも悪者」

わたしは鼻をかいた。マヤは、なにかと白黒はっきりつけたがる性格《せいかく》だ。「かもね」

「それってきっと、ヒメナ・チンのせいだよ。全部あの子のせい。うちの学年にヒメナが転校してこなければ、すべて今までどおりだったのに。あの子の悪い影響《えいきょう》だよ」

いかにもマヤらしい見方だった。そんなこともあって、わたしはダンスのことを、あまりくわしくマヤに話したことがなかった。だってマヤは、わたしとサマーが、おぞましいヒメナ・チンと仲良くなるだなんて、ぜんぜん納得《なっとく》できないだろうと思ったんだもの。でも、そんなのかまわない！　ヒメナと友だちになったことを、いちいち弁解《べんかい》しないですむからね！　実際《じっさい》のところ、マヤがわかってくれるはずがない。

「なにが一番むかつくって、たぶん、修了式《しゅうりょうしき》であいさつする五年生代表にはヒメナが選ばれるってこと。ホントむかつくよ」マヤが言った。

「だって、成績《せいせき》トップだもん」わたしは、できるだけ公平な言い方をした。

「シャーロットがトップかと思ってた」とリナがわたしに言った。

「トップはヒメナだよ。ヒメナ、シャーロット、サイモン、わたし。次がオギーかレモ。オギーは、数学ではレモより成績いいのに、最近スペイン語の小テストをしくじって、全体の成績をさげちゃったんだ」

マヤはいつだって、みんなのテストの点を知っている。宿題の点も作文の点も、成績という成績はなんの点でも聞きまわってチェックしてる。そのうえ驚《おどろ》くほどの記憶力《きおくりょく》で全部細かく覚えているんだ。

「みんなの成績を覚えてるなんて、どうかしてるよ」リナが言った。

「才能《さいのう》ね」マヤが答えた。じょうだんめかそうともしない。

「そういえば、シャーロットに手紙のこと言った?」リナがマヤに聞いた。

「なんの手紙?」前にも言ったけど、この数週間、あんまりいっしょにいなかったから、いろいろ知らないままのことがあったんだ。

「ああ、なんでもない」とマヤ。

「マヤがエリーに手紙を書いたの」とリナ。

マヤはわたしを見上げて、顔をしかめた。「エリーにわたしの気持ちを知らせるの」マヤが、ずれ落ちたメガネのフレーム越《ご》しにわたしを見つめている。

聞いてすぐ、いやな予感がした。

「なんて書いたの？」わたしは聞いた。

マヤは肩《かた》をすくめる。「ただの手紙だよ」

「シャーロットに読ませてあげなよ」リナがマヤに言った。

「シャーロットは、きっとエリーに渡《わた》すなって言うもん！」マヤは、長い巻《ま》き毛の先を口に入れながら答えた。

「見せるくらい、いいじゃん？　マヤったら！」わたしは、かなり気になりだしていた。

ちょうどエイムスフォート通りと二二二丁目の交差点で、青信号を待っていたときだ。

「わかった。見せりゃいいんでしょ」マヤはコートのポケットをごそごそ探《さぐ》り、よれよれのアグリードールのキャラクターの絵が描《か》かれている封筒《ふうとう》を引っぱりだした。表に銀色のマーカーで「エリーへ」と書いてある。

「あのね、ようは、今年エリーが変わっちゃったことを、わたしがどう思ってるか知らせたいだけ」
マヤは封筒をさしだし、開けて読むようにと、うなずいた。

エリーへ

長年の友だちとして、あなたに言いたいことがあるの。このごろのエリーは、前とぜんぜんちがう。どうか、いいかげん目を覚まして態度《たいど》をあらためてちょうだい。エリーのことは責《せ》めないよ。悪者は、エリーに悪い影響《えいきょう》を与《あた》えているヒメナ・チン！　ヒメナったら、まずサバンナの頭をひんまげて、今度はエリーを自分みたいな美人ゾンビに変えようとしているんだ。そんな子とつきあわないで、今までわたしたちが、どれだけ楽しいことをいっしょにしてきたか、思い出してくれるかな。ブラウン先生の十一月の格言《かくげん》を覚えてる？

「自分に及《およ》ばない友を持つな」！　お願いだから、また友だちにもどってくれる？

とっても仲良しだった元親友の

マヤより

わたしは手紙を折りたたんで、封筒にもどした。マヤは、わたしがなにか言うのを待つように、こちらを見つめている。

「バカみたいだと思う？」マヤがわたしに聞いた。

わたしは封筒《ふうとう》をマヤに返した。

「バカじゃない。でも、友だちとして言わせてもらうと、これは渡《わた》さないほうがいいと思う」

「やめろって言うと思ってた！」マヤは不満そうに、がっかりしている。

「やめろって言ってるんじゃない！　どうしても渡したいんなら、渡せばいいよ。マヤはよかれと思ってやってるんでしょ」

「そんなこと思ってないよ。ただ、ほんとうのことを言おうとしてるだけ！」マヤは怒《おこ》りだした。

「わかってる」

通りを渡って、アイスクリーム屋カーベルについたのだけど、店のなかはものすごく混《こ》んでいた。店の入り口から注文カウンターまで、お客さんがずらりと並《なら》んでいて、どのテーブルもいっぱい。ビーチャー学園の子だらけだった。

「思いつくことは、みんな同じだったね」リナが申《もう》し訳《わけ》なさそうに言う。

「こんなに混んでるんじゃ、やめとこうよ」わたしは言った。

そのとき、マヤがわたしの腕《うで》をつかんで言った。「見て。エリーがいる」

マヤが見つめているほうを見ると、エリーとヒメナとサバンナとグレッチェンがいた。マイルズとヘンリーとエイモスもいっしょ。バースデーケーキの注文カウンターの前の席の、わたしたちからずっと離《はな》れた奥《おく》のほうだ。

「行こう」わたしはマヤの腕を引っぱった。リナはもう、外でボールを蹴《け》りはじめている。けれども、マヤは動こうとしない。

「手紙を渡してくる」マヤは、とても真面目な顔をして、ゆっくり言った。わたしが返したばかりの手紙を左手に持ち、小さな旗のようにふる。

「やめときなよ。少なくとも今はダメ」わたしはあわてて言い、マヤの手を下に押《お》さえつけた。

「なんで？」

リナがわたしたちのところにもどってきた。「ちょっと、今手紙を渡そうっていうの？　みんなの前で？」信じられないみたい。

「そう！」マヤが、がんこに言いはる。

「だめ」わたしは手紙を握《にぎ》りしめた。そんなことをしたら、マヤが笑いものになるだけだ。エリーは、あのテーブルのみんなの前で手紙を読むに決まってる。ヒメナやサバンナのことをあんなふうに書いたら、全員カンカンに怒るだろう。ぜったいゆるさないはず！　だけど、もっとまずいのは、マヤが笑いものになってしまうこと。「こういうのって、みんなずっと忘《わす》れないよ、マヤ。必ず後悔《こうかい》するから、やらないで」

マヤは考えているみたいだった。おでこに、いくつもしわを寄《よ》せている。

「別のときに渡《わた》せばいいよ」わたしは、マヤのコートを引っぱりながら言った。ちょうどサマーが話しながら、ときどきわたしのコートを引っぱるみたいに。「エリーが一人だけのときに渡しなよ。郵《ゆう》便《びん》のほうがよければ、郵便で送ればいい。でも、今みんなの前で渡すのはやめときな。お願い。マヤ、そんなことしたら、きっと人間関係がめちゃめちゃになるよ」

マヤが顔をこすった。そもそもマヤって、人気とか、人間関係がこわれるとか、そういうことをまったく気にしない子なんだ。人のテストの点や成績《せいせき》を頭に入れておくのは得意なくせに、人間関係のこととなると、さっぱり空気が読めない。もちろん、基本的《きほんてき》なことはわかるのだけど、白黒はっきりしているマヤの世界では、どの子もみんな、いい子か悪い子。その中間はない。

それは、ある意味マヤのすごくいいところでもある。マヤは、だれにでも近づいて、友だちのように扱《あつか》う。いきなり、すごい親切をすることもある。たとえば、オギーにアグリードールのキーホルダーをあげたのは、つい先週のこと。

だけど、そういう性格《せいかく》だと、急にだれかに冷たくされたとき、自分を守れなくて、ほんとうにひどい思いをしてしまう。なにか嫌味《いやみ》や意地悪を言われても、うまく言い返せない。それにもっとまずいことに、人がマヤと話したがっていないとき、マヤにはそれがぜんぜんわからない。だから、相手が逃《に》げだしてしまうまでペチャクチャしゃべり続けたり、あれこれ質問《しつもん》し続けたりしてしまう。そういえば、数か月前にエリーが、まさにぴったりの言葉で言い表していた。ときどきマヤはうっとうしいねって、いっしょに愚痴《ぐち》っていたときだ。

「マヤって自分から、人にいじめられやすくしちゃうんだよ」。

そしていよいよほんとうに、マヤはエリーにいじめてくださいと自分をさしだそうとしていた。アイスクリームを食べている大勢《おおぜい》の人の前で！　わたしがやめてくれってあんなに頼《たの》んだのに、マヤは店に入っていって、ごちゃごちゃ人が並《なら》んでいるなかを縫《ぬ》うように進み、エリーと大物女子たちが勢《せい》ぞろいしている奥《おく》のテーブルへ、つかつかと近づいた。

リナとわたしは、店の外の歩道から見ていた。床《ゆか》から天井《てんじょう》までガラス張《ば》りになっているから、なかのようすが丸見えだ。一瞬《いっしゅん》、公共放送のチャンネルでやっている自然ドキュメンタリーを見ているような気分になった。イギリス訛《なま》りの男の人のナレーションが聞こえてきそうだ。

——若《わか》いガゼルの動きを追いましょう。たった今、群《む》れから離《はな》れました——

マヤがエリーになにか言うと、テーブルのみんなが話を止めて、マヤを見上げた。

――ライオンの目にとまりました。このライオンたちは、数日間なにも食べていません――

マヤがエリーに封筒《ふうとう》を手渡《てわた》した。エリーはなんだかわからないみたい。

「見てらんない」リナが目をつむった。

――ついにライオンが、新鮮《しんせん》な肉を求めて、狩《か》りをはじめます――

また、中立を保《たも》ったこと

ほとんど全部、わたしの予想どおりになってしまった。マヤはテーブルのみんなの前でエリーに手紙を渡《わた》すと、くるりとむきを変えて、出口へむかって歩きだした。エリーとサバンナたちは、にやにやしながら顔を見合わせている。まだマヤがとなりのテーブルまでも行かないうちに、サバンナとヒメナとグレッチェンが立ちあがってエリーのまわりに集まり、エリーは封筒を開けた。手紙を読んでいるエリーたちの顔が、はっきり見える。とちゅうまで読んで、ヒメナがはっと息をのんだ。サバンナのほうは、おかしくてたまらないと思っているようだ。

マヤは出口へ歩き続けながら、わたしとリナを見ている。信じられないことに、わたしたちにむかって、にこにこしていた。ほんとうにうれしいんだ。マヤにしてみたら、ずっと気にしていたことをすませられて、スカッとしているわけだ。人気者グループになんと思われても気にしないマヤには、失うものなんてなにもない。結局、マヤは自分がどう思われているかなんて気にも留《と》めていないから、傷《きず》つくことがない。マヤが怒《おこ》っている相手は、仲良しだったエリーだけ。ほかの子たちにどう思われようと、この瞬間《しゅんかん》笑われていようと、まったくおかまいなしなんだ。

考えようによっては、たしかにマヤの勇気はものすごいと思う。

そうはいっても、そのときマヤといっしょにいるところは、なにがなんでも見られたくなかった。それで、マヤが外に出る前に、わたしはさっさと窓《まど》から離《はな》れて歩きだした。特にヒメナには、外でマヤを待っているのを見られたくなかった。こんなとんでもないことに関わっているなんて、だれにも思われたくない。

ちょうど、わたしが男子の戦争で、なんとか中立を保ったのと同じ。女子の戦争になるかもしれないとしても、同じように中立でいたかった。

ヒメナが思ったこと

その日の夕方、サマーから携帯《けいたい》メールが届《とど》いた。

——マヤがしたこと、聞いた?

——うん。

わたしは返信した。

——今ヒメナといっしょに、あたしんち。ヒメナがすごく落ちこんでるんだけど、来られない？

もうすぐ夕飯になるところだった。「ママ、サマーんちに行ってもいい？」

ママは首を横にふった。「だめよ」

「お願い。緊急事態《きんきゅうじたい》なの」

ママはわたしを見た。「どうしたの？」

「今説明できないけど、お願い、ママ。すぐもどるって約束するから」わたしは、あわてて答え、コートをつかんだ。

「ダンスのことなの？」

「うん、まあ」と、ごまかす。

「わかったわ。むこうについたら携帯《けいたい》メールを送りなさい。でも、六時半までには帰るのよ」

サマーが住んでいるところは、ほんの数百メートル先で、十分もかからない。サマーのお母さんがなかに入れてくれた。

「いらっしゃい、シャーロット。二人とも奥《おく》にいるわ」ドアを開けながらそう言い、わたしのコートをあずかってくれた。

二人が一部始終を話してくれ、わたしはあまり知らないふりをした。マヤがみんなの前でエリーに手紙を渡《わた》し、その手紙はヒメナに対する「悪意いっぱい」の言葉だらけだった――というのが、二人の説明だ。

「わたしのこと悪者だって！　だいたい、わたしがマヤになにをしたっていうの？　マヤのこと、たいして知りもしないのに！」

「ヒメナに教えてたんだけど、マヤは人づきあいが不器用なところがあるんだよね」サマーが、まるで母親がやるように、ヒメナの背中《せなか》をぽんぽんと軽くたたきながら言った。

「人づきあいが不器用？　そんなんじゃなくて、ただの意地悪だよ！　あんなにひどい悪口をみんなに読まれるなんて、どんなものだかわかる？　みんな、あの手紙をテーブル中まわして、順番に読んだんだよ。男子まで。で、爆笑《ばくしょう》モノだって。サバンナなんて、おもらしするほどおかしいって。わたしも、笑うふりをしちゃった！　ハハハ。ろくに知りもしない子から、人をゾンビに変えるって責《せ》められたんだよ。笑えるよね？」ヒメナは、ゾンビという言葉を強調して言うと、また泣きだした。

「ひどい目にあったたね、ヒメナ。マヤがそんなことするなんて」わたしは、ほっぺの内側をかんだ。

「わたしたちがマヤに話すからって、ヒメナに言ったんだ」サマーがわたしに言った。

わたしはサマーをじっと見つめた。「話すって、なにを？」

「マヤが書いた手紙が、どれだけ人を傷《きず》つけるものなのか説明するの。わたしたちならマヤの友だちだから、ヒメナの気持ちが傷ついたことを教えられると思うんだ」

「マヤはそんなこと気にしないよ。わからないもん、ぜったいに」いったいどう説明したらいいの？

「はっきり言って、ヒメナ、長年マヤを知っているけど、マヤの頭のなかでは、これはヒメナの問題じゃないの。エリーの問題。もうエリーがマヤといっしょにいないから怒《おこ》ってるの」わたしは言った。

「きっとそうだよね。でも、マヤはわたしのせいにしてる！」

「うん、でも、マヤはそれがわからなくて、だれかのせいにしたかっただけ。なにもかも初等部のときみたいにもどってほしいんだよ。変わっちゃったのは、ヒメナのせいだと思ってる」

「ばかみたい！」とヒメナ。

「だよね！　ちょうどサバンナが、わたしがコマーシャルに出たからだって怒ってるみたい。わけわかんないよ」

「なんでそんなにいろいろ知ってるの？　マヤが言ったの？」

「ちがう！」

「手紙のことも知ってたの？」

「知らなかったよ！」思わずウソついちゃった。

「それで、エリーはマヤの手紙を読んで、なんて言ったの?」サマーがヒメナに聞いてくれた。サマーのおかげで助かった。

「すごく怒ってたよ。エリーとサバンナは徹底的《てっていてき》に仕返しするつもりで、フェイスブックとかに、うんと意地悪なことを書いてやるとか言っていた。それから、マイルズがおかしな絵を描《か》いたの。インスタグラムに投稿《とうこう》したいんだって」

ヒメナがサマーにうなずくと、サマーがわたしに折りたたんだルーズリーフの紙をまわしてきた。わたしはそれを開いた。マヤみたいな女の子がオギーみたいな男の子にキスしている、お粗末《そまつ》な絵。その下には「化け物同士ラブラブ」って書いてある。

「ちょっと待って。これオギーなの? なんでオギーが出てくるの?」サマーは、かんかんに怒っている。

「知らない。マイルズは、ただわたしを笑わせようとしたんだよ。ものすごいジョークみたいに、みんな大ウケ。でも、わたしはおかしいと思えないな」

「ひどい目にあったね、ヒメナ」わたしは言った。

「なんでマヤはわたしを嫌《きら》ってるの?」ヒメナが悲しそうに聞いた。

「気にしないようにしなきゃ。それから、恨《うら》んじゃだめ。わたしに、人にどう思われてるか気にするなって言ってくれたよね？　ヒメナも同じだよ。マヤにどう思われてるかなんて、忘《わす》れちゃいな」

「ビーチャー学園に入ったとき、わたしからサバンナのグループに入れてくれって頼《たの》んだわけじゃないんだよ。だれがだれで、だれがだれの友だちで、だれがだれと仲悪いかなんて、なんにも知らなかった。ただ、最初に親切にしてくれたのが、サバンナだっただけ」

「そう？　そんなのウソ。わたしだって親切だったよ」わたしは上をむき、肩《かた》をいからせた。

ヒメナは驚《おどろ》いたようだ。

「わたしだって親切だったよ」サマーも言った。

「もうっ、二人して、わたしに文句《もんく》言うの？」

「ちがう、ちがう。ただ、マヤの身になって考えてみたらって言ってるだけ。マヤは意地悪な子じゃないよ、ヒメナ。ほんとうに、マヤには、意地悪なところなんてぜんぜんない。このところ、エリーがマヤにちょっと冷たくて、エリーに怒《おこ》っていた。それだけだよ」サマーが答えた。

「エリーにしたって、本気で冷たくしたわけじゃない。ただ、わたしたちから離《はな》れて、そっちのグループへ行っただけ。べつにいいよ。わたしはかまわない。マヤじゃないから」わたしは言った。

ヒメナが両手で顔をおおった。

「みんな、わたしを嫌《きら》ってるの？」指のすきまから、わたしたちを見ている。

「嫌ってない！」わたしとサマーが答えた。

「あたしたちはぜったい嫌ってないよ」サマーがヒメナにティッシュの箱を渡《わた》しながら言った。

ヒメナは鼻をかみ、ぼそっと言った。「考えてみると、ふだんマヤに親切にしてこなかったな」

「こんな絵、なんの役にも立たないよ」サマーはマイルズが描《か》いた絵をヒメナに返した。

ヒメナは、受け取るとすぐ、ビリビリ細かくやぶってしまった。

「いちおう言っとくけど、わたしはぜったいこんなの投稿《とうこう》しないよ。サバンナとエリーにも、フェイスブックとかにマヤの悪口を書かないようにって言ったんだ。ネットいじめなんて、するわけない」

「わかってる」サマーが言った。サマーがさらになにか言おうとしたとき、ドアをノックする音が聞こえた。

サマーのお母さんが顔をのぞかせ、ためらいがちに聞いてきた。「みんな、大丈夫《だいじょうぶ》？」

「大丈夫だよ、ママ。ただの、女子同士のもめごと」

「シャーロット、お母さんから電話があって、あと十分でもどる約束だからって」

携帯《けいたい》を見ると、もう六時二十分！

「ありがとうございます」わたしはサマーのお母さんにお礼を言ってから、サマーとヒメナに言った。

「帰らなきゃ。ヒメナ、もう大丈夫？」

ヒメナはうなずいた。「来てくれて、ありがとう。二人ともこんなに親切にしてくれて、ありがとう。どうしてもだれかに話したかったんだけど、サバンナやエリーに話すわけにはいかなくって。わかるでしょ？」

わたしとサマーはうなずいた。

「わたしも帰らなきゃ」ヒメナも立ちあがった。

三人で廊下《ろうか》を通って玄関《げんかん》へ行くと、サマーのお母さんがコートを出そうとしていた。

「みんな、浮《う》かない顔して、どうしたのよ？　いよいよ明日が本番なんだから、うれしくてうれしくて飛びあがってると思ったのに！　あんなにいっしょうけんめい練習してきたんでしょ。早く見たくて待ちきれないわ！」サマーのお母さんが明るい声で言った。

「はい、とっても楽しみです」わたしはうなずきながら、サマーとヒメナを見た。

二人とも、やっと笑顔がもどってきた。

「はい」とヒメナ。

「あたしはちょっと緊張《きんちょう》気味。人前で踊《おど》ったことないから！」サマーが言った。

「だれもいないって、自分に暗示《あんじ》をかけるといいよ」とヒメナ。二分前まで泣いていたなんて、だれにもわからないよ。

「いいアドバイスね」サマーのお母さんが言った。

「それ、わたしも言ったんです！」わたしは口をはさんだ。

「ヒメナのご両親もいらっしゃるの？　ディナーでお会いするのを楽しみにしているわ」

「はい」ヒメナは、えくぼを浮かべて、すっかりにこにこしながら礼儀《れいぎ》正しく答えている。

「わたしたちの親は全員、同じテーブルだそうです。アタナビ先生とご主人も」わたしは言った。

「まあ、すてき。みなさんとごいっしょできるなんて、楽しみだわ」

「バイバイ、サマー。さようなら、ドーソンさん」ヒメナが言った。

「バイバイ！」わたしも言った。

わたしとヒメナは、ロビーへ続く階段《かいだん》をいっしょにおり、メイン通りへむかって歩いた。それから
ヒメナは左へ、わたしは右へ曲がる。

角まで来て、ちょっと立ち止まった。

「楽になった？」わたしは聞いた。

「うん。ありがとう。いい友だちがいてよかったよ」ヒメナが、にこっとした。

「ありがとう。ヒメナもいい友だちだよ」

「ううん」ヒメナは、わたしのマフラーのふさ飾《かざ》りをいじりながら、首を横にふった。じいっとわた

しの顔を見つめている。「シャーロットに、もっとやさしくできたときがあったよね。わかってるんだ。ごめんね」ヒメナは、わたしを抱《だ》きしめた。

まったくもう、ヒメナからこんな言葉を聞けるなんて、最高の気分だよ。

「そんなこと、いいよ」とわたし。

「じゃ、また明日」

「バイバイ」

わたしは、エイムスフォート通りに並《なら》ぶレストランの前を通りすぎた。あたたかくなってきて、やっとどの店も忙《いそが》しくなりはじめたようだ。今ヒメナに言われたことが、頭から離《はな》れなかった。そう、ヒメナは、もっとわたしにやさしくできたときがあった。もしかして、わたしも、だれかにもっとやさしくできたときがあったのかな？

わたしは大きな交差点で青信号を待った。と、そのとき、バスに乗りこむオレンジ色の防寒着《ぼうかんぎ》を着た男の人の背中《せなか》に気がついた。黒い犬といっしょ。犬は赤いバンダナをつけている。

「ゴーディ・ジョンソン！」わたしは大声でさけび、信号が変わると、すぐ走りだした。

男の人は自分の名前を聞いて、バスのなかからふりかえったのだけど、もうドアが閉《し》まったあとだった。

アタナビ先生が言ってくれたこと

アタナビ先生は、カーネギー・ホールの上の階の楽屋で、わたしたちにしたくをさせることにした。廊下《ろうか》には、長い歴史のあるこのホールで踊《おど》った有名なダンサーたちの写真やプログラムが額《がく》に入って飾《かざ》られている。着替《きが》えるためにその廊下を通ったとき、先生が一枚《まい》の写真を指さした。有名な舞踏家《ぶとうか》イサドラ・ダンカンの養女たち、ダンカン・ダンサーズの写真だ。ロング丈《たけ》の白いチュニックドレスを着て、ポーズをとっている。一九二三年十一月三日の日付。

Courtesy of Carnegie Hall Archives

アナ――リサ――マーゴ
ダンカン・ダンサーズ

先生がうれしそうに声をあげた。「ほら、あなたたち三人みたい！ それといっしょに、みんなの写真を撮《と》らせてちょうだい」先生は携帯《けいたい》を取りだし、わたしたちのほうにむける。

わたしたちは、すぐさま写真のとなりでダンカン・ダンサーズと同じポーズをとった。わたしは左側で右むきに両手を高くかかげ、サマーは右側で左むきに両手を高くかかげ、ヒメナはまんなかでカメラにむかって両手をさしだしている。

先生が何回もシャッターを切り、やっと満足いく写真が撮《と》れると、四人そろってバタバタ早足で衣《い》装《しょう》に着替《きが》える楽屋へむかった。今夜は先生も、わたしたちと同じように興奮《こうふん》しているんだ。

出演《しゅつえん》するのは、わたしたちだけじゃない。高等部のジャズ・アンサンブルや合唱団《がっしょうだん》も到着《とうちゃく》していた。トランペット、サックス、いろんな楽器の音が廊下《ろうか》から響《ひび》いてくる。合唱団は、わたしたちの部屋のとなりの大きな部屋で発声練習をしている。

先生が、わたしたちのヘアメイクを手伝ってくれた。三人とも外はねカールのふわふわボリュームヘアにしてもらい、たっぷりのヘアスプレーで完成だ。それぞれぜんぜんちがう髪質《かみしつ》なのに、先生が作りあげたのは、カンペキなおそろいヘア！

わたしたちの出番は最後だ。なんて長い待ち時間なんだろう！　ずっと手をつなぎあい、あがらないように声をかけあっていた。

いよいよわたしたちの出番が近づき、先生に階下のメインホールの舞台裏《ぶたいうら》へ連れていかれた。高等部の合唱団が最後の歌を歌い終えようとしているとき、わたしたちは幕《まく》のあいだから観客席を見た。

人がいっぱい！　暗くてだれの顔だかわからないけれど、こんなに大きなホールは見たことがない。バルコニー、金色のアーチ、ベルベット張《ば》りの壁《かべ》！

　アタナビ先生は、幕の後ろでわたしたちを位置につかせた。ヒメナがまんなか、わたしが左、サマーが右。それから先生は、わたしたちとむきあった。

「みんな、よくがんばったね」先生は、感極《かんきわ》まって声がふるえている。「わたしの作品に命を与《あた》えてくれて、どれだけお礼を言っても言いきれない。みんなのエネルギーと熱意が……」

　先生の声がかすれた。興奮して涙《なみだ》をふいている。あの記事を読んでいなかったら、先生にとってなぜそんなに大事なことなのか、わからなかっただろう。でも、わたしたちは知っている。記事を読んだことは、一度も先生に言わなかった。先生の幼《おさな》なじみのことも。もしもわたしたちに知ってほしかったら、先生は自分で話していたはずだと、わたしたちは思ったんだ。だけど、先生のあんな話をちょっと知っただけで、このダンスも、このダンスにつながるなにもかも、前よりずっと特別なものになった。人の人生の物語っていうのは、みんなどこかで結びついているんだから、おもしろい。どの人の話も、ほかのだれかの話とつながったり、離《はな》れたり。

「みんなを誇《ほこ》りに思ってるわ！」先生は、三人のおでこにキスをしながら、ささやいた。

　合唱団がちょうど歌い終え、客席から歓声《かんせい》があがった。合唱団の生徒たちが、ぞろぞろ舞台の袖《そで》から舞台裏《ぶたいうら》へもどりだすと、アタナビ先生は舞台の前のほうにまわって、トゥシュマン先生が紹介《しょうかい》してくれるのを待ち、わたしたちは踊《おど》りの位置についた。アタナビ先生が、このダンス作品と、わたしたちのことを話しているのが聞こえてくる。

「みんな、行くよ!」幕《まく》があがりだし、ヒメナがささやいた。

音楽がはじまるのを待つ。ファイブ、シックス。

ファイブ、シックス、セブン、エイト!

シンガリンだよ、みんな!

わたしたちのダンス

一秒一秒、あの舞台での十一分間を、すっかり説明できたらと思う。どの動きも、どのジャンプも、どのシミーもツイストも。でも、そんなの無理。わたしに言えるのは、なにからなにまで、まったく完ぺきだったってことだけだ。ひとつのミスもヘマもない。まる十一分間、わたしたちだけ、この世界より三メートルも浮《う》きあがって踊っていたような気分。こんなにスリル満点で、わくわくして、疲《つか》れきって、感動する、おもしろくて、すばらしい経験《けいけん》なんて、ほんとうにはじめてだよ!　わたしたちは、最後のクライマックスにそなえて、「そう、教えてあげよう、だれも《ノーバディ》、だれも《ノーバディ》」でいったん動きを止めた。いよいよ、アタナビ先生が考えだしたバリエーション、先生オリジナルのシンガリンで山場へつっこむ直前だ。歌に合わせて手拍子《てびょうし》を送る観客たちの熱気が伝わってきた。

ノーバディ、ノーバディ

ノーバディ、ノーバディ

ノーバディ、ノーバディ……

そして、踊り終えた。終わったんだ。息を切らし、満面の笑みを浮かべる。とどろくような拍手《はくしゅ》。

三人そろっておじぎをし、それから、一人ひとり、おじぎをした。客席から大歓声《だいかんせい》があがる。

親たちがわたしたちへ花束を用意してくれていた。ママがもうひとつ花束をくれ、わたしたちは、おじぎをしに舞台へあがったアタナビ先生に渡《わた》した。一瞬《いっしゅん》、アタナビ先生の悪口を言って笑っている五年生の子たち全員に、今この場の先生を見せてやりたいと思った。とってもきれいなドレス姿《すがた》で、頭のおだんごも完ぺき――女王様みたい。

その夜のこと

その少しあと、わたしたちは着替《きが》えをすませ、親たちがいるパーティー会場へ行った。先生や保護《ほご》者《しゃ》や知らない大人が大勢《おおぜい》すわっている丸テーブルのあいだを縫《ぬ》って進むと、みんなわたしたちの成功を祝い、ダンスをほめてくれた。有名になるってこんな感じなんだなあって、心のなかで思った。気に入っちゃったよ。

わたしたち三人の親は全員、アタナビ先生ご夫婦《ふうふ》といっしょにテーブルにそろっていて、わたしたちが席につくと、パチパチと拍手《はくしゅ》をしてくれた。それからずっとパーティーが終わるまで、わたしたちは止まることなくしゃべり続け、ダンスを秒刻《きざ》みで細かく説明した。むずかしいキックができるかどうかハラハラしていたことや、スピンのあとに目がまわりかけていたこと。

食事が運ばれてくる前に、ジャンセン学園長が短いスピーチをした。まず、この学園支援《しえん》イベントに来てくれたみんなに感謝《かんしゃ》を表し、それからアタナビ先生と合唱の先生とジャズの先生に立ってもらった。会場中が拍手を送る。ヒメナもサマーもわたしも、せいいっぱい大きな歓声《かんせい》をあげた。それからジャンセン先生は、寄付《きふ》の目標額《もくひょうがく》や資金《しきん》集めなどについて話した。つまんなくて、早く終わらないかとウズウズしちゃったよ。しばらくして、みんなサラダを食べ終えたころ、トゥシュマン先生が、今夜目にしたような「才能《さいのう》」を育むために、ビーチャー学園の芸術《げいじゅつ》教育を援助《えんじょ》することがどれだけ大事なのか、というスピーチをした。そして、先生が今夜出演《しゅつえん》した生徒全員に立ちあがるように言うと、また会場中から大きな拍手が送られた。会場のあちこちで、ジャズ・アンサンブルの生徒と合唱団《がっしょうだん》の生徒が立ちあがった。さっと立ちあがる生徒もいれば、恥《は》ずかしそうな生徒もいる。でも、わたしたち三人は、もう一度拍手を浴びようと、ちっとも恥ずかしがらないで立ちあがった。どんな気持ちだったか、言葉にならないよ！

やったわ!!

コーヒーが出てきたころには、スピーチは全部終わり、みんな歩きまわってほかのテーブルの人たちと話しはじめていた。ある夫婦がわたしたちのテーブルにやってきた。だれなのか思い出せなかったけど、サマーが椅子《いす》から跳《と》びあがって二人とハグすると、やっと気がついた。オギーの両親だ。二人はサマーのお母さんにキスをすると、わたしとヒメナのところへやってきた。

「三人とも、すばらしかったわ」オギーのお母さんが心からのほめ言葉をくれた。

「ありがとうございます」わたしは、にこにこして答えた。

「先生もさぞご自慢《じまん》でしょう！」オギーのお父さんが、サマーのとなりにいたアタナビ先生に言った。

「もちろんです！　三人とも、とってもがんばったんですよ」先生が顔を輝《かがや》かせて答えた。

「ほんとうに大成功おめでとう、みんな」オギーのお母さんはわたしの肩《かた》を軽くハグすると、サマーのお母さんのとなりにもどっていった。

「オギーによろしく」わたしは言った。

「伝えるわ」

「ちょっと、オギーの両親なの？　映画《えいが》スターみたい」ヒメナが小声で言った。

「でしょ」わたしもささやき返した。

「なにをひそひそ話してるの？」サマーがわたしたちのあいだに割《わ》りこんできた。

「ヒメナは、オギーのご両親だって知らなかったんだ」わたしは言った。

「そっか。すごくいい人たちだよ」とサマー。

「皮肉なもんだね。二人ともすごい美形だよ」ヒメナが言った。

「オギーのお姉さん見たことある？　超《ちょう》美人。モデルになれるくらい。どうなっちゃってんのって感じだよね」とわたし。

「へえ。よくわかんないけど、てっきり、家族もみんなオギーみたいなのかと思ってた」

「ううん、ヒメナの弟みたいなものだよ。ただ、生まれつきなの」サマーがおだやかに言った。

ヒメナはゆっくりうなずいた。

とっても頭がいいのに、今までそんなふうに考えたことは一度もなかったんだね。

なかなか眠《ねむ》れなかったこと

その晩《ばん》、家についたのはとても遅《おそ》い時間になってから。ヘトヘトだったけどメイクはしっかり落として、寝《ね》るしたくをした。ところが、なぜだか眠れない。その夜のできごと全部が、おだやかな波のように、次つぎとわたしの心に打ち寄《よ》せる。ゆらゆら小舟《こぶね》に乗っているような気分。わたしのベッドは海に浮《う》かんでいる。

三十分もゴロゴロしてから、ベッドわきのサイドテーブルから充電中《じゅうでんちゅう》の携帯《けいたい》電話をつかんだ。

だれか起きてる？

サマーとヒメナにメールを送ってみた。

真夜中をすぎている。きっと寝ているはず。

二人とも世界一サイコー！　それだけ言っておきたかったの。短いあいだにこんなに仲良くなれて、ホントにうれしいよ。今夜のことはぜったい忘《わす》れない。シンガリンだよ、みんな！

サイドテーブルに携帯をもどし、ふわふわ枕《まくら》に空手チョップして、頭を置きやすいよう平らにした。

今度は眠れるようにと願いながら目をつむる。ちょうど、うとうとしはじめたとき、携帯メールの着信音が聞こえた。

ヒメナでもサマーでもない。おかしなことに、エリーからだった。

シャーロット、もうぜったい寝《ね》てるだろうけど、たった今うちの親が学園支援《しえん》イベントから帰ってきて、シャーロットたちが、まったく信じられないほどすばらしかったって。さすがシャーロット。わたしも見たかったな。がんばったかいがあったね。来週の放課後、いっしょに遊ばない？

ばかみたいだけど、エリーのメールがうれしくて、たちまち涙《なみだ》がこみあげてきた。さっそく返事を打つ。

エリー、ありがとう！　エリーにも見てほしかったな。来週楽しみにしてるね。わたしもいっしょに遊びたいよ。おやすみ。

マヤが驚《おどろ》いたことと、マヤがみんなを驚かせたこと

次の日の朝、目が覚めたら、まだぐったり疲《つか》れていたので、ママは学校に遅刻《ちこく》してもいいと言ってくれた。ヒメナもサマーも、朝一で返信してくれていた。

ヒメナ・チン
わたしも同じ気持ちだよ、シャーロット。すごい夜だったね！

サマー・ドーソン
あたしも！

二人とも授業中《じゅぎょうちゅう》のはずだから、わたしは返信しなかった。三時間目が終わってから学校についたので、ランチのときまで二人を見なかった。サマーはいつものようにオギーとジャックといっしょ。ヒメナもいつものようにサバンナのテーブル。ほんの一瞬《いっしゅん》、ヒメナのところへ行って声をかけようと思った。だけど、おととい、そっくり同じ子たちの前にマヤが立った場面がまだ生々《なまなま》しく頭に残っている。それに、万が一ヒメナに、少しでもよそよそしい態度《たいど》をとられたら、ひどくがっかりするだろう。

そこで、ヒメナとサマーに手をふり、いつものテーブルへ行ってマヤのとなりにすわった。同じテーブルのみんなが昨夜のダンスのことを聞いてきた。自分の親から聞いていた子もいる。でも、あんまりくわしく話さないことにした。きっと三十秒後にはもう興味《きょうみ》なくしてるだろうからね。で、まったくそのとおりだった。

べつに責《せ》める気はない。ホント。

それよりなによりみんなが一番考えていたのは――っていうよりも、マジ、これしか話題にしたがっていなかったのは――、アイスクリーム屋カーベルでマヤがエリーに渡《わた》した手紙のことだった。すでにあの手紙の内容《ないよう》は、学年の半分もの子が耳にしたり、声に出して読んだりしていて、そのおかげでマヤは生まれてはじめて有名人みたいになっていた。みんなマヤのことを話していた。手紙のことを聞いて興味しんしんの六年生に、マヤがどの子か指さして教えている子もいる。

「今日のわたしは負け犬の女王！」マヤは自分でそう言った。

勝《か》ち誇《ほこ》っているような感じ。みんなに注目されて喜んでいるみたい。

それまでわたしは、マヤの手紙でヒメナがどんなに傷《きず》ついて泣いたのか、マヤに言ってやるつもりでいた。だけど奇妙《きみょう》なことに、せっかくマヤが楽しんでいるのを台無しにするのもいやになってきた。

「シャーロット！」サマーがわたしに声をかけながら、席をつめてくれと、軽くつついてきた。

「サマー！」サマーが来るなんて、びっくり。でも、サマーたちのテーブルを見ると、もうオギーもジャックもいなかった。

「サマー、わたしの手紙のこと聞いた？」マヤが得意そうに言った。

サマーは、にこっとして答える。「うん、聞いたよ！」

「いいでしょ？」とマヤ。

サマーも、マヤの気持ちを傷つけたくないみたいで、答えるのをためらっている。

「オギーとジャックはどこ？」わたしは口をはさんだ。

「ジュリアンのロッカーに入れる極秘《ごくひ》の手紙を書いてるよ」とサマー。

「わたしの手紙みたいなの？」とマヤ。

サマーは首を横にふった。「ちがう。ビューラって子のラブレターだもん」

「ビューラってだれ？」わたしは聞いた。

サマーは笑った。「説明するの、むずかしすぎるんだ」

そのとき、食堂のずっとむこうの奥《おく》から、ヒメナがわたしたちを見ているのに気がついた。わたしがにこっとすると、ヒメナもにこっとする。そして驚《おどろ》いたことに、ヒメナは立ちあがって、わたしたちのテーブルへ近づいてきた。

ヒメナがそばに立っているのを見ると、テーブルのみんなはおしゃべりを止めた。頼《たの》まれもしないのに、メーガンとランドはさっと体をずらして、二人のあいだにヒメナがすわれるすきまを作った。

ちょうどマヤとわたしとサマーにむかいあう席だ。

マヤは、ものすごくびっくりしていた。目をまん丸にして、なんだか、ちょっとこわがっているように見える。わたしには、いったいなにが起きるのか見当もつかなかった。

ヒメナは、胸《むね》の前で両手を握《にぎ》りあわせ、前に乗りだし、まっすぐマヤを見つめた。

「マヤ、もしわたしがなにかマヤの気にさわることを言ったりしていたら、ごめんなさい。そうだったとしても、そんなつもりはぜったいなかったの。だって、マヤのことは、ほんとうにいい子で、ものすごく頭がよくて、おもしろくて、これから友だちになれたらと思っているんだもの」

マヤは目をぱちくりさせていたけれど、だまっていた。ぽかんと口を大きく開けたまま。

「とにかく、そのことだけ、マヤに言いたかったの」ヒメナはちょっと恥《は》ずかしそう。

「いいことしたね、ヒメナ」サマーが、にこにこして言った。

ヒメナが、わたしたちのほうを見て、いつものようにウィンクをした。

「シンガリンだよ、みんな！」ヒメナの言葉に、わたしもサマーも、にっこりだよ。

ヒメナは、わたしたちのテーブルにすわったのも素早《すばや》かったけれど、立ちあがって、自分のテーブルへもどるのも同じくらい素早かった。わたしは横目でエリーとサバンナを見ていた。ヒメナがすわるなり近くに寄《よ》って、なにを言ったのか聞こうとしている。

「ヒメナはいいことしたよね？」サマーがマヤに言った。

「びっくりしたよ。すごく驚《おどろ》いた」マヤはメガネをはずしてふきだした。

そのときサマーが、わたしに目くばせした。

「マヤ、この前作ってた、あの巨大《きょだい》な点つなぎゲームはどうなったの？」わたしは言った。

「あ、ここにある！　シャーロットがいっしょにできるときまで待つって言ってたでしょ？　なんで？　今やりたいの？」

「うん！　やろうよ」

「わたしもやりたい」とサマーが言った。

マヤはうれしくて息をのみ、バックパックをつかむと、三つ折りにされて、はしの方がちょっと折れた紙を取りだした。マヤが紙を開いて用心深く広げると、幅《はば》も長さも食堂のテーブルいっぱいに広がった。すごい！

巨大な紙は一面点だらけ。完ぺきに描《えが》かれた、同じ間隔《かんかく》の点。点と点がつながって、美しいマス目模様《もよう》が曲線で結ばれている。渦巻《うずま》きや花や放射線《ほうしゃせん》模様を描く曲線の波。まるでタトゥーの絵みたい。青インクで腕《うで》全体に入ったタトゥー。ひとつの絵がどこからはじまり、どこで終わっているのかわからない感じ。

今まで一度も見たことがない、信じられないほど美しい点つなぎゲームだ。

「マヤ、すごいよ」わたしはゆっくり言った。

「うん！　そうでしょ！」マヤはうれしそう。

変わったことと、変わらなかったこと

ランチのテーブルにサマーとヒメナとわたしがいっしょにすわったのは、それが最後。ついでに言えば、ランチにかぎらず、どんなテーブルでもだね。三人とも、それぞれ別べつのグループにもどっていった。ヒメナはサバンナのところ、サマーはオギーのところ、わたしはマヤのところ。

そして、正直、それでよかった。

そりゃもちろん、心のどこかにハッピーエンドが好きな気持ちもあって、がらっと変わってくれたらという願いがまったくなかったわけじゃない。ヒメナとエリーがとつぜんテーブルを変えて、わたしたちのテーブルにすわりだし、サマーもやってくるとか。わたしたちの新しいランチテーブルのすぐとなりのテーブルに、ジャックとオギーとリードとエイモスがいっしょにすわりはじめるとか！

だけど実際《じっさい》、そんなに変わるわけないってわかっていた。お泊《と》まりのあとは元どおりにもどっちゃうって、わかっていた。三人で秘密《ひみつ》の旅行をしてきたような感じ。ほかの人はだれも知らない大旅行。

旅からもどると、それぞれの家へ帰ってしまう。そんな友だちづきあいもあるんだよ。たぶん、親友同士でさえそうなんだ。絆《きずな》はいつもある。ただ、目に見えないだけ。

そういうわけで、サバンナは、自分の仲良しのヒメナが、サマーとわたしとこんなに親しくなったなんて、まったく思いもしないことだろう。マヤにしても、自分の手紙のせいでわたしやサマーがなにをするはめになったのかなんて、ぜったい知ることはない。それから、こんなにいろいろ起きているのを、オギーはぜんぜん知らない。サマーが、アタナビ先生のダンスに選ばれたことさえオギーに教えなかったわけを説明してくれたことがある。「オギーには自分の心配事があるんだもの。女の子のごたごたなんて知る必要ないよ」。

でも、だからと言って、なんにも変わらなかったわけじゃない。

五年生も残り二、三か月というころから、ヒメナが学年のほかの女子とも仲良くなろうと努力しているのが、はっきりわかった。そして、廊下《ろうか》でわたしに会うと、必ず心のこもったあいさつをしてくれた。サバンナがいてもいなくてもそう。それから、エリーとマヤは仲直りできていないのだけど、エリーとわたしは何度か、学校のあと二人でどこかへ行ったりしている。もちろん、以前とまったく同じなわけじゃない。それでも、すごいことで、うれしいよ。

一歩ずつって、アタナビ先生なら言うだろう。なんでも一歩ずつからはじまるの。

それにほんとうのところ、もしいきなりヒメナとサバンナとエリーからランチのテーブルに誘《さそ》われたとしても、今のわたしは行かないだろう。なにかちがうように思えるから。だいたい、マヤから文《もん》句《く》の手紙をもらいたくないし、食堂でうんと離《はな》れたテーブルから、にらまれたくもない。でも、もっと大きな理由は、マヤがあの巨大《きょだい》な点つなぎゲームをテーブルに広げた日、あることに気づいたからだ。今まで、いいときも悪いときも、マヤはわたしの友だちだった。ほんとうの友だちだよ。ずっと何年も。ぶきっちょで、いちずで、ほんのちょっとうっとうしい、マヤらしいやり方で。マヤはけっしてわたしのことを悪く言わない。いつもわたしを仲間扱《あつか》いしてくれる。

それから、あのランチテーブルのほかの女の子たち、わたしと共通点がなにもない子たちはどうかっていうと——あのね、気づいたんだけど、わたしたちの共通点は、ランチテーブルなんだ！　ランチの時間には、とびきりきれいな点つなぎゲームをいっしょにやる。みんな、マヤに指定された、それぞれちがう色のマーカーを使う。じゃなきゃ、マヤに怒《おこ》られちゃう。

でも、それがマヤなんだもの。ぜったいに変わらない。

トゥシュマン先生と話したこと

今学年最後の授業《じゅぎょう》の日、七時間目に、トゥシュマン先生のアシスタントのガルシアさんがやってきて、放課後トゥシュマン先生のところへ行くようにと言った。マヤがそれを聞いて、くすくす笑いながら歌いだした。

「いーけないんだ、いーけないんだ。先生にしかられる」

だけどわたしたちには、おそらく翌日《よくじつ》発表される賞のことだろうとわかっていた。だれもが、ビーチャー賞を受賞するのはわたしだろうと思っていた。わたしがコート寄付《きふ》活動をはじめたから。この賞はいつも、一番社会奉仕《ほうし》をした生徒が受賞していた。

最後の授業の終了《しゅうりょう》ベルが鳴ってすぐ、わたしは校長室のドアをノックした。

「お入り、シャーロット」先生は待ってましたとばかりに言い、先生の机《つくえ》の前の椅子《いす》にすわるようにと手で合図した。

わたしは、いつだってトゥシュマン先生の部屋が大好き。机のはしにはおもしろそうなパズルが並《なら》んでいるし、壁《かべ》には歴代《れきだい》の生徒たちが描《えが》いた絵がいくつも額《がく》に入って飾《かざ》られている。部屋に入ってすぐ、先生の机の後ろにかかっている、自分をアヒルにたとえたオギーの自画像《じがぞう》に気がついた。

とたんに、先生に呼《よ》ばれた理由に気づいてしまった。

「明日の修了式《しゅうりょうしき》は楽しみかな？」先生は、机の上で両手を組みながら言った。

わたしはうなずく。「もう五年生が終わるなんて、信じられません！」うれしくてたまらなかった。

「まったく、なかなか信じられないね。夏休みはなにをするつもりなんだい？」

「ダンスの夏期講習《こうしゅう》へ行きます」

「そりゃ楽しそうだ！　君たち三人とも、三月の学園支援《しえん》イベントのダンスはみごとだった。プロのダンサーみたいだったよ。じつにがんばって三人で協力しあったと、アタナビ先生がほめていた」

「はい、とっても楽しかったです」わたしは興奮《こうふん》して答えた。

先生はにこっとした。「すばらしい。よい一年をすごせたようで、うれしいよ、シャーロット。君の努力によるものだ。君はこの学校にとってかけがえのない存在《そんざい》だ。いつもみんなによくしてくれて、ありがとう。だれも気づいてくれないなんて思うんじゃないぞ」

「ありがとうございます、トゥシュマン先生」

「明日の修了式《しゅうりょうしき》の前に話しておきたいのだが、だれにも言わないで秘密《ひみつ》にしてほしい。もちろん君も知っているように、明日授与《じゅよ》するたくさんの賞のひとつは、ビーチャー賞だ」

「受賞するのはオギーですよね？」つい口にしてしまった。

先生はびっくりしたようだ。「どうしてそう思うんだい？」

「みんな、わたしがもらうと思っていますけど……」

先生は注意深くわたしの顔を見た。それから、にっこりほほえんで、やさしく言った。

「きみはじつに頭のいい子だ、シャーロット」

「それでいいと思います、先生」

「だが、説明させてほしい。ほんとうのところ、いつものようなふつうの年なら、この賞は君が受賞していただろう、シャーロット。君は賞にふさわしい。コート寄付《きふ》活動をがんばったからだけでなく、さっきも言ったように、みんなにやさしくしてくれた。オギーの案内役を頼《たの》んだときも、すぐに気持ちよく承諾《しょうだく》して、まったく躊躇《ちゅうちょ》なくやってくれた」

前にも言ったかな？　先生は、わたしたちが理解《りかい》できるはずだと信じて、むずかしい言葉をそのまま使う。わたしはそれが大好きなんだ。

「けれど、君も知っているように、今年はまったくふつうの年ではなかった。それで、この賞のことを、賞の意味をあらためて考えたとき、対象は社会奉仕《ほうし》にとどまらないのではないかと気がついたのだよ。べつに社会奉仕が大切でないと言うつもりはないよ」

「はい、先生のおっしゃることはよくわかります」

「オギーと、日ごろオギーが挑戦《ちょうせん》していることを見ていると」先生は、ポンと胸《むね》をたたいた。「毎日学校へやってくるだけでも、すごいことだよ。それも、笑顔でなんだ。オギーには、この一年で自分自身に勝利をおさめたことを、はっきり認識《にんしき》してほしい。みんなに大きな影響《えいきょう》を与《あた》えたこともだ。つまり、野外学習のひどいできごとのあと、生徒たちがオギーに味方しただろう？　オギーの力だ。オギーが、みんなの心に親切な気持ちを引き起こした」

「はい、よくわかります」

「そして、ビーチャー賞は親切な行《おこな》いに対して与えられる賞だ。この世界にわれわれが送りだした、親切に対しての」

「まったくそのとおりです」

先生は、心からわたしの態度《たいど》を喜んでくれているようだ。それから、ちょっとほっとしたんだろう。

「わかってくれて、うれしいよ、シャーロット。あらかじめ言っておきたかった。明日の修了式《しゅうりょうしき》でがっかりしてほしくない。君が言うように、みんな君が受賞すると思っているからね。でも、だれにも言わないでくれるかね？　明日、オギーとオギーの家族をびっくりさせたいからね」

「わたしの両親には言ってもいいですか？」

「もちろんだ！　今夜ご両親にわたしから電話を入れて、どれだけ君がすばらしいか伝えるつもりだがね」

先生は立ちあがって片手《かたて》をさしだし、わたしと握手《あくしゅ》した。

「ありがとう、シャーロット」

「ありがとうございます、トゥシュマン先生」

「では、明日会おう」

「さようなら」ドアにむかって歩きだしたとき、とつぜん、あることが、すっかりできあがった考えのように頭に浮《う》かんできた。どこから湧《わ》いてきたのか、さっぱりわからないけど。

「でも、この賞は二人受賞することもできるんですよね？」

先生は顔をあげ、ほんの一瞬《いっしゅん》、わずかにがっかりしたような目をした。そして、ひたいをかきながら言った。「社会奉仕《ほうし》をいっしょに行った生徒がともに受賞したことは何度かある。だが、オギーと君の場合となると、オギーの受賞理由と君の理由がちがいすぎて――」

「いいえ、オギーとわたしのことじゃありません。サマーが受賞すべきだと思うんです」

「サマー？」

「サマーは、この一年ずっと、オギーのすばらしい友だちでした。わたしやジャックみたいに、先生から案内役を頼《たの》まれたからではありません。それでも友だちになったんです！　先生が今おっしゃった親切です」

先生はうなずいた。わたしが話していることを、じっくり聞いてくれているようだ。

「あの、わたしもオギーにやさしく接してはきました。けれど、サマーはもっと親切だったんです。

ただやさしくしたっていうのの十倍ぐらい。わかってもらえますか？」

「大変よくわかるよ」先生はにこっとする。

わたしはうなずいた。「よかった」

「すっかり話してくれて、ほんとうにありがとう、シャーロット。よく考えてみよう」

「うれしいです」

先生はわたしを見つめ、ゆっくりうなずいた。なにか迷《まよ》っているようだ。「だが、聞いてもいいかな」先生は、ふさわしい言葉を探《さが》しているみたいに、ちょっとだまった。「オギーと友だちになったことで、サマーは賞をほしがるだろうか？」

聞いてすぐ、先生の言いたいことがよくわかった。

「あっ！　そのとおりですね。サマーはほしがらないでしょう」

なぜだか、サバンナたちのテーブルにむかって歯をむきだして怒《おこ》ったマヤの顔を思い出した。

友だちってのは、賞なんかと関係ない。

「でも、今夜考えさせてもらおう」

「いいえ、先生が正しいです。先生が最初に決められたとおりがよいと思います」

「まちがいないかい？」

わたしはうなずいた。「ありがとうございます、トゥシュマン先生。それでは明日」

「また明日、シャーロット」

先生は、もう一度わたしと握手《あくしゅ》をした。今度は、両手でわたしの手を握《にぎ》ってくれた。

「ひとこと言っておこう。やさしく接するというのは、親切な行《おこな》いへの第一歩だよ。とてもよいスタートだ。君はじつにすばらしいと思うよ、シャーロット」

先生が知っていたかどうかわからないけれど、わたしみたいな子には、そんな言葉こそ、世界中のありとあらゆる賞以上にうれしいものなんだ。

ヒメナが最高のあいさつをしたこと

ジャンセン先生、トゥシュマン先生、ルービン先生、生徒のみなさん、職員《しょくいん》の方がた、先生方、保《ほ》護者《ごしゃ》のみなさま、おはようございます。

今年の五年生を代表して、修了式《しゅうりょうしき》のごあいさつをさせていただきます。今、みなさんのうれしそうな顔を見渡《みわた》して、この場にいることを大変幸運に思います。ご存知《ぞんじ》の方もいらっしゃるように、わたしははじめてビーチャー学園で一年をすごしました。正直言って、はじめは学校へ来るのがとても不安でした。幼稚部《ようちぶ》からずっとこの学校に通う子もいると知り、友だちができないのではと心配でした。

けれども、わたしのように、この学年から入学した同級生もたくさんいることがわかりました。それに、けっこう長くこの学園にいる生徒もふくめた全員にとって、中等部というのは、まったく新しい場でした。ほんとうに、わたしたち全員にとって、学ぶことの多い一年でした。つまずくこともありました。うまくいったことも、しくじったこともありました。けれども、すばらしいときをすごすことができました。

今年になってから、わたしは学園支援《しえん》イベントのために、アタナビ先生がふりつけをされたダンスに参加することになりました。かけがえのない経験《けいけん》でした。わたしも、いっしょに出演《しゅつえん》する生徒も、ひとつになって踊《おど》るため、ともにいっしょうけんめい、がんばりました。大変時間がかかりました。また、信頼《しんらい》関係も必要でした。じつを言うと、長年、転校をくりかえしてきたわたしには、人を信頼するということが、そうかんたんではありませんでした。けれども、わたしはダンスの仲間を信じることを学び、いっしょにいて、ありのままの自分でいられることに気づきました。これからもずっと、そのことに感謝《かんしゃ》し続けるでしょう。

五年生のみなさん、わたしが次の一年でぜひやってみようと楽しみにしているのは、みなさん全員と信頼関係を築《きず》くことです。わたしたちはもうすぐ六年生になります。ひとつ年を重ね、賢《かしこ》くなるのです。おたがいを信頼することを学び、それぞれがありのままの自分でいられ、ありのままの相手を受け入れられるようになれたらと思います。
ありがとうございました。

ついに自己紹介《じこしょうかい》をしたこと

ゴーディ・ジョンソンがアップタウン行きのバスに乗るのを見た日、サマーとヒメナに携帯《けいたい》メールで知らせた。おじいさんが無事生きていたとわかり、みんな大喜びだった。だけど、ほかにあまりにもいろんなことが起きていたので、そのことをあれこれ話す機会はなかった。三人ともわくわくして、また近所のどこかに現《あらわ》れないかと気にしていたのだけれど、見つけることはなかった。おじいさんは消えてしまったんだ。もう一度。

それからずっとたって、七月のはじめに、やっと見つけることができた。とつぜん、また同じ場所にやってきたんだ。スーパーマーケットのひさしの下にすわって以前と同じ曲をアコーディオンで弾《ひ》き、すぐ前には黒いラブラドールが寝《ね》そべっている。

わたしは数分間おじいさんを見つめていた。開きっぱなしのあの目が、小さいころはこわかった。おじいさんの指がアコーディオンの鍵盤《けんばん》をたたく。なんてミステリアスな楽器なんだろう。今弾いているのは『悲しき天使』。大好きな曲だ。

その曲が終わったところで、わたしは近づいた。

「こんにちは」

おじいさんはわたしの方向へ、にこっとした。「こんにちは」

「もどってきたんですね。よかった！」

「ありがとう、お嬢《じょう》さん」

「どこに行ってたんですか？」

「うん、そう、しばらく南のほうにいる娘《むすめ》のところへ行ってたんだ。ニューヨークの冬は、わしのような年寄《としよ》りにはしんどいんでね」

「たしかに、寒い冬でした」

「まったくだ！」

「その犬の名前、ジョニですよね？」

「そのとおり」

「それから、おじいさんの名前はゴーディ・ジョンソンですよね？」

おじいさんは首をかしげ、「名前を知ってもらえるほど、有名になったのかな？」と、声高らかに笑った。

「友だちのサマー・ドーソンが、おじいさんのことを知っているんです」

おじいさんは顔をあげ、だれのことなのか考えている。

「お父さんが海軍だった子です。何年か前に亡《な》くなったドーソン軍曹《ぐんそう》の」

「ドーソン軍曹！　もちろん覚えているよ。りっぱな人だった。悲しいことだ。あの家族はよく覚えている。あの女の子によろしく言ってくれるかな？　やさしい子だった」

「はい、伝えます。じつはわたしたち、おじいさんを捜《さが》していました。おじいさんがここに来なくなって、わたしもサマーも心配していたんです」

「そうかい、お嬢さん。心配なんてしないでいい。無事になんとかやっているからね。わしはホームレスじゃない。アップタウンに自分の家もある。ただ、ジョニといっしょに外に出かけて、自分でなにかやりたいんだよ。朝、家の前から急行バスに乗って、終点で降《お》りる。バスはなかなかいいぞ。ここに来るのが習慣《しゅうかん》になっちまってね。ここには、ドーソン軍曹みたいにいい人たちがいる。だから、みんなのために弾きたいんだ。わしの演奏《えんそう》はお気《き》に召《め》したかな？」

「はい！」

「うん、だからここで弾《ひ》くんだよ、お嬢さん！　みんなに楽しんでもらうために」

わたしは、喜んでうなずいた。

「はい。ありがとうございます、ジョンソンさん」

「ゴーディと呼《よ》んでくれていいんだよ」

「わたしはシャーロットです」

「よろしく、シャーロット」

おじいさんが手をさしだしたので、わたしは握手《あくしゅ》をした。

「もう行かなくちゃ。お話できてよかった」

「さよなら、シャーロット」

「さよなら、ジョンソンさん」

わたしはポケットに手をつっこみ、一ドル札を引っぱりだすと、アコーディオンのケースに入れた。

ぱらっ
「アメリカに神のお恵みを」ジョンソンさんが言った。

R・J・パラシオ　R.J.Palacio
アメリカの作家。長年、アートディレクター、デザイナー、編集者として、
多くの本を担当してきた。デビュー作『ワンダー』は全世界で
600万部の大ベストセラーとなり、2017年秋には映画も公開される。
夫と2人の息子、2匹の犬とニューヨーク市に住んでいる。
くわしくは、ほるぷ出版のホームページへ http://www.holp-pub.co.jp/

中井はるの　なかいはるの
翻訳家。出産をきっかけに児童書の翻訳に携わるようになる。
2013年、『木の葉のホームワーク』（講談社）で第60回産経児童出版文化賞翻訳作品賞受賞。
他の翻訳作品に『ワンダー』（ほるぷ出版）、『グレッグのダメ日記』（ポプラ社）など。

もうひとつのWONDER ワンダー

作＝R・J・パラシオ
訳＝中井はるの
2017年7月20日　第1刷発行

発行者＝中村宏平
発行所＝株式会社ほるぷ出版
〒101-0051　東京都千代田区神田神保町3-2-6
電話03-6261-6691／ファックス03-6261-6692
http://www.holp-pub.co.jp

印刷＝共同印刷株式会社
製本＝株式会社ブックアート

NDC933／392P／209×145mm／ISBN978-4-593-53522-4

翻訳協力＝中井川玲子
協力＝大隅典子、先崎章